U0109468

古典詩歌研究彙刊

第三二輯

龔鵬程 主編

第11冊

清代唐詩選本的中唐詩觀——以杜、沈、李、姚四家選本為研究對象

鄭宜娟 著

國家圖書館出版品預行編目資料

清代唐詩選本的中唐詩觀——以杜、沈、李、姚四家選本為研究對象／鄭宜娟 著 -- 初版 -- 新北市：花木蘭文化事業有限公司，2022〔民 111〕
目 6+218 面；17×24 公分
（古典詩歌研究彙刊 第三二輯；第 11 冊）
ISBN 978-986-518-918-1（精裝）
1.CST：唐詩 2.CST：詩評 3.CST：清代
820.91　　111009767

古典詩歌研究彙刊
第三二輯　第十一冊　　ISBN：978-986-518-918-1

清代唐詩選本的中唐詩觀——以杜、沈、李、姚四家選本為研究對象

作　　者　鄭宜娟
主　　編　龔鵬程
總 編 輯　杜潔祥
副總編輯　楊嘉樂
編輯主任　許郁翎
編　　輯　張雅淋、潘玟靜、劉子瑄　美術編輯　陳逸婷
出　　版　花木蘭文化事業有限公司
發 行 人　高小娟
聯絡地址　235 新北市中和區中安街七二號十三樓
　　　　　電話：02-2923-1455／傳真：02-2923-1452
網　　址　http://www.huamulan.tw 信箱 service@huamulans.com
印　　刷　普羅文化出版廣告事業
初　　版　2022 年 9 月
定　　價　第三二輯共 11 冊（精裝）新台幣 22,000 元　

清代唐詩選本的中唐詩觀——以杜、沈、李、姚四家選本為研究對象

鄭宜娟 著

作者簡介

鄭宜娟，臺南人。先後畢業於國立東華大學中國語文學系、國立成功大學中國文學系中文所。曾發表〈論明、清之唐詩選本中的李頎七律演變〉、〈《網師園唐詩箋註》與《唐詩別裁集》杜詩選評之比較——兼論乾隆時期選評杜詩的朝野之分〉、〈必以少陵為宗：論黃子雲《野鴻詩的》的極端尊杜觀〉、〈《中晚唐詩叩彈集》以詩家各具性情選評中唐詩〉等論文。

提　　要

相較於明代唐詩選本往往全本半數以上為盛唐詩，清代選本在同樣推崇盛唐之餘，所選盛、中唐詩比例更為靠近，顯然清人較前朝更關注中唐詩，值得進一步探討。為能全面觀照清代選本對中唐詩的看法，本論文分別以專選中唐與晚唐詩、四唐皆選、以唐詩為主而兼及其他時代之不同類型的唐詩選本，深入分析各自體現的中唐詩觀。全文共分六章節如下：

第一章為緒論，說明論文的問題意識與以四家選本為主之考量，並針對「中唐詩」與「唐詩選本」兩類，回顧研究現況，接著界定本論文的研究對象，介紹研究方法，最後概述各章節的安排與預期的學術貢獻。

第二章至第五章為本論文針對不同類型之唐詩選本的論述。首先，第二章以杜詔、杜庭珠兄弟《中晚唐詩叩彈集》為主，分別從關懷時事與明麗豔情兩個面向，探討杜氏兄弟對中唐詩之選評，並以該選本之刊定，觀照清初關注中、晚唐詩的風氣，以及晚明文人對情真的追求。

第三章以沈德潛《唐詩別裁集》為主，比較該選本之初刻與重訂兩種版本，揭示沈德潛始終以詩教觀與盛唐本位選評中唐詩，透過重訂本的改動，還可見沈德潛在御選《唐宋詩醇》的影響下，大幅選錄中唐詩，並強調詩旨之忠孝觀。最後以初刻本與重訂本分屬的不同時期，窺見清代中唐詩觀的演變。

第四章以李懷民《重訂中晚唐詩主客圖》為主，著重分析李懷民立為宗主的中唐詩人張籍、賈島，並透過李懷民對張、賈二主的判分，揭示編選者遵循儒家義理與盛唐本位的詩學觀，最後以《重訂中晚唐詩主客圖》對照乾隆朝其他唐詩選本，凸顯李懷民以張、賈為主的特殊性。

第五章以姚鼐《今體詩鈔》為主，分析姚鼐所選評的中唐五律與七律，並透過方東樹《昭昧詹言》與《今體詩鈔》之比較，可知姚、方二人均以盛唐詩為論詩準則，同時又不吝於褒舉優秀的中唐詩歌。這種客觀性也體現二人以融合唐、宋詩的方式，在基於盛唐詩而品評時，亦能讚賞盛唐之外的佳作。

第六章為結論，概述各章節的研究成果，統整各家唐詩選本論中唐詩之共相與殊相，並提出本論文可延伸探討之議題，以作為未來深入研究的方向。

目次

表目次

第一章　緒　論

第一節　論文選題與以四家選本為討論之考量

「唐詩選本」是後世對唐詩的重新檢視，體現了後人如何接受唐詩。唐詩選本的發展在文學史上共經歷四個高峰期，分別為：「第一次高潮是在南宋時期。……第二次高潮是在明代的嘉靖、萬曆年間。……第三次高潮是在清初的康熙年間。……第四次高潮出現在清乾隆年間。」〔註1〕其中，南宋之高峰「引起的主要原因，是由於洪邁向宋孝宗趙昚進呈了《萬首唐人絕句》，得到了宋孝宗的重賞」，〔註2〕因而掀起專選唐代絕句之熱潮，這也說明此時的唐詩選本僅限於特定體裁，且是由上位者帶動，而非詩評家們自覺地關注各體唐詩。因此嚴格來說，能更周全審視唐詩全貌，當屬明、清兩朝之選本。

那麼中唐詩在清代唐詩選本有怎樣的研究價值？首先可比對明、清兩朝之唐詩選本採錄四唐詩的比例如下：〔註3〕

〔註1〕孫琴安：《唐詩選本提要》（上海：上海書店出版社，2005年），〈自序〉，頁6～8。

〔註2〕孫琴安：《唐詩選本提要》，〈自序〉，頁6。

〔註3〕此四唐分期表格輔以明代高棅《唐詩品彙》之〈詩人爵里詳節〉為分類依據，若遇評選家之詩人排序明顯存有個人意志，則以評選家的意見為優先，如清代楊逢春《唐詩繹》將劉長卿列於高適、岑參之前，

表 1：明、清之唐詩選本收錄四唐詩比例表

朝代	唐詩選本	初唐	盛唐	中唐	晚唐	其他
明代	高棅《唐詩品彙》	14%	32%	**35%**	12%	7%
	高棅《唐詩正聲》	10%	51%	**34%**	5%	1%
	李攀龍《古今詩刪》之「唐詩選」	17%	60%	**16%**	2%	4%
	鍾惺、譚元春《唐詩歸》	15%	52%	**22%**	12%	
	唐汝詢《唐詩解》	12%	54%	**27%**	5%	2%
	陸時雍《唐詩鏡》	10%	35%	**39%**	15%	
清代	王夫之《唐詩評選》	21%	43%	**20%**	12%	3%
	沈德潛《唐詩別裁集》初刻本	11%	50%	**29%**	8%	2%
	沈德潛《唐詩別裁集》重訂本	10%	41%	**32%**	13%	4%
	孫洙《唐詩三百首》	4%	49%	**28%**	18%	1%
	黃叔燦《唐詩箋註》	8%	35%	**31%**	24%	2%
	楊逢春《唐詩繹》	10%	49%	**28%**	12%	1%
	宋宗元《網師園唐詩箋註》	10%	35%	**33%**	18%	3%
	王闓運《唐詩選》	14%	37%	**36%**	13%	

雖然各家選本基本上收錄最多的是盛唐詩，但將中唐與盛唐的比例對照，則有消長的趨勢。

先就明代而言，高棅（1350～1423）《唐詩品彙》與陸時雍（1612～1670）《唐詩鏡》是唯二並非選盛唐詩最多的選本，不過這是因為兩者均為選詩超過三千首的大部選本，〔註 4〕參照施子愉統計《全唐詩》

顯然以之為盛唐詩人，是以遵循其說劃分。至於評選家無明示、《唐詩品彙》亦未採錄的詩家，則改依生卒年分類，若年份不詳，則視為四唐以外之「其他」而論。高棅選本參見氏著：《唐詩品彙》（臺北：學海出版社，1983 年），卷前〈詩人爵里詳節〉，頁 1～55。楊逢春選本參見氏著：《唐詩繹》（清乾隆甲午年〔1774〕無錫楊氏紉香書屋，美國哈佛大學燕京圖書館數位典藏）。

〔註 4〕高棅《唐詩品彙》選詩數量極多，據陳國球統計，共有 5802 首。另外，晚明陸時雍《唐詩鏡》亦收錄 3190 首詩，相較於李攀龍《古今詩刪》

之四唐各期創作量如下：〔註 5〕

表 2：《全唐詩》之四唐各期詩數表

	初　唐	盛　唐	中　唐	晚　唐	合　計
詩數	2053 首	5355 首	13322 首	13202 首	33932 首
比例	6%	16%	39%	39%	≒100%

盛唐詩在唐代的創作量遠不及中唐或晚唐，是以當選本收錄詩數極多，勢必要兼及其他時期之作，承繼盛唐且創作量最多的中唐詩，往往成為選詩者的首要考量，如此一來，盛唐詩的比例會被稀釋掉，選詩數量多的選本也不易體現「篩選」的概念。至於在其他收錄量少、較有精選意涵的選本，明代詩評家所選盛唐詩多達全本半數以上，遠非初、中、晚唐詩所能比擬，可謂特別推尊盛唐而忽略其他時期。

明代選本之所以如此宗尚盛唐詩，應如明人胡震亨（1569～1645）所云：

> 李于鱗一編復興，學者尤宗之，詳李選與《正聲》，皆從《品彙》中采出，亦云得其精華。〔註 6〕

這段話透露了兩項訊息：一來，李攀龍（1514～1570）選本與高棅

之唐詩 740 首、沈德潛《唐詩別裁集》重訂本之 1940 首，甚至是孫洙《唐詩三百首》只取 313 首，高、陸之選則達三千首以上，確實屬於大部的唐詩選本。第一項數據參見陳國球：《明代復古派唐詩論研究》（北京：北京大學出版社，2007 年），頁 204。第二項數據參見〔明〕陸時雍：《唐詩鏡》，收入《景印文淵閣四庫全書》集部第 350 冊（臺北：臺灣商務印書館，1983 年）。第三項數據參見〔明〕李攀龍：《古今詩刪》，收入《景印文淵閣四庫全書》集部第 557 冊（臺北：臺灣商務印書館，1986 年）。第四項數據參見〔清〕沈德潛：《唐詩別裁集》重訂本（上海：上海古籍出版社，2013 年）。第五項數據參見〔清〕孫洙著，陳婉俊補註：《唐詩三百首》（臺北：華正書局，1974 年）。

〔註 5〕施子愉：〈唐代科舉制度與五言詩的關係〉，《東方雜志》第 40 卷第 8 號（1944 年 4 月），頁 39。

〔註 6〕〔明〕胡震亨：《唐音癸籤》（臺北：木鐸出版社，1982 年），卷 31，頁 326。

《唐詩正聲》，均源於高棅《唐詩品彙》所選。其中，《唐詩正聲》又是《唐詩品彙》「拔其尤」者的精選本，〔註7〕是以《唐詩正聲》半數以上均為盛唐詩，更可說明高棅推尊盛唐的觀點，而後李攀龍選本又將這種對盛唐詩的偏頗推進，呼應了七子派「詩必盛唐」的詩學觀。二來，結合清初錢謙益（1582～1664）記述李攀龍乃是「操海內文章之柄垂二十年」，〔註8〕堪稱明代的詩壇盟主，是以其《古今詩刪》之「唐詩選」自然成為後世選本效仿的重要對象，一如孫琴安所說：「李攀龍的《唐詩選》問世後，在整個明代詩壇上引起了巨大的反響，文人學士們紛紛響應，同聲附和。」〔註9〕那麼李攀龍選本收錄盛唐詩高達六成的情況，也強化了明人對盛唐詩的關注度，縱使是像鍾惺（1581～1624）、譚元春（1586～1637）標榜選詩「別趣奇理」，〔註10〕刻意追求不與人同的選法，《唐詩歸》仍是以盛唐詩為最大宗。

反觀清代的唐詩選本，雖然普遍以盛唐詩的比例最高，但已很少出現選盛唐詩高達全本半數以上的情況。另一方面，清代選本提高了中、晚唐詩數，尤其是中唐詩的比例逐漸接近盛唐，形成「宗尚盛唐之餘，亦能兼及中唐」的選法。

再者，相較於前朝聚焦於盛唐詩，清代出現多部關注中、晚唐詩的選本，例如杜詔（1666～1736）與族弟杜庭珠（？～？）有感於明代《唐詩品彙》僅詳於初、盛唐詩而忽略中、晚，認為「詩有正有變，正

〔註7〕高棅於〈凡例〉記載：「因編《唐詩品彙》一集，……慮博而寡要，雜而不純，**乃拔其尤**，彙為此編。」可見《唐詩正聲》乃就《唐詩品彙》中的精華詩篇編選而成。參見〔明〕高棅編選，〔日〕東槼箋注：《唐詩正聲箋注》（日本天保12年〔1841〕刊本，日本早稻田大學圖書館數位典藏），卷前〈凡例〉，頁2～3。

〔註8〕〔清〕錢謙益：《列朝詩集》，收入《四庫禁燬書叢刊》集部第95冊（北京：北京出版社，2000年），丁集卷5，頁27。

〔註9〕孫琴安：《唐詩選本提要》，〈自序〉，頁11。

〔註10〕鍾、譚曾明言：「每於古今詩文，喜拈其**不著名而最少**者，常有一種**別趣奇理**。」可知二人專錄一般選本不太關注者，顯示其獨特的評選標準。參見〔明〕鍾惺、譚元春：《唐詩歸》（明刻本，美國哈佛大學燕京圖書館數位典藏），卷16，頁21。

唯一格，變出多岐，觀其盡態以極妍，勢必兼收而並采」，〔註 11〕以中、晚唐詩的變化多彩紛呈，故著手編定《中晚唐詩叩彈集》；又如陸次雲（～1679～）以為：「中晚人之不為初盛，非所不能，不屑陳陳相因，羞雷同耳。」〔註 12〕為了彰顯中、晚唐詩能擺脫前人窠臼，陸次雲編有專門收錄中、晚唐詩的《唐詩善鳴集》。

另外，清人也有針對前人關注中、晚唐詩之選本加以編定，像是馮舒（1593～1649）、馮班（1602～1671）《二馮批點才調集》即就唐代韋縠（880～？）《才調集》再行批點，且如蔣寅指出：「二馮對《才調集》的表章引發了常熟詩人師法中晚唐詩的風氣。」〔註 13〕又如李懷民（1738～1793）《重訂中晚唐詩主客圖》，根源於唐代張為（～874～）專選中、晚唐詩的《詩人主客圖》。還有像龔賢（1618～1689）對明代黃德水（？～？）、吳琯（～1571～）《唐詩紀》「有初、盛，而無中、晚」感到遺憾，〔註 14〕是以搜羅中、晚唐詩而編成《中晚唐詩紀》。雖然此書「是中晚唐六十二家詩的全集，所收詩集多據善本，采摭宏富」，〔註 15〕已是追求齊全而非篩選的概念，不過像這種欲彙整中、晚唐詩全集的做法，也可見清人對中、晚唐詩的關注度提高。

雖說《中晚唐詩叩彈集》、《重訂中晚唐詩主客圖》、《中晚唐詩紀》等清人選本，皆合中唐與晚唐二者而論，不過鑒於清代四唐選本選晚唐詩的比例與明代一樣，都是比較低的，而明、清兩代較不同之處，在於清代選中唐詩的比例既高出晚唐，又近於盛唐。為能聚焦議題，本論

〔註 11〕〔清〕杜詔、杜庭珠：《中晚唐詩叩彈集》，收入《四庫全書存目叢書》集部第 406 冊（臺南：莊嚴文化事業有限公司，1997 年），卷前〈例言〉，頁 1。

〔註 12〕筆者未能見得陸次雲《唐詩善鳴集》，陸次雲之說轉引自陳伯海、李定廣編著：《唐詩總集纂要》（上海：上海古籍出版社，2016 年），頁 581。

〔註 13〕蔣寅：〈虞山二馮詩歌評點略論〉，《遼東學院學報（社會科學版）》第 10 卷第 6 期（2008 年 12 月），頁 81。

〔註 14〕筆者未能見得龔賢《中晚唐詩紀》，龔賢之說轉引自陳伯海、李定廣編著：《唐詩總集纂要》，頁 517。

〔註 15〕陳伯海、李定廣編著：《唐詩總集纂要》，頁 516。

文僅探討「清代唐詩選本的中唐部分」，唯評選家少數以中、晚唐詩合論，實難切割分述，故仍以「中、晚唐」稱之。

為了能更全面地觀照清代不同類型的唐詩選本對中唐詩的看法，筆者欲分別討論：專選中唐與晚唐詩的選本、四唐皆錄的選本、以唐詩為主而兼及其他時代的通代選本。其中，專選中、晚唐詩者，筆者主要聚焦於杜氏兄弟《中晚唐詩叩彈集》，以及李懷民《重訂中晚唐詩主客圖》。之所以在這一類匡列兩部選本，一來，相較於前朝罕有選本將遴選範圍縮限在中、晚唐詩，列舉兩部更能凸顯清代對中、晚唐詩的關注度，而且《中晚唐詩叩彈集》之白居易（772～846）、《重訂中晚唐詩主客圖》之張籍（766～830）與賈島（779～843），各被舉為該選本的代表詩人，〔註16〕可見杜氏兄弟與李懷民在中唐與晚唐之間，更加青睞中唐詩。

在四唐皆錄的選本裡，中唐詩雖然不是四唐入選量最多者，不過從前文列舉選本收錄四唐詩比例的表格可知，在明、清之唐詩選本皆尊盛唐的情況下，相較於明代選本壓低中唐詩的選取比例，清人收錄中唐詩的比例則與盛唐詩相去不遠，顯示中唐詩在清代四唐選本裡，有不同於前朝的變化性，值得加以關注。在清人四唐皆錄的選本中，筆者選擇以著名詩評家沈德潛（1673～1769）《唐詩別裁集》為代表，一來是《唐詩別裁集》有初刻本與重訂本兩種，時間橫跨清初康熙和盛清乾隆年間，並涉及官方意識與當時的詩學思潮，可體現清代不同時期之中唐詩觀。二來，《唐詩別裁集》初刻本既為清人孫洙（1711～1778）《唐詩三百首》之底本，〔註17〕重訂本又影響了黃叔燦（1722～1806）

〔註16〕除了如前文所言，李懷民《重訂中晚唐詩主客圖》分別以**張籍、賈島**為各卷之主，杜詔、杜庭珠《中晚唐詩叩彈集》則明言：「唐人至**白香山**獨闢杼機，擺脫羈紲，於諸家中**最為浩瀚**。」皆可見諸位評選家對中唐詩人的重視。參見〔清〕杜詔、杜庭珠：《中晚唐詩叩彈集》，收入《四庫全書存目叢書》集部第406冊，卷前〈例言〉，頁1。

〔註17〕關於沈德潛《唐詩別裁集》初刻本為孫洙《唐詩三百首》之底本，可參見本論文第四章第三節「《重訂主客圖》之選評異於乾隆時期的唐詩選本」之說明。

《唐詩箋註》、宋宗元（1710～1779）《網師園唐詩箋註》等清代選本，〔註 18〕說明《唐詩別裁集》確為當時極有份量的唐詩選本。

至於在「清代唐詩選本」的主題中，亦探討通代選本，是因為相較於明代特別推尊盛唐的風氣，清代則有初期的唐、宋詩之爭，以及乾隆朝以後的唐、宋詩融合，欲談論清人的唐詩觀，很難只侷限於有唐一代。本論文探討姚鼐（1732～1815）《今體詩鈔》，正因其雖為唐、宋詩兼採，但姚鼐共錄唐詩 778 首、宋詩 183 首，明顯偏重於唐詩，再加上《今體詩鈔》之五律全選唐詩，概論宋人七律又往往如「用夢得、香山格調」〔註 19〕、「刻意少陵」〔註 20〕、「上法子美」〔註 21〕等，以唐人為評論宋詩的基準，可視為廣義的唐詩選本。另外，筆者在探討《今體詩鈔》時，亦輔以姚鼐的學生方東樹（1772～1851）之《昭昧詹言》，此書雖屬於清代詩話而非唐詩選本，但考量姚鼐在《今體詩鈔》的批點極為精簡，方東樹《昭昧詹言》的七律評點則是以姚鼐《今體詩鈔》的選詩為底本，故而藉由方東樹所評不僅有助於補充姚鼐的觀點，也能延伸分析方東樹對姚選七律的創新思維。

因此，筆者將透過杜氏兄弟《中晚唐詩叩彈集》、李懷民《重訂中晚唐詩主客圖》、沈德潛《唐詩別裁集》，以及姚鼐《今體詩鈔》四家唐詩選本，期能較多面向地討論清代選本之中唐詩觀。再者，這四家除了是不同選錄類型的唐詩選本，從其所屬的時期來看，《中晚唐詩叩彈集》刊定於康熙年間，沈德潛《唐詩別裁集》之初刻本與重訂本分屬於清初與盛清不同時期，《重訂中晚唐詩主客圖》則是乾隆朝的選本，正

〔註 18〕沈德潛《唐詩別裁集》重訂本與黃叔燦、宋宗元選本之關係，可參見本論文第三章第三節「《唐詩別裁集》初刻本與重訂本揭示的清代中唐詩觀變化」之說明。

〔註 19〕〔清〕姚鼐：《今體詩鈔》，收入《四部備要》集部第 584 冊（臺北：中華書局，1981 年），卷前〈五七言今體詩鈔序目〉，頁 3。

〔註 20〕〔清〕姚鼐：《今體詩鈔》，收入《四部備要》集部第 584 冊，卷前〈五七言今體詩鈔序目〉，頁 3。

〔註 21〕〔清〕姚鼐：《今體詩鈔》，收入《四部備要》集部第 584 冊，卷前〈五七言今體詩鈔序目〉，頁 3。

是孫琴安所謂的「(唐詩選本)第三次高潮是在清初的康熙年間。……第四次高潮出現在清乾隆年間」,〔註22〕在清代兩大高峰期裡,可藉由這些選本觀照當時的中唐詩觀。至於姚鼐《今體詩鈔》則於嘉慶初年問世,以姚選而評的《昭昧詹言》則刊刻於道光年間,兩者可補充乾隆朝的熱潮之後,編選風氣已漸趨衰弱的時代。

第二節　文獻回顧與重點評述

本論文欲探討清代唐詩選本對中唐詩的看法,考量到唐詩選本在臺灣的討論較不如大陸熱烈,而且尚有域外漢學涉及中唐詩者,故不以地區分述,改以「中唐詩」與「唐詩選本」兩部分的綜合論述。

一、中唐詩相關研究

目前學界對於中唐詩的討論相當豐碩,杜曉勤《隋唐五代文學研究》第六章〈中唐詩歌研究〉,曾廣泛整理並概述二十世紀學界研究中唐詩的成果。〔註23〕其中,杜曉勤指出游國恩、中國科學院,以及劉大杰等人在前半世紀各自編纂的《中國文學史》,以現實主義論中唐詩之觀點,深深影響後半世紀對於中唐詩的理解,後來學者亦是在此基礎上剖析中唐詩。再者,據杜曉勤分析,當時對中唐詩的研究已非常可觀,以中唐整體而論,除了有對於中唐的總體評價,學者們也在中唐詩的分期、詩作題材、詩派流變、詩人生平考證等面向用力甚深。至於中唐的個別詩家,包含大曆十才子、韋應物(737～792)、劉禹錫(772～842)、李賀(790～816)、張籍、王建(767～830)、孟郊(751～814)、賈島等多位詩人,其性格、經歷、詩歌的藝術表現、創作思維、文學成就與對後世的影響等各種面向,也都有學者涉及。另外,在該書第十一章〈元稹、白居易研究〉,杜曉勤因元、白為中唐極具影響

〔註22〕孫琴安:《唐詩選本提要》,〈自序〉,頁7～8。
〔註23〕杜曉勤:《隋唐五代文學研究》(北京:北京出版社,2001年),頁421～595。

力的大作家，故額外整理二十世紀學界對二人的討論，主要集中於其生平、詩歌內容與思想、藝術淵源與影響、詩集版本流傳，以及元、白的交遊酬唱等各方面的研究。〔註 24〕可知早年學界已對中唐詩抱持很高的關注度。

二十世紀後至今，學者們仍持續在中唐詩這塊領域上加深加廣地耕耘，筆者以研究對象大致區分為中唐的個別詩家、總體中唐時期、合併其他時代而論之三種情況概述。

首先，專注在個別詩家者，有專書如吳振華《韓愈詩歌藝術研究》〔註 25〕、肖瑞峰《劉禹錫詩研究》〔註 26〕等；或是單篇論文如向鐵生、姜愛喜〈論顧況歌行的詩歌史意義〉〔註 27〕、陸揚〈孤獨的白居易：九世紀政治與文化轉型中的詩人〉〔註 28〕等不勝枚舉。亦有詩家之間的比較研究，專書如劉竹青《孟郊、賈島詩比較研究》〔註 29〕、單篇論文如柯萬成〈韓愈「以詩為教」與張籍「以詩為報」〉〔註 30〕等，學者們均已從詩人的生平經歷、藝術風格、創作類型等面向深入挖掘，或就詩人們的交遊、詩風、詩體之相關比較。

再者，就中唐總體時代而論者，專書如蔣寅《百代之中：中唐的詩歌史意義》，〔註 31〕其題名出自清人葉燮（1627～1703）所謂的「此

〔註 24〕杜曉勤：《隋唐五代文學研究》，頁 966～1050。

〔註 25〕吳振華：《韓愈詩歌藝術研究》（蕪湖：安徽師範大學出版社，2012 年）。

〔註 26〕肖瑞峰：《劉禹錫詩研究》（杭州：浙江大學出版社，2016 年）。

〔註 27〕向鐵生、姜愛喜：〈論顧況歌行的詩歌史意義〉，《北京師範大學學報（社會科學版）》2018 年第 3 期（2018 年 5 月），頁 81～88。

〔註 28〕陸揚：〈孤獨的白居易：九世紀政治與文化轉型中的詩人〉，《北京大學學報（哲學社會科學版）》第 56 卷第 6 期（2019 年 11 月），頁 104～121。

〔註 29〕劉竹青：《孟郊、賈島詩比較研究》（臺北：文史哲出版社，2007 年）。

〔註 30〕柯萬成：〈韓愈「以詩為教」與張籍「以詩為報」〉，《漢學研究集刊》第 11 期（2010 年 12 月），頁 23～43。

〔註 31〕蔣寅：《百代之中：中唐的詩歌史意義》（北京：北京大學出版社，2013 年）。

『中』也者，乃古今百代之中」〔註 32〕，將中唐視為詩史上承先啟後的關鍵期，蔣寅進一步檢視孟郊、韓愈（768～824）等多位中唐詩家的獨特貢獻；又如日本學者川合康三《終南山的變容——中唐文學論集》，〔註 33〕結合政局與社會結構的變動，強調中唐人對詩、文都有全新的視野，並以韓愈、白居易與李賀三位重要的中唐詩家，說明其詩作表現迥異於盛唐詩的嘗試與突破。再如美國漢學家宇文所安《中國「中世紀」的終結——中唐文學文化論集》〔註 34〕，不同於傳統研究慣以朝代劃分，宇文所安乃以「中世紀」這樣的西方概念討論中唐，而且此種西方思維亦貫串全書，例如以獨佔話語、權威性詮釋、私人領域等特徵來解讀中唐詩，另外在詩歌之餘，此書亦涉及中唐的小說發展。至於單篇論文，像是陳家煌〈論中唐「詩人概念」與「詩人身分」〉〔註 35〕、葉宸璐〈中唐唱和詩新變探討——以詩歌主體、聲韻、角度為探討對象〉〔註 36〕、王志清〈「美不自美」：中唐詩美的人化自然特徵〉〔註 37〕等，已然從中唐詩風、格律、乃至創作意識等多面向的分析研究。

此外，也有學者將中唐詩結合其他時期而論，專書像是劉京臣《盛唐中唐詩對宋詞影響研究》，分別考察盛唐的王維（699～761）、李白（710～762）、杜甫（712～770），以及中唐的韓愈、白居易（772～

〔註 32〕〔清〕葉燮：〈百家唐詩序〉，《已畦集》，收入《四庫全書存目叢書》集部第 244 冊（臺南：莊嚴文化事業有限公司，1997 年），卷 8，頁 2。
〔註 33〕〔日〕川合康三：《終南山的變容——中唐文學論集》（上海：上海古籍出版社，2007 年）。
〔註 34〕〔美〕宇文所安：《中國「中世紀」的終結——中唐文學文化論集》（臺北：聯經出版事業股份有限公司，2007 年）。
〔註 35〕陳家煌：〈論中唐「詩人概念」與「詩人身分」〉，《文與哲》第 17 卷（2010 年 12 月），頁 137～168。
〔註 36〕葉宸璐：〈中唐唱和詩新變探討——以詩歌主體、聲韻、角度為探討對象〉，《有鳳初鳴年刊》第 15 卷（2019 年 6 月），頁 143～164。
〔註 37〕王志清：〈「美不自美」：中唐詩美的人化自然特徵〉，《江淮論壇》2004 年第 6 期（2004 年 12 月），頁 131～134。

846）、劉禹錫諸位名家之作對宋詞的影響；〔註 38〕張巍《杜詩及中晚唐詩研究》除了單論杜詩，也涉及李賀、李商隱（813～858）等中、晚唐詩家特色，又因杜甫在中唐始受推崇，晚唐人更爭相效仿，故深入分析三者的關聯性。〔註 39〕亦有單篇論文如溫成榮〈中唐詩風的轉變及其對宋詩的影響〉〔註 40〕、范昕〈中唐詩風流變對盛唐風貌的突破與超越〉〔註 41〕、江波與劉永紅〈中晚唐詩歌氣象的流變探析〉〔註 42〕等，在中唐詩人對前人的突破，以及對後世的影響，亦均有涉略。

可以發現，中唐時期的詩歌成就雖難以比肩盛唐，但詩人努力求變的創新思維，將中唐營造成一個名詩家輩出的時代。近代學者不僅已深度分析個別中唐詩人的特色、中唐整體的詩學特徵，更有學者從綜觀的視野，強調中唐於詩史上的定位。

二、唐詩選本相關研究

學界對於明、清之唐詩選本的討論也很熱烈，〔註 43〕有單就一部選本，考證其成書背景，整理編選宗旨與批點特色，並延伸探討評選家的詩學觀，或該選本的影響力等。〔註 44〕亦有兩部唐詩選本的比較研

〔註 38〕劉京臣：《盛唐中唐詩對宋詞影響研究》（北京：中國社會科學出版社，2014 年）。

〔註 39〕張巍：《杜詩及中晚唐詩研究》（濟南：齊魯書社，2011 年）。

〔註 40〕溫成榮：〈中唐詩風的轉變及其對宋詩的影響〉，《山西經濟管理幹部學院學報》第 19 卷第 2 期（2011 年 6 月），頁 107～129。

〔註 41〕范昕：〈中唐詩風流變對盛唐風貌的突破與超越〉，《學理論》第 26 期（2010 年 9 月），頁 183～184。

〔註 42〕江波、劉永紅：〈中晚唐詩歌氣象的流變探析〉，《文學界（理論版）》2011 年第 2 期（2011 年 2 月），頁 131～132。

〔註 43〕此處考量到本論文主題為「清代唐詩選本」，加以明、清兩代才真正展開全面性選評唐詩的熱潮，故僅就明代與清代唐詩選本的研究現況而論。

〔註 44〕在單一選本的研究上，不只如蘇曉辰《試論李攀龍的「唐詩刪」》（哈爾濱：黑龍江大學文學院碩士論文，2011 年）、毛文靜《「唐賢三昧集」研究》（上海：上海師範大學人文學院碩士論文，2011 年）等，對著名選本的討論，也有像是黃瓊《「唐詩快」研究》（上海：上海師範大學人文學院碩士論文，2009 年）、沈菲《「唐風定」研究》（南京：南京師範大學文學院碩士論文，2011 年）等，分析較罕見的選本。

究，而且不侷限於同一朝代，以兩部選本的共同特徵為基準，探討彼此的選評落差，乃至所屬時期的詩學風氣。〔註45〕

另外，還有學者以整體時代的各家唐詩選本為關注對象。首先在明代的部分，孫春青《明代唐詩學》雖未以「唐詩選本」為題名，但該書意在探討明人對於唐詩的接受，故除了《唐詩品彙》、《唐詩正聲》、《古今詩刪》、《唐詩歸》等幾部著名選本的唐詩觀，也討論唐詩在明代的傳播與影響，是使用比唐詩選本更廣泛的概念進行全面分析。此書涉及明人對李白、杜甫的推崇，以及規摩盛唐格調的情況，揭示明代宗尚盛唐的詩學觀。另外，孫春青指出晚明有刊刻中、晚唐詩集的熱潮，唐詩選本也從原先的宗盛唐趨向多元化，可幫助本論文在清初選本的討論中，補充明末的詩學背景。〔註46〕

在清代的部分，韓勝的博士論文《清代唐詩選本研究》則與本論文的主題相近，韓勝以時間軸，將清代唐詩選本分為前期與中後期兩大類，又另行探討因應科考的試帖詩選本與教育用的童蒙選本，以及清人對唐詩辯體與詩法的看法。該書涉及的兩部選本：沈德潛《唐詩別裁集》與姚鼐《今體詩鈔》，雖與本論文的主要文本重疊，不過韓勝是針對《唐詩別裁集》的相關版本詳細考證，並結合沈德潛師承葉燮（1627～1703）及時代風氣，析論《唐詩別裁集》的編選動機與沈德潛晚年的詩學變化；對於《今體詩鈔》，韓勝則歸納姚鼐重視詩家才力與崇尚新奇風格的選詩特色，又從桐城派對古文的偏好，說明姚鼐格外重視杜甫長篇鋪排的排律。〔註47〕另外，賀嚴《清代唐詩選本研究》

〔註45〕在兩部選本的比較研究上，如陳豔芬《「**唐詩歸**」與「**唐詩鏡**」比較研究》（哈爾濱：黑龍江大學文學院碩士論文，2012年）以兩部同屬晚明，且有繼承關係的選本加以對照。又如黃毘《「**唐詩選**」與「**唐詩三百首**」對比研究》（烏魯木齊：新疆師範大學文學院碩士論文，2011年），則因李攀龍《古今詩刪》之「唐詩選」與孫洙《唐詩三百首》各為明、清流傳最廣的選本，且同用於童蒙教育，故對二者進行比較。

〔註46〕孫春青：《明代唐詩學》（上海：上海古籍出版社，2006年），頁157～162、181～185。

〔註47〕韓勝：《清代唐詩選本研究》（天津：南開大學文學院博士論文，2005年）。

亦與本論文的研究議題接近，賀嚴是以主題式探討唐詩選本與清代的文治措施、詩學辯爭，以及金聖歎（1608～1661）、王夫之（1619～1692）等人較特殊的評點角度。其中，賀嚴同樣提及與本論文相關的沈德潛、姚鼐之唐詩選本，甚至涉及了杜詔、杜庭珠《中晚唐詩叩彈集》，不過賀嚴是著重分析編選者詩學淵源，以及各選本的評選宗旨。〔註 48〕賀嚴另著有單篇論文〈論清代唐詩選本之集大成特徵〉，以清代為唐詩選的總結，認為清人所選不僅體現多元的詩學觀，亦是清代政治、學術、文化等多重面向的集合體。〔註 49〕

至於與本論文主要文本的相關研究，〔註 50〕目前以個別選本的討論為主，學位論文如幸玉珊《「中晚唐詩叩彈集」研究》〔註 51〕、陳琦《「重訂中晚唐詩主客圖」研究》〔註 52〕、武菲《沈德潛「唐詩別裁集」研究》〔註 53〕、李圍圍《姚鼐「五七言今體詩鈔」研究》〔註 54〕等，這些研究可補充諸位評選家的生平、編選動機等背景資料，且根據學者們歸納的選詩宗旨、批點特色，亦有助於掌握該選本的評選要旨。單篇論文的部分，則多是以個別選本的單一面向深入挖掘，如徐禮節〈清李懷民《重訂中晚唐詩主客圖》的流傳與版本考略〉，考察《重訂中晚唐詩主客圖》現存版本與流傳情況；〔註 55〕王宏林〈論沈德潛對白居

〔註 48〕賀嚴：《清代唐詩選本研究》（北京：人民出版社，2007 年）。

〔註 49〕賀嚴：〈論清代唐詩選本之集大成特徵〉，《社科縱橫》第 25 卷（2010 年 11 月），頁 77～81。

〔註 50〕〈緒論〉對於主要文本的文獻回顧，著重說明學界目前的研究趨勢，以及各文本之間有無比較研究，至於各文本細部的研究成果，可參閱文本所屬章節之〈前言〉。

〔註 51〕幸玉珊：《「中晚唐詩叩彈集」研究》（南昌：江西師範大學文學院碩士論文，2012 年）。

〔註 52〕陳琦：《「重訂中晚唐詩主客圖」研究》（西寧：青海師範大學文學院碩士論文，2018 年）。

〔註 53〕武菲：《沈德潛「唐詩別裁集」研究》（西安：陝西師範大學文學院碩士論文，2007 年）。

〔註 54〕李圍圍：《姚鼐「五七言今體詩鈔」研究》（南京：南京師範大學文學院碩士論文，2011 年）。

〔註 55〕徐禮節：〈清李懷民《重訂中晚唐詩主客圖》的流傳與版本考略〉，《大

易的評價〉，針對《唐詩別裁集》增錄白居易詩的分析；〔註 56〕謝海林〈姚鼐《今體詩鈔》的編撰緣起及其經典化考察〉，著重在《今體詩鈔》兼收唐、宋詩對後世的影響。〔註 57〕另外，也有部分研究涉及選本的比較，如陳師美朱〈《唐宋詩醇》與《唐詩別裁集》之「李杜並稱」比較〉，可補充《唐詩別裁集》與《唐宋詩醇》相互影響的面向；〔註 58〕又如熊璐璐〈試論《唐詩別裁集》與《唐詩三百首》的異同〉，以孫洙作為家塾課本的《唐詩三百首》，對照沈德潛《唐詩別裁集》的評選要點。〔註 59〕不過這些比較研究是分別取沈德潛《唐詩別裁集》比於其他選本，而非與本論文之主要文本的對照。

綜合以上所論，學界針對中唐詩的討論十分豐富，在明、清各家唐詩選本也有不少研究成果。不過對於本論文的主要文本：《中晚唐詩叩彈集》、《唐詩別裁集》、《重訂中晚唐詩主客圖》、《今體詩鈔》，尚處於個別選本的獨立分析，即使有部分研究涉及選本比較，也並未有本論文主要文本之間的對比。因此，筆者欲就清代唐詩選本比明代更關注中唐詩之現象，深入探討上述四家選本如何選評中唐詩，以期彙整為清代唐詩選本的中唐詩觀。

第三節　研究對象與研究方法

一、研究對象

本論文題為「清代唐詩選本的中唐詩觀」，意在分析清代唐詩選

理大學學報》第 1 卷第 11 期（2016 年 11 月），頁 59～63。

〔註 56〕王宏林：〈論沈德潛對白居易的評價〉，《河南教育學院學報（哲學社會科學版）》2006 年第 5 期（2006 年 9 月），頁 52～55。

〔註 57〕謝海林：〈姚鼐《今體詩鈔》的編撰緣起及其經典化考察〉，《文學評論叢刊》第 13 卷第 2 期（2011 年 6 月），頁 49～56。

〔註 58〕陳美朱：〈《唐宋詩醇》與《唐詩別裁集》之「李杜並稱」比較〉，《成大中文學報》第 45 期（2014 年 6 月），頁 251～286。

〔註 59〕熊璐璐：〈試論《唐詩別裁集》與《唐詩三百首》的異同〉，《文教資料》2018 年第 28 期（2018 年 10 月），頁 1～3。

本如何選評中唐詩。其中的「清代」，當指西元 1644 年明朝滅亡以後，至民國以前之清朝。對於「清代唐詩選本」這樣的研究對象，如第一節所論，為能更全面地觀照到清代不同的選錄類型，筆者分別討論專選中唐與晚唐詩者、四唐皆選者，以及通代選本而首重唐詩者，亦即杜氏兄弟《中晚唐詩叩彈集》、李懷民《重訂中晚唐詩主客圖》、沈德潛《唐詩別裁集》、姚鼐《今體詩鈔》這四部清代選本為主要文本。

本論文探討的「中唐詩」，乃以研究文本所收錄者為準。如姚鼐《今體詩鈔》在序文指出五律之「中唐大歷（曆）諸賢，尤刻意於五律，……，今鈔韋蘇州下二十一人為一卷，劉夢得以下十二人為一卷。」〔註 60〕以及七律之「大歷（曆）十子，以隨州為最，……鈔中唐詩一卷。」〔註 61〕可知《今體詩鈔》的中唐詩即為五律卷 7 至卷 8，以及七律卷 4 的部分。至於無法判斷評選家是否視其為中唐詩人，則須加以界定「中唐詩」。

早在宋代嚴羽（？～1245）即藉由佛家觀念提出：「論詩如論禪，漢魏晉與盛唐之詩，則第一義也。**大曆以還之詩，則小乘禪也**，已落第二義矣；晚唐之詩，則聲聞、辟支果也。……大抵禪道惟在妙悟，詩道亦在妙悟。」〔註 62〕接著又統整道：「以時而論，則有……唐初體，唐初猶襲陳隋之體。盛唐體，景雲以後，開元天寶諸公之詩。**大曆體**，大曆十才子之詩。**元和體**，元白諸公。晚唐體。」〔註 63〕且不論嚴羽以「妙悟」對唐詩的高下分判是否合理，對應現今學界慣用的「初盛中晚」之四唐分期，嚴羽所謂的「大曆以還」，以及「大曆體」、「元和體」之說，大抵

〔註 60〕〔清〕姚鼐：《今體詩鈔》，收入《四部備要》集部第 584 冊，卷前〈五七言今體詩鈔序目〉，頁 2。

〔註 61〕〔清〕姚鼐：《今體詩鈔》，收入《四部備要》集部第 584 冊，卷前〈五七言今體詩鈔序目〉，頁 3。

〔註 62〕〔宋〕嚴羽：《滄浪詩話》，收入〔清〕何文煥輯：《歷代詩話》（北京：中華書局，1981 年），頁 686。

〔註 63〕〔宋〕嚴羽：《滄浪詩話》，收入〔清〕何文煥輯：《歷代詩話》，頁 689。

可為「中唐」之斷限。

然而僅以時代劃分較為籠統，若遇詩人生卒年相近者恐不易判別，例如盛唐杜甫生卒年為西元712～770年，劉長卿則為西元709～785年，劉之生年早於杜，但從沈德潛《唐詩別裁集》於劉長卿詩評道：「中唐詩漸秀漸平。」〔註64〕姚鼐亦曰：「大歷（曆）十子，以隨州（劉長卿，終官隨州刺史）為最。」〔註65〕顯然均視劉長卿為中唐詩人；又如晚唐李商隱生於西元813年，卒於西元858年，賈島則卒於西元843年，二人皆逝於唐宣宗大中年間（847～860），但賈島與孟郊並稱，且往往被視為中唐韓愈一派的奇險詩人，顯然單以時間而論恐有爭議。

因此本論文對中唐詩的劃分，除了評選家已明確定義者，筆者主要是依據明人高棅《唐詩品彙》的分期。之所以採用此書，蓋因其在明代即已是影響李攀龍等人選詩的重要選本，而且《唐詩品彙》所錄詩人與作品數量相當多，並有〈詩人爵里詳節〉明確劃分唐人所屬之初、盛、中、晚期，一如鄧新躍所說：「高棅《唐詩品彙‧總序》是論定『四唐說』的重要文獻，是對嚴羽、方回、楊士弘唐詩分期學說的繼承與發展。」〔註66〕顯然《唐詩品彙》的四唐分期乃集前人之大成，可作為評斷指標。

筆者進一步以《唐詩品彙》劃分其他主要文主，首先是杜氏兄弟的《中晚唐詩叩彈集》，該書依詩人排序，且每卷所列詩人作品完整，僅白居易詩因入選量高達128首，方有分屬兩卷的情況。依據《唐詩品彙》的分期，《中晚唐詩叩彈集》的中唐詩人及所屬卷次如下：

〔註64〕〔清〕沈德潛：《唐詩別裁集》重訂本，卷3，頁87。

〔註65〕〔清〕姚鼐：《今體詩鈔》，收入《四部備要》集部第584冊，卷前〈五七言今體詩鈔序目〉，頁3。

〔註66〕鄧新躍：〈《唐詩品彙》與四唐分期說的確立〉，《西安電子科技大學學報（社會科學版）》第16卷第6期（2006年11月），頁129。

表 3：《中晚唐詩叩彈集》之中唐詩人所屬卷次表

卷 1	卷 2	卷 3	卷 4	卷 5
白居易	白居易 元稹	張籍 王建	李賀 孟郊	鮑溶 姚合 朱慶餘 張祜

《中晚唐詩叩彈集》共收錄 10 位中唐詩人，為卷 1 至卷 5 的部分。

再者，《唐詩別裁集》是依詩體分類再排序詩人。沈德潛多於劉長卿底下置有「中唐詩漸秀漸平」〔註 67〕、「中唐古詩，寥寥可數」〔註 68〕等，概述中唐詩特色，可知劉長卿即為《唐詩別裁集》的首位中唐詩家。但《唐詩別裁集》對中唐與晚唐詩人的界線並不明確，筆者所用的版本亦未以卷次區分四唐，故依據《唐詩品彙》分類，《唐詩別裁集》在各體詩收錄的中唐詩人首位與末位如下：〔註 69〕

表 4：《唐詩別裁集》各體詩收錄之中唐詩人首位與末位表

	五　古	七　古	五　律	七　律	五　排	五　絕	七　絕
首位	劉長卿	劉長卿	劉長卿	劉長卿	劉長卿	劉長卿	劉長卿
末位	張籍	李賀	李德裕	王建	賈島	施肩吾	鮑溶

《唐詩別裁集》採錄的中唐詩，即上述範圍內的詩人之作。

其次，李懷民《重訂中晚唐詩主客圖》僅有上、下卷之分，所收錄的 32 位中、晚唐詩人則分散在上、下卷之中。這是因為李懷民以上卷之張籍為「清真雅正主」、賈島則為下卷之「清真僻苦主」，並依此二種詩風列舉相關詩人，是以本論文第三章探討《重訂中晚唐詩主客

〔註 67〕〔清〕沈德潛：《唐詩別裁集》重訂本，卷 3，頁 87。

〔註 68〕〔清〕沈德潛：《唐詩別裁集》重訂本，卷 7，頁 233。

〔註 69〕沈德潛《唐詩別裁集》為第三章主要文本，其中涉及初刻本與重訂本之比較，然重訂本所錄詩人、詩作均多於初刻本，詩人排序的變動也不大，故中唐詩人之起訖，是就收錄量較多的重訂本而論。

圖》，取張籍、賈島為代表。〔註 70〕張、賈二人則明確為《唐詩品彙》所劃分的中唐詩人，情況較為單純。

二、研究方法

本論文使用的研究方法共有三種，分別為「統計法」、「文獻解讀法」、「比較法」，以下即詳加說明。

首先是「統計法」，因筆者析論的主要文本為唐詩選本，為能達到有效分析，須先將各章節相關的唐詩選本採錄之詩人與詩作輸入電腦，製成可供搜尋的目錄文件，再逐一統計個別詩人入選詩數、全本詩作總數、詩人總數等，並排列全本選錄數量之前十大詩家，以了解編選者對個別詩家的關注度，亦可將前十大詩家視為該選本的收錄代表。接著以四唐分期將詩人歸類，以計算編選者對不同時期的收錄比例，呈現該選本對四唐時期的偏重傾向。若選本有區分體裁者，如沈德潛《唐詩別裁集》，則須再統計各詩體的收錄情況。

藉由統計法，可將原先以紙本呈現的唐詩選本全面數據化後，再將數據製成全本前十大詩家表、選四唐詩比例表、各體詩收錄數量表等多種表格，直觀地呈現該選本在各種面向的重點所在，既便於後續分析，亦有助於讀者理解。

接著是「文獻解讀法」，本論文的主題雖然是唐詩選本，但編選者在篩選之餘，往往撰有序文、凡例等，說明其選詩宗旨、概述各時期特徵等，亦有對詩作個別批點者，批點內容大抵是詩家整體風格、詩作特點，或補充創作背景、註解詞彙等，偶有穿插編選者的詩學理念，均須逐項細讀、分析、彙整，並結合「統計法」的量化資料，以釐清上述文獻的各項要點。在選本之外，尚須翻閱編選者的其他著作、考察所處的時代風氣，亦須掌握所選詩人未被收錄的作品，甚至是其他相關評論家的詩學傾向等，以更完善地統整該選本的選評偏好。

〔註 70〕關於本論文僅取《重訂中晚唐詩主客圖》之張籍、賈島而析論，詳細說明參見第四章之〈前言〉。

「比較法」則是將「統計法」與「文獻解讀法」所取得的資料加以對比，如沈德潛《唐詩別裁集》有初刻本與重訂本兩種，先以「文獻解讀法」掌握兩版本的評點情況，再將其加以比較，則可發現原先在初刻本被貶為悖於評選理念的白居易等人，在重訂本反被稱為採錄未盡的遺珠，而且將兩版本經由「統計法」量化後比對，白居易的入選詩數從 4 首提升為 60 首，李賀詩亦從一首未取增至 18 首等，明顯呈現沈德潛在初刻本與重訂本的選詩劇變。

另外，「比較法」除了可用來對比像是《唐詩別裁集》之前後版本，亦可用於比較不同選本的取向，如前文以「統計法」整理明、清之唐詩選本取四唐詩比例，即可通過「比較法」，發覺明人與清人在收錄盛唐詩數的變化，以及中唐詩比例逐漸靠近盛唐詩的情況。或是將李懷民《重訂中晚唐詩主客圖》藉由「比較法」，對照量化後的《唐詩別裁集》、《網師園唐詩箋註》、《今體詩鈔》等同時期選本的前十大詩家，便可體現李懷民偏好張籍、賈島的獨特性。

可知筆者雖將研究方法分為上述三者，但除了「統計法」的初步量化是基本工作，三種方式之間仍是相輔相成，在統計之餘亦須逐步閱讀、理解、比對、觀察，方可有效掌握資料，以進行深入推論。

第四節 章節安排與預期貢獻

本論文旨在分析清代唐詩選本對中唐詩的選評，並分別以《中晚唐詩叩彈集》、《唐詩別裁集》、《重訂中晚唐詩主客圖》、《今體詩鈔》四家選本進行探討。考量到在討論這些文本之餘，筆者同時涉及選本所屬的時代特徵，故章節的安排是依照選本刊定的時間先後而定。

第一章〈緒論〉：本章旨在交代論文的研究動機，說明「清代唐詩選本的中唐詩觀」之問題意識。再就「中唐詩」與「唐詩選本」兩種範疇，回顧近來的研究現況，以凸顯本議題尚待開拓的價值。接著界定筆者將論及的清代唐詩選本、中唐詩等研究對象，以及所用之研究方法。最後概述本論文各章節安排與預期的學術貢獻。

第二章〈《中晚唐詩叩彈集》選評中唐詩〉：本章分析清初杜詔與杜庭珠兄弟的選評，揭示二人對中唐詩著重關注的各種面向，進一步對應清初的詩學風氣，並比較杜氏兄弟與馮舒、馮班批點《才調集》所體現的詩學宗尚。

第三章〈沈德潛《唐詩別裁集》初刻本與重訂本選評中唐詩〉：本章首先整合沈德潛在初刻與重訂兩版本裡，對中唐詩始終一致的評點面向。接著兩相比對，揭示《唐詩別裁集》在重訂之後，針對中唐詩選評的變動。最後以初刻本與重訂本所分屬的清初與盛清，進一步觀照清代中唐詩觀的演變。

第四章〈《重訂中晚唐詩主客圖》選評中唐詩〉：本章聚焦於李懷民視為中、晚唐詩家代表的張籍、賈島，藉由分析李懷民的選評，揭示其背後蘊藏的詩學思想。再結合李懷民對張、賈二人的關注，對照乾隆年間其他唐詩選本的選詩傾向，以顯現李懷民對於中唐詩的獨特見解。

第五章〈姚鼐《今體詩鈔》與方東樹《昭昧詹言》之中唐詩觀〉：本章先是各別探討姚鼐對中唐五律與七律之定位，並發掘其一致性的選評視角。接著就方東樹對姚鼐所選七律的說解，分析方東樹在師承之餘，又獨自發展出的中唐詩觀。最後統整姚、方二人之論，對應同樣涉及宋詩的錢謙益、翁方綱（1733～1818）等人，說明姚、方在唐、宋詩融合的主張之下，如何看待中唐詩。

第六章〈結論〉：本章先概述各章節的研究成果，並統整成清代各家唐詩選本看待中唐詩的共同面向，最後提出本論文可加以延伸探討的議題，作為未來深入研究的方向。

本論文以「清代唐詩選本的中唐詩觀」為研究議題，是藉由深入剖析清代不同時期、不同類型的唐詩選本，以期呈現出清人如何看待中唐詩。唐詩選本能具體呈現後世讀者對於唐詩的接受度，並彰顯編選者的個人詩學傾向，故透過本論文的探討，應可為杜氏兄弟、沈德潛、李懷民、姚鼐等人的中唐詩論，提供研究基礎。又因本論文各章節除了析論唐詩選本，亦涉及該選本所屬時代的詩學風氣，故可藉由選本研究，窺見清代不同時期的中唐詩觀。也希望這樣的研究議題，能激發學者對於中唐詩、唐詩選本，乃至清人的中唐詩觀等面向的進一步討論。

第二章　杜詔、杜庭珠《中晚唐詩叩彈集》選評中唐詩

前言

清人杜詔與族弟杜庭珠於康熙四十二年（1703）編有《中晚唐詩叩彈集》（本章簡稱《叩彈集》）。〔註1〕如題所示，該書並非全唐選本，僅收錄長慶以後之中、晚唐詩人 37 位，詩作 1576 首。侷限特定範圍選詩之因，則如其凡例所云：「《品彙》庶稱大觀，然詳初、盛而略中、晚，……是選不及元和以上者，蓋以《品彙》所收，今已家弦戶誦，匪謂後來居上，政恐數見不鮮云爾。」（卷前〈例言〉，頁 1）雖有精善的選本如明人高棅（1350～1423）《唐詩品彙》，但時人也因高棅選本而僅關注初、盛唐詩，故杜氏兄弟提出：「詩有正有變，正唯一格，變出

〔註 1〕〔清〕杜詔、杜庭珠：《中晚唐詩叩彈集》，收入《四庫全書存目叢書》集部第 406 冊，此書為本章主要引用文本，為免繁冗，以下採隨文註，僅標明卷數及頁碼。另外，杜氏兄弟在完成《叩彈集》同年，考量「以三十餘人，恐未足以盡風氣之變」，擔心正編收錄較少，恐有偏頗疑慮，因此又再選錄 55 位中、晚唐詩家，詩作 301 首以為《續篇》，然而續作中的詩人之作均未入選超過 10 首，且不置評語，應僅為補充之用，故本章探討仍以正編為主。考量之語參見〔清〕杜紹、杜庭珠：《中晚唐詩叩彈續集》，收入《四庫全書存目叢書》集部第 406 冊，卷前〈序〉，頁 1。

多岐，觀其盡態以極妍，勢必兼收而並采。」（卷前〈例言〉，頁 1）在不否認《唐詩品彙》宗盛唐的前提下，杜氏兄弟認為被視作變格的中、晚唐詩，實則各具特色，值得加以關注。

現今學界對於《叩彈集》的相關研究不算豐碩，期刊論文有幸玉珊〈《中晚唐詩叩彈集》編選宗旨探析〉以「才調風情」論《叩彈集》選詩主張，〔註 2〕此文的篇幅較短，可參看該作者隔年的碩士論文《「中晚唐詩叩彈集」研究》，詳盡探討杜氏兄弟的生平、當時的唐宋詩之爭、選本宗旨，還涉及《叩彈集》與其他中、晚唐詩選本的比較。另有胡娛的碩士論文《杜詔及「中晚唐詩叩彈集」研究》，更細部地探討《叩彈集》編選動機、原則與具體選詩情況，也分析該選本有漏選、選詩年代模糊、編排混亂等缺失而使影響力降低。〔註 3〕

在現有研究中，因杜氏兄弟曾言及「《品彙》以渾成含蓄為宗，是選以**才調風情**為主」（卷前〈例言〉，頁 1），學者們便以「才調風情」為《叩彈集》的選詩宗旨，形成如幸玉珊所謂：「『**才調風情**』作為《叩彈集》的審美意識，以文才斐然之氣勢昇華為風韻情致之意境，體現出二杜獨特的審美趣味。」〔註 4〕認為此即杜氏兄弟的審美標準。胡娛則進一步歸納：「白居易寫了最多的**才調風情**的詩，是中晚唐詩人中最長於寫『**才調風情**』之詩的詩人。」〔註 5〕然而，「才調風情之詩」具體是什麼樣的表現，是否即為某一種詩風？則可謂語焉不詳。再者，杜氏兄弟提出「以才調風情為主」底下尚有論及：

> 作者既**各踵事增華**，讀者寧能膠柱鼓瑟？唯放其才情之所至，而馴造乎神韻之自然，……遞相祖述，**轉益多師**，少陵緒言具在。（卷前〈例言〉，頁 1）

〔註 2〕幸玉珊：〈《中晚唐詩叩彈集》編選宗旨探析〉，《大觀周刊》第 43 期（2011 年 11 月），頁 14。

〔註 3〕胡娛：《杜詔及「中晚唐詩叩彈集」研究》（杭州：杭州師範大學人文學院碩士論文，2013 年）。

〔註 4〕幸玉珊：《「中晚唐詩叩彈集」研究》，頁 31。

〔註 5〕胡娛：《杜詔及「中晚唐詩叩彈集」研究》，頁 36。

認為中、晚唐人在接踵盛唐的功業後，可謂多彩紛呈，各自努力展現其真實的情感與創作才華，以企求達到神韻自然的詩歌理想境界，故讀者也不應只侷限於某些時期或某幾位詩人。這裡的「各踵事增華」，以及引自杜詩之「轉益多師」，無一不是強調中、晚唐詩之多元樣貌，同樣有學習價值。因此，本文認為杜氏兄弟提出的「才調風情」，應不是與盛唐之「渾成含蓄」對應的某種風格表現，而是更偏向闡明《叩彈集》關注中、晚唐詩家，在於詩歌本是各具獨特風采，並不侷限於《唐詩品彙》所推崇的盛唐詩風。

杜氏兄弟以「各踵事增華」稱許中、晚唐詩家之後，又進一步揭示《叩彈集》的選詩宗旨：

> 白香山以迄羅、韋諸家，不拘蹊徑，直抒胸臆，或**因時感憤**，或**緣情綺靡**，……不致美矉學步，以自抹殺其性情，此《叩彈》之所由選也。（卷前〈自序〉，頁2）

明言《叩彈集》所關注的白居易到羅隱（833～910）等中、晚唐詩家，不論是「因時感憤」或「緣情綺靡」，凡是出自肺腑之作，皆可為《叩彈集》所選。換言之，詩歌是否真情流露，乃杜氏兄弟選詩的首要指標。再者，杜氏兄弟提及的「或因時感憤，或緣情綺靡」，兩種相異的情感表現，正可大致將《叩彈集》收錄的中、晚唐詩加以歸為兩類，例如杜氏兄弟所評的「樂天**規切時事**，激昂痛快」（卷1，頁19），或是「唐末詩人……，**變風之餘波**，而《騷》、《雅》之別體也」（卷12，頁31），點出中唐白居易、晚唐詩人關切民瘼之情；又如「長吉則**獨發新豔**」（卷4，頁22），或是「韓琮、崔珏詩**極旖旎**，惜不多」（卷6，頁1），以鮮明豔麗評中唐李賀詩，又歎惋晚唐韓琮（～835～）、崔珏（？～？）詩柔媚多姿但創作量不多，這些皆反映杜氏兄弟對於感憤或綺靡之作均予以關注。

不過考量到杜氏兄弟對於晚唐詩人，如評李商隱詩曰：「義山古詩奇麗有酷似長吉處，讀此篇（〈韓碑〉）直逼退之。」（卷7，頁6）乃以中唐的李賀、韓愈為指標而論及晚唐詩，隱然將中唐詩的地位置於晚唐之上。進一步將《叩彈集》收錄詩數排名前十名的詩家，羅列成表格如下：

表 5：《中晚唐詩叩彈集》收錄詩數前十大詩家表

1	2	3	4	5	6	7	8	9	10
白居易	李商隱	溫庭筠	王建	李賀	杜牧	韓偓	許渾	張籍	張祜
128 首	121 首	104 首	98 首	78 首	70 首	66 首	65 首	64 首	56 首

中唐的白居易詩入選 128 首，高居全本詩數首位，並被杜氏兄弟評為「於諸家中最為浩瀚」（卷前〈例言〉，頁 1）。若再將《叩彈集》所錄詩家區分為中唐與晚唐，並以詩數多寡排列如下：

表 6：《中晚唐詩叩彈集》收錄中唐詩數排序表

排　名	詩　人	詩　數	排　名	詩　人	詩　數
1	白居易	128	6	元稹	49
2	王建	98	7	鮑溶	35
3	李賀	78	8	孟郊	29
4	張籍	64	9	姚合	28
5	張祜	56	10	朱慶餘	23

表 7：《中晚唐詩叩彈集》收錄晚唐詩數排序表

排　名	詩　人	詩　數	排　名	詩　人	詩　數
1	李商隱	121	9	陸龜蒙	42
2	溫庭筠	104	10	羅隱	40
3	杜牧	70	11	趙嘏	37
4	韓偓	66	12	李群玉	31
5	許渾	65	13	張喬	29
6	曹唐	51	14	馬戴	27
7	韋莊	49	15	司空圖	27
8	吳融	48	16	陳陶	21

17	薛逢	20	23	韓琮	14
18	方干	18	24	崔珏	14
19	李頻	17	25	劉滄	14
20	崔塗	17	26	張蠙	14
21	雍陶	15	27	羅鄴	12
22	李遠	14			

可以發現：在選本收錄的 37 位詩家裡，中唐詩人雖然僅有 10 位，但最低錄取者朱慶餘（～826～）仍有 23 首；反觀晚唐之選，如李遠（～831～）、韓琮、崔珏等人僅 14 首，羅鄴（825～？）更只有 12 首，入選量相對零散。故而推測杜氏兄弟對於中唐詩採取集中在少數詩家的精選模式，值得深入分析其對中唐詩的看法。另外，《叩彈集》乃以詩人安排卷次，並明確劃分卷 1 至卷 5 為中唐詩人，卷 6 至卷 12 則歸屬晚唐，加以杜氏兄弟論晚唐詩人常以時期概稱，如評杜牧（803～852）「非晚唐人所能及」（卷 6，頁 1）、評馬戴（799～869）「在晚唐諸家之上」（卷 9，頁 11）等語，似乎另有一整體評價統攝晚唐詩，不適合將《叩彈集》的中、晚唐詩觀一概而論。

因此，為能聚焦議題，本章將以《叩彈集》所選之中唐詩為主要討論範圍，深入分析杜氏兄弟如何以「不拘蹊徑，直抒胸臆」之情真指標進行選評。雖然杜氏兄弟提出的「或因時感憤，或緣情綺靡」（卷前〈自序〉，頁 2），兩種詩情可涵蓋《叩彈集》所選，但考慮到這是統攝中唐與晚唐而論，是以筆者改以更貼合中唐詩之「關懷時事」與「明麗豔情」兩種說法，各別探討《叩彈集》採錄的中唐詩類型。最後再由《叩彈集》對中、晚唐詩的關注，向外觀照明末清初以來，評選家對於詩情的詮釋角度。

第一節　中唐詩之關懷時事

一、白居易樂府詩規切時事

作為全本詩數居首位的詩家，白居易被賦予最高的讚譽：「唐人至白香山獨闢杼機，擺脫羈紲，於諸家中最為浩瀚。」（卷前〈例言〉，頁1）可謂《叩彈集》中最大的肯定。另外，杜氏兄弟為了更有效襯托白居易獨一無二的存在，還將《叩彈集》對中唐詩的精選原則發揮至極，其曰：

> **元詩**比白翦裁差勝，而氣遠遜之，今掇其尤者以次白後。**劉夢得**亦與白齊名，在中唐最為挺拔，顧猶大曆之正音，而非長慶之同調，故闕之。又東坡云：「詩格之變，自韓始。」茲不錄者，蓋以**昌黎**倔強，正堪作少陵後勁，不勞與香山並驅也。（卷 2，頁 29）

以元稹（779～831）氣勢不如白居易，對於耳熟能詳的「元、白」並稱，杜氏兄弟僅收錄元稹詩 49 首，不僅遠低於白居易的 128 首，參照上一節〈前言〉所列的前十大詩家，可知元稹未能佔有一席。不過，相較於杜氏兄弟分判元、白高下，尚可謂其來有自，〔註 6〕反觀被評為「猶大曆之音」的劉禹錫，杜氏兄弟此說則相當新穎，而這恐是因「劉、白」並稱重在雙方唱和，劉禹錫又多以晚年之閒適生活入詩，〔註 7〕杜氏兄弟便將劉詩勾連大曆時期的應酬風氣。〔註 8〕但是當劉禹錫名作〈竹枝詞〉被摒棄，《叩彈集》卻收有張祜（792～852）、溫庭筠（812

〔註 6〕元稹不如白居易之說，如明人許學夷即提出：「元實不如白，……元體多冗漫，意多散緩，而語更輕率。」相較於白居易，元稹有詩意雜蕪、用語不莊重等問題，可知杜氏兄弟所持之元不如白，已由先賢提出。〔明〕許學夷著，杜維沫校點：《詩源辯體》（北京：人民文學出版社，1998 年），卷 28，頁 278。

〔註 7〕張巍指出：「劉白詩派最主要的文學活動有聯句、詩歌贈答與唱和，……而詩歌內容基本上都是歌詠閒適生活。……他們本是一批優秀的詩人，此刻卻變成平庸的官僚。」參見張巍：《杜詩及中晚唐詩研究》，頁 72。

〔註 8〕有關大曆詩風的特徵，據蔣寅整理：「關於大曆詩的缺點，……應酬詩多，為文造情。詩到大曆，作為社交工具的傾向愈益明顯。」《叩彈集》以「大曆之音」作為汰除劉禹錫詩的緣由，然而劉詩與大曆時期相距甚遠，這般說法頗為新穎，推測應是從閒適生活的交際應酬聯繫二者。參見蔣寅：《大曆詩風》（上海：上海古籍出版社，1992 年），頁 240～241。

～870）〈楊柳枝〉這類同具有民歌色彩的作品，不得不說選本乃刻意排除劉禹錫之作。還有，杜氏兄弟看似以杜甫後繼褒揚韓愈，卻也據此將韓詩劃分在中唐之外，不在《叩彈集》選詩範圍。換言之，不論是元、白或劉、白，乃至與白居易並列於中唐的韓愈一派，《叩彈集》可謂有意識地削減或剔除與白居易相關的名家，這不僅體現拔其尤者的精選理念，還能使該選本最受矚目的詩家——白居易，得以獨立於頂峰，印證杜氏兄弟所謂「於諸家中最為浩瀚」之最佳評語。

除了將白居易標舉為出類拔萃的詩人，杜氏兄弟還從以下評語為其塑型：

> 比之**少陵**，一則泰山喬岳，一則長江大河，憂樂不同，而**天真爛漫**，未嘗不同也；難易不一，而**沉著痛快**，未嘗不一也。（卷前〈例言〉，頁1）

在開宗明義的凡例並舉杜甫與白居易，呼應選本所謂的「此編者未必非初、盛之階梯，而《品彙》之鼓吹」（卷前〈例言〉，頁1），在傾向宗盛唐的《唐詩品彙》之後，《叩彈集》自認足以補充中、晚唐時期的不足。如今以盛唐大家杜甫為標竿，與之並峙的白居易不單是中唐代表，已然向盛唐看齊。細究杜氏兄弟提出白與杜相當之處，一者為真摯坦率之至情，這除了是杜氏兄弟主張的「人之情與境相搏而詩生焉」（卷前〈自序〉，頁1）之感物吟志，更對應他們所闡明的編選理念：「不拘蹊徑，直抒胸臆，……此《叩彈》之所由選。」（卷前〈自序〉，頁2）強調能呈現由衷性情之作，才符合《叩彈集》的核心要旨。

另一方面，杜氏兄弟於凡例指出白居易與杜甫有同樣的沉著痛快，這在點評白詩時，又再次被提及：

> 唐以來古**樂府**音節久亡，少陵以時事創新題，為千古絕唱；樂天**規切時事，激昂痛快**，亦足以橫絕古今，當不徒以聲調格律論其高下。（卷1，頁19）

無庸置疑地，杜甫的新題樂府確有開創性的時代意涵，杜氏兄弟不以聲律論優劣的主張，一如其所云「若別體裁、扶風雅，則俟當世之知言者」(卷前〈自序〉,頁2),明言《叩彈集》所選重視真摯詩情更勝於格律正變或詩教功能。至於凡例的「沉著痛快」(卷前〈例言〉,頁1)與此處的「激昂痛快」,除了皆行以流暢明快之筆勢,一則遒勁切實,一則激越昂揚,均源於白居易詩包藏震懾人心的詩旨,也就是他「規切時事」的創作原點。換言之,杜氏兄弟認為白居易的樂府詩堪比杜甫而橫絕古今,關鍵即在白詩是用飽滿高漲的同理之情,直率而有力地歌生民之病。

杜氏兄弟提出「不拘蹊徑,直抒胸臆,或因時感憤,或緣情綺靡」(卷前〈自序〉,頁2),不論是感憤或綺靡,均是詩人的真情流露。白居易規切時事的樂府詩,便很好地詮釋這種因深感民瘼的激憤,如清人馮班評曰:

> 白公諷刺詩,周詳明直,娓娓動人。〔註9〕

白居易的諷刺詩如其自言的「其辭質而徑,欲見之者易諭」,〔註10〕以質實的文字揭示主旨,詩情觸動人心而起勸諫之效。因此《叩彈集》收錄白居易多首反應時事之作,尤其是〈秦中吟〉之〈買花〉、〈傷友〉,以及〈七德舞〉、〈海漫漫〉、〈新豐折臂翁〉、〈城鹽州〉、〈縛戎人〉、〈青石〉、〈杜陵叟〉、〈繚綾〉、〈賣炭翁〉、〈母別子〉、〈井底引銀瓶〉等多首樂府詩,均是寫實而情緒激昂的「諷諭」類〔註11〕。

杜氏兄弟對白居易諷諭類的樂府詩特別青睞,可對應《叩彈集》自序所云:

> 夫語詩之病曰:**好盡而易俚。人之情與境相搏而詩生焉**,故發於不自禁而或至於盡,流於無所擇而或入於俚。……吾觀

〔註9〕馮班評語出自〔清〕清高宗御選:《唐宋詩醇》(臺北:臺灣中華書局,1971年),卷19白居易秦中吟十首,頁13。

〔註10〕〔唐〕白居易:〈新樂府并序〉,《白居易集》(臺北:漢京文化事業有限公司,1984年),卷3,頁52。

〔註11〕白居易詩有諷諭、閑適、感傷、雜律之分,元稹為其作序亦云:「以諷諭之詩長於激。」指出白詩的諷諭類往往為情緒激昂之作。〔唐〕元稹:〈白氏長慶集序〉,見於〔唐〕白居易:《白居易集》,卷1,頁2。

> 《**三百篇**》中一唱三歎，詞繁不殺，而人不慮其盡也，男女贈答、行路歌謠、草木蟲魚、嬉戲號怒，無所不備，而**人不病其俚**也，是其中有本焉。（卷前〈自序〉，頁 1）

相較於盛唐的含蓄蘊藉，中、晚唐詩往往因盡言詩旨、質樸近俚而遭人詬病，然而杜氏兄弟認為因情感被觸動而譜出詩句，自然會因情不自禁而欲盡所言，也會為了更有效地傳遞詩旨而過於口語化，比如《詩經》亦有冗贅或淺俗之弊，但後人不會質疑《詩經》之俚俗，蓋因詩中的真性情更勝於外在形式的裝修。是以對杜氏兄弟而言，中、晚唐詩的「好盡而易俚」並不是問題，重要的是因境遇而觸發的情感，如同白居易的樂府詩，即是因不滿時弊而吐露激憤之情。

二、張籍與王建詩之寫實

杜氏兄弟對於「因時感憤」之作的關注，也反映在《叩彈集》所選詩家的排序與詩數。先看到杜氏兄弟在〈凡例〉中指出：

> 是選以香山為始，所錄亦獨多，自元微之以下，**各以類及**，而世次先後，或不盡拘其去取。（卷前〈例言〉，頁 1）

可知《叩彈集》的編排並不是簡單地按照生卒時間，而是有他們的分類考量，再結合杜氏兄弟精選中唐詩的態度，細究《叩彈集》對詩人的排序：首先是全本最為推崇的白居易，接著是氣勢稍遜於白詩的元稹，然後杜氏兄弟置於第 3 卷者，則是以新樂府反映時事聞名的張籍、王建，〔註 12〕呼應其所謂的「各以類及」。進階對照《叩彈集》收錄的張、王

〔註 12〕相較於白、元為開宗的第 1、2 卷，張、王則被放置在第 3 卷，不僅後者的生卒年早於前者，再據張忠綱所言：「張、王寫作樂府詩要早於元、白等人。元、白等人的樂府詩創作，在某種程度上，也受到張王的一定影響。」杜氏兄弟若是因白居易的樂府詩可與杜甫並論，故對其青睞有加，那麼早於白詩展露頭角的張、王之作，理論上應列在白居易之前。可推測《叩彈集》「各以類次」的編排操作，意在凸出白居易的重要性，接著安排同樣工於樂府的張、王為輔助論述。張忠綱的研究參見氏著：〈杜甫與元白詩派〉，《杜甫研究學刊》2016 年第 3 期（2016 年 9 月），頁 8。

詩，如張籍之〈征婦怨〉、〈寄衣曲〉、〈猛虎行〉、〈行路難〉等，或是像王建之〈促刺詞〉、〈望夫石〉、〈遠將歸〉、〈古從軍〉等，這些為民瘼而悲歌的詩作，被大量收錄選本之中，顯示杜氏兄弟在「因時感憤」的白居易之後，也有意凸顯張、王反映時事之作。

《叩彈集》不僅將工於樂府的張籍、王建，列於同樣提倡新樂府的元、白之後，杜氏兄弟對張、王樂府的強調，也反映在詩家簡介之上，其曰：

> 《歲寒堂詩話》曰：「張司業（張籍，曾任國子司業）詩與元、白一律，專以道得人心中事為工，……張**思深**而語精，……籍之**樂府**，諸人未必能也。」（卷 3，頁 1）
>
> 〈舊跋〉云：「建工為**樂府**歌行，**思遠**格幽。」（卷 3，頁 13）

杜氏兄弟引前人的評價，彰顯張、王樂府的成就，並在所引之語中，提及「思深」、「思遠」，呈現張、王詩之細膩度。對照元稹所謂：「感物寓意，可備矇瞽之諷達者有之，……常欲得思深語近，……然而病未能也。」〔註 13〕從元稹的自省之語，可知諷諭詩即在有感於民瘼，並以淺近文字體現民情。藉此印證張籍、王建樂府詩之思慮深遠，正是其深刻體悟人情的表現。故而明人許學夷（1563～1633）評張、王樂府曰：

> 二公（張籍、王建）樂府，意多懇切，語多痛快，正元和體也。〔註 14〕

活躍於元和年間的詩人張籍、王建，深感於社會現實，以樂府替百姓宣洩生活苦痛，且張、王詩之「語多痛快」，如同杜氏兄弟所謂「樂天規切時事，激昂痛快」（卷 1，頁 19），張籍、王建的寫實之作與針砭時事的白居易詩，同樣感憤而激昂。

〔註 13〕〔唐〕元稹：〈上令狐相公詩啟〉，收入〔宋〕李昉等奉敕編：《文苑英華》，《景印文淵閣四庫全書》集部第 278 冊（臺北：臺灣商務印書館，1983 年），卷 657，頁 8。

〔註 14〕〔明〕許學夷著，杜維沫校點：《詩源辯體》，卷 27，頁 267。

杜氏兄弟除了凸顯張、王樂府詩之特色，在《叩彈集》所選詩數中，張籍、王建更位列全本前十大詩家，說明二人之作深受編選者青睞，而且杜氏兄弟還格外申明：

> 《許彥周詩話》謂：「籍、建樂府、〈宮詞〉皆傑出，所不能追逐李、杜者，氣不勝耳。」愚意作者各出體裁，按紅牙拍歌曉風殘月，比之鐵綽版唱大江東者，不可同年而語也。（卷3，頁30）

宋人許顗（1091～？，字彥周）認為中唐張籍、王建雖工於樂府，但詩氣薄弱，無法與與盛唐的李白、杜甫這相比擬。像許顗對張、王之批評，不單是一家之言，如明代陸時雍（1612～1670）亦云：「張籍，小人之詩也，俚而佻。王建款情熟語，其兒女子之所為乎？」〔註15〕貶斥張、王格局狹窄又落入俗套，王世貞（1526～1590）也認為二人詩作「境皆不佳」，〔註16〕顯然張籍、王建的詩壇定位，確實難以企及李、杜大家。然而，面對許顗的指摘，杜氏兄弟卻主張「作者各出體裁」，並以慢吟的柳永（987～1053）詞常伴隨檀木拍板為喻，其細膩纏綿的唱法，自然不同於執鐵板放歌的蘇軾（1037～1101）詞調激昂，但柳、蘇之詞均不失為極具特色之作。因此，杜氏兄弟認為沒有必要硬將雄渾高昂的李、杜詩，比擬於不以氣勢見長的張、王詩，而忽略張、王詩本身的特質，這也呼應《叩彈集》所強調的「作者既各踵事增華」（卷前〈例言〉，頁1），正因有多元的詩風，詩壇才能精彩紛呈，印證杜氏兄弟欣賞多元藝術面貌的選詩觀點。

張籍與王建詩雖被放在同一卷次，其入選量也都是《叩彈集》前十名，不過杜氏兄弟採錄的張、王詩數，卻有64首與98首之明顯差距，而且王建更高居《叩彈集》詩數第四名，二人落差的主要關鍵，即

〔註15〕〔明〕陸時雍：《古詩鏡》，收入《景印文淵閣四庫全書》集部第350冊，卷前〈詩鏡總論〉，頁29。

〔註16〕〔明〕王世貞：《藝苑卮言》，收入周維德集校：《全明詩話》第3冊（濟南：齊魯書社，2005年），卷4，頁1927。

在王建的〈宮詞〉百首有 45 首為杜氏兄弟所選，值得加以分析。

關於王建〈宮詞〉，如宋代歐陽脩（1007～1072）評道：「多言唐宮禁中事，皆史傳小說所不載者，往往見于其詩。」〔註 17〕蔡絛（～1124～）亦指出：「知建詩皆摭實，非鑿空語也。」〔註 18〕可知王詩之寫實意涵。不過據謝明輝研究：

> 王建宮詞主要是描述皇宮中宮女和貴族的各種生活為題材，……如果皇宮內的生活像天堂，那麼**下層人民的生活就如地獄般痛苦**。〔註 19〕

顯然〈宮詞〉不單是紀實，更因其揭露上層社會的享樂，反襯出黎民的苦痛，與王建樂府詩同樣具有批判性。

再者，清人翁方綱析論王建〈宮詞〉亦云：

> **委曲深摯**處，別有頓挫，如僅以就事直寫觀之，淺矣。〔註 20〕

認為王建〈宮詞〉並非單純紀錄而已，其含蓄深刻的筆觸更道盡人情。進一步對照《叩彈集》所選王建〈宮詞〉，例如「宮人早起笑相呼，不識階前掃地夫。乞與金錢爭借問，外頭還似此間無」，在看似令人稱羨的宮中生活裡，刻畫出宮人與世隔絕的幽閉心理，清人黃叔燦對此詩論道：「一入宮中，內外隔絕，驚呼借問，情事宛然。」〔註 21〕稱許王建善於掌握這種浮華底下，難向外人道的幽微心境；又如「樹頭樹底覓殘紅，一片西飛一片東。自是桃花貪結子，錯教人恨五更風」，藉由宮人惜花與怨花之舉，投射出對自身命運的哀嘆，宋人陳輔（？～？）

〔註 17〕〔宋〕歐陽脩：《六一詩話》，收入〔清〕何文煥輯：《歷代詩話》，頁 268。

〔註 18〕〔宋〕蔡絛：《西清詩話》，收入《中國詩話珍本叢書》第 1 冊（北京：北京圖書館出版社，2004 年），頁 334。

〔註 19〕謝明輝：《王建詩歌研究》（臺北：花木蘭文化出版社，2008 年），頁 56～59。

〔註 20〕〔清〕翁方綱：《石洲詩話》，收入郭紹虞編選，富壽蓀校點：《清詩話續編》（臺北：木鐸出版社，1983 年），卷 2，頁 1390。

〔註 21〕〔清〕黃叔燦：《唐詩箋註》（清乾隆乙酉年〔1765〕松筠書屋藏板，美國哈佛大學燕京圖書館數位典藏），卷 9，頁 24。

則評曰：「荊公獨愛其『樹頭樹底覓殘紅……』，謂其意味深婉而悠長也。」〔註22〕王安石（1021～1086）格外欣賞王建此詩之哀婉深切的韻味。顯然杜氏兄弟如此關注王建〈宮詞〉，很可能也是考量到〈宮詞〉在紀實之餘，又能曲盡人情，呼應王建樂府詩「思遠」（卷3，頁13）之細膩筆觸。王建以〈宮詞〉為宮人傾吐哀情，也符合《叩彈集》之「不致美矉學步，以自抹殺其性情」（卷前〈自序〉，頁2），強調詩情之真摯動人。

三、李賀詩之慷慨悲鳴

《叩彈集》在張籍與王建的卷次之後，收錄了向來以瑰奇詭異著名的李賀，〔註23〕然而《叩彈集》所選的李賀詩，有多首疾呼悲鳴之作，並且相較於整部選本罕有評語，杜氏兄弟則對於李賀這些疾辭多加批點，如評〈雁門太守行〉曰：

> 此詩言城危勢亟，擐甲不休，至於哀角橫秋，夕陽塞紫，滿目悲涼，猶卷旆前征，有進無退，雖士氣已竭，鼓聲不揚，而一劍尚存，死不負國，皆**極寫忠誠慷慨**。（卷4，頁6）

闡明將士在艱險危急的局面，仍誓死守城的堅貞之志。相較於前人評此詩以「語險」、「語奇」、「善狀物也」，〔註24〕側重在李賀的用詞奇險

〔註22〕〔宋〕陳輔：《陳輔之詩話》，轉引自陳伯海主編：《唐詩彙評》（杭州：浙江教育出版社，1995年），頁1538。

〔註23〕如南宋張戒云：「賀詩乃李白樂府中出，**瑰奇譎怪**則似之。」又如明人胡應麟評為「長吉**險怪**」、許學夷所謂的「李賀樂府五、七言，調婉而**詞豔**」，皆以或豔麗或詭異論李賀詩風。第一項見〔宋〕張戒：《歲寒堂詩話》，收入《叢書集成初編》（北京：中華書局，1985年），卷上，頁12。第二項見〔明〕胡應麟：《詩藪》（臺北：文馨出版社，1973年），內編3，頁54。第三項見〔明〕許學夷著，杜維沫校點：《詩源辯體》，卷26，頁261。

〔註24〕如宋人曾季貍云：「李賀〈雁門太守行〉**語奇**。」明代周珽引元人范梈曰：「**語險**，詩便驚人，如李賀『黑雲壓城城欲摧，甲光照日金鱗開』（〈雁門太守行〉首二句），任是人道不出。」明人楊慎也記有：「唐李賀〈雁門太守行〉首句云……。予在滇，……見日暈兩重，黑雲如蚊在其側，始信賀之詩**善狀物**也。」以親身經歷印證李賀詩善於描

或寫景精妙等技巧層面，杜氏兄弟卻更重視詩中人物的情感抒發，乃至結語之「極寫忠誠慷慨」，道盡李賀寄託其中的壯志豪情。再者，杜氏兄弟評李賀〈長歌續短歌〉曰：

> 所謂相望而不相見，**士之不遇**如此，宜乎**未老而鬢衰**也。(卷4，頁3)

此詩之「秦王不可見，旦夕成內熱」，即是李賀以無法如願覲見秦王之內心焦灼，自傷無緣科場〔註25〕而難以見得唐憲宗（805～820在位），杜氏兄弟也以詩人之不遇，聯想到李賀最終未老先衰的結局，在歎惋之餘，亦揭示李賀詩中的忠貞與悲情。

除了體現李賀的忠誠，杜氏兄弟也對其諷諭詩加以批點，像是：

> 〈老夫采玉歌〉：此詩言玉不過充後宮之飾，致驅蒼黎於不測之地，故**託為老夫哀怨之詞以諷之也**。(卷4，頁11～12)
>
> 〈神弦曲〉：姚文燮曰：唐俗尚巫，……帝用其言遣巫女乘傳，分禱天下，……所至橫恣賂遺，妄言禍福，海內崇之，……**賀作詩以嘲之也**。(卷4，頁14)

李賀〈老夫采玉歌〉以宮中徒為錦上添花的裝飾品，烘托出百姓被迫勞師動眾的辛酸；〈神弦曲〉則引清初姚文燮（1628～1693）的記載，談論帝王迷信與妖言惑眾，致使民心動盪不安。對於這些反映時事之作，杜氏兄弟不僅選錄，還特別挑明其中的嘲諷意味，以彰顯詩人為民喉舌的心志。可知在李賀詩慣見的詭麗風格之餘，杜氏兄弟還關注到李賀詩具備白居易樂府詩之「為君、為臣、為民、為物、為事而

摹。第一項見〔宋〕曾季貍：《艇齋詩話》(臺北：廣文書局，1971年)，頁16。第二項見〔明〕周珽：《刪補唐詩選脈箋釋會通評林》，收入《四庫全書存目叢書補編》(濟南：齊魯書社，2001年)，中七古下，頁23。第三項見〔明〕楊慎：《升庵集》，收入《景印文淵閣四庫全書》集部第209冊(臺北：臺灣商務印書館，1983年)，卷56，頁7～8。

〔註25〕據《新唐書》所載：「李賀，……以父名晉肅，不肯舉進士。」知其因避父諱，無法參與科考。〔宋〕歐陽脩、宋祁：《新唐書》(北京：中華書局，1975年)，卷203，列傳第128，文藝下，頁5788。

作」〔註 26〕的諷諭精神，欲讓李賀因自身不遇或眼見不平的放聲疾呼，也能為世人所聞。

可以發現，對於白居易、張籍、王建，乃至李賀，這些位列《叩彈集》前十名的中唐詩家，杜氏兄弟的選評又特別點出其規切時事、反映民瘼，甚至自傷自歎之處，意在呈現這些中唐詩作感嘆哀鳴的一面。

第二節　中唐詩之明麗豔情

對於中唐詩作，除了關懷時事之作受到杜氏兄弟的青睞，另外像華麗的豔情詩，在《叩彈集》也有為數可觀的入選量，這不僅體現杜氏兄弟寬泛的選詩態度，還可進階揭示其審美取向。

一、李賀詩之新豔

杜氏兄弟對於豔情詩的偏好，尤體現在入選詩數位列全本第五名的李賀。《叩彈集》收錄的中唐詩人僅有 10 位，遠低於晚唐的 27 位，但從每位中唐詩人的詩作入選量普遍高於晚唐，可知《叩彈集》所選中唐詩集中於少數菁英。在這種精選模式中，現存李賀詩僅 227 首，〔註 27〕卻有多達 78 首、超過三分之一被收錄到《叩彈集》，可見杜氏兄弟對李賀詩之重視。

若說「瑰奇詭異」為李賀詩的代表風格，《叩彈集》對李賀詩之選評，尤為集中於李賀詩之「瑰麗」，並且關注到李賀對於豔情的描寫，如其〈惱公〉一詩之「曉奩妝秀靨，夜帳減香筒」、「匀臉安斜雁，移燈想夢熊」，細膩描繪女子化妝、薰香、出神遙想等生活樣貌，而且此詩之視角如蔡柏盈分析：「有別於元、白的自敘豔情的方式，詩人站在旁觀的位置，從妓女的角度寫了一首『敘冶遊』詩。」〔註 28〕也因為詩

〔註 26〕〔唐〕白居易：〈新樂府并序〉，《白居易集》，卷 3，頁 52。

〔註 27〕李賀詩數統計自〔唐〕李賀著，吳企明箋注：《李長吉歌詩編年箋注》（北京：中華書局，2012 年）。

〔註 28〕蔡柏盈：《中晚唐綺豔詩中的「豔色」與「抒情」》（臺北：花木蘭文化出版社，2010 年），頁 125。

人以代敘的筆法，歷來對其解讀頗為紛雜，〔註29〕杜氏兄弟卻強調：

> 詩在可解不可解之間，不必強為之解，今細翫此詩，**總賦豔情**，大都昌谷詩如以故實疏之，則泥矣。（卷4，頁20）

認為詩歌貴在品味感受，尤其李賀詩更不須強為之注解，像是這首〈惱公〉的獨特之處即在「總賦豔情」，讀者只須仔細體會詩人刻畫的各種情態即可。

杜氏兄弟基於豔情亦為詩人至性的表現，故對李賀此詩加以迴護，迥異於豔情詩常被賦予的鄙俗負評，印證《叩彈集》「不拘蹊徑，直抒胸臆」（卷前〈自序〉，頁2）之選詩主張。再者，除了這首「總賦豔情」的〈惱公〉，《叩彈集》收錄的李賀詩也有不少如〈追和何謝銅雀妓〉、〈洛姝真珠〉、〈美人梳頭歌〉、〈馮小憐〉等，以歡場女子或美人梳妝為題，體現出李賀鋪寫豔情的一面。

豔詩多是以華美細膩的詩句鋪寫言情，故而往往呈現出一種明亮多彩的色調，加以李賀詩本身瑰麗的用色，杜氏兄弟進一步以「新豔」總評李賀詩，並加以比較：

> 玉川（盧仝，自號玉川子）**寒苦**，長吉則獨發**新豔**，故錄長吉而不及玉川，猶錄東野不及長江（賈島，曾任長江主簿）也。（卷4，頁22）

杜氏兄弟曾引用「嚴滄浪云：『玉川之怪、長吉之詭，天地間自欠此體不得。』」（卷4，頁22）認為盧仝與李賀的詭怪詩風不可或缺，如今進一步憑藉精選原則，提出盧仝詩的枯冷嚴寒不比李賀詩的新奇豔麗。

另外，杜氏兄弟將李賀與孟郊之作列為同卷，而且在「郊寒島瘦」的並稱中，《叩彈集》只收錄孟郊詩，根據杜氏兄弟「各以類及」（卷前

〔註29〕據清人王琦整理：「〈惱公〉，惱其品汙而行穢也，各家紛紛謬解，有謂惱天公者，有謂惱懷者，有謂中婦惱者，有謂彼姝惱者，尤有可笑者謂其可愛、可憎為惱公者，即以此一題而論其穿鑿附會如此，則其解詩之囈說可知矣。」詩題「惱公」的解法可謂眾說紛紜。〔唐〕李賀撰，〔清〕王琦彙解：《協律鈎玄》，收入《續修四庫全書》集部第1311冊（上海：上海古籍出版社，2002年），卷2，頁16。

〈例言〉，頁 1）的編排主張，顯然杜氏兄弟認為李、孟詩有並列的必要，一如其所云：

> 《品彙》古詩「正變」與昌黎並列者，唯東野、長吉，蓋**東野奇險**，實與**長吉鬼怪**對壘。（卷 4，頁 28）

為了獨顯白居易的價值，《叩彈集》並未收錄同為中唐名家的韓愈，但杜氏兄弟卻轉向選取在《唐詩品彙》的「正變」類中，分別與韓愈五古、七古並列的孟郊、李賀，〔註 30〕以便達到概括韓詩成就之效。再者，杜氏兄弟進一步指出李、孟二人，一則「鬼怪」，一則「奇險」，可推測是因其同屬怪奇範疇而被併於一卷。

有趣的是，即使李賀與孟郊被列在同卷，二者的入選詩數卻有 78 首與 29 首之別，且相較於李賀為《叩彈集》第五大詩家，孟郊卻未能躋身於前十名之列。之所以有如此懸殊的差距，亦源於杜氏兄弟偏好「新豔」的李賀詩，更勝苦寒之作，一如其論孟郊詩曰：

> 郊詩佳者甚多，而寒澀窮僻，誠如嚴滄浪所云「讀之令人不歡」，故不多及耳。（卷 4，頁 28）

杜氏兄弟不願多採使人鬱結的苦寒孟郊詩，對應《叩彈集》簡介孟郊所言：「韓愈銘其墓曰：『先生為詩**劌目鉥心，刃迎縷解，鉤章棘句，掐擢胃腎**，神施鬼設，間見層出。』」（卷 4，頁 22）指出孟郊詩往往是經歷嘔心瀝血、反覆推敲而成，這種刻苦煉造的詩句雖然容易誕生佳作，但如此費力很難帶來流暢明快的閱讀體驗，就像杜氏兄弟強調的「讀之令人不歡」，一如被評為「寒苦」的盧仝詩不比「新豔」的李賀詩，故而孟郊詩的入選量不高，也間接印證杜氏兄弟對明麗豔詩的好感更勝於苦寒之作。

二、張祜、姚合詩之明亮色調

從《叩彈集》對李賀、孟郊的評選差異，顯示出杜氏兄弟在明豔

〔註 30〕《唐詩品彙》於五古與七古的「正變」所列舉的詩人，分別參見〔明〕高棅：《唐詩品彙》，〈五言古詩敘目〉，頁 11；〈七言古詩敘目〉，頁 6。

瑰麗與灰冷僻澀之間，明顯更偏向前者。這種對於明亮色調的偏好，也體現在杜氏兄弟所選評的張祜、姚合這些中唐詩家之作。

在《叩彈集》裡的中唐詩人最末卷，張祜入選之作多達 56 首，亦為全本第十大詩家。觀其詩人小序所云：

> 元和中作**宮體豔發**，老大稍窺建安風格，短章大篇，往往間出，善題目佳境，言不可刊置別處，陸龜蒙序稱為才子之最。（卷 5，頁 18）

此語當引自陸龜蒙（？～881）〈和張處士詩并序〉曰：「元和中作宮體小詩，**辭曲豔發**，當時輕薄之流，能其才，合譟得譽。及老大，稍窺建安風格，誦樂府錄，知作者本意，短章大篇，往往間出，諫諷怨譎，時與六義相左右，善題目佳境，言不可刊置別處，此為才子之最也。」〔註 31〕陸龜蒙的原文提及張祜早年憑藉「當時輕薄之流」所推崇的宮體詩聲名大噪，後來創作堪比《詩經》六義的諷諫詩，站在詩教的角度，宮體豔詩自是難登大雅之堂，故而評價也不高，如清初毛先舒（1620～1688）曰：

> 張承吉（張祜，字承吉）風流之士，而〈金山寺〉詩「因悲在城市，終日醉醺醺」，村鄙乃爾，不脫**善和坊題帕手段**。〔註 32〕

張祜〈題潤州金山寺〉之「一宿金山寺，微茫水國分。僧歸夜船月，龍出曉堂雲。樹色中流見，鐘聲兩岸聞。**因悲在朝市，終日醉醺醺**」，被毛先舒批評為以不雅的醉態入詩，只適合題寫於冶遊場合。甚至在辯證〈集靈臺〉（虢國夫人）一詩是否為杜甫所作，毛先舒也指出：

> 拾遺詩發語忠愛，即使諷時，必不作此**佻語**，應屬祜作無疑。〔註 33〕

〔註 31〕〔唐〕陸龜蒙：〈和張處士詩并序〉，《松陵集》（臺北：臺灣商務印書館，1981 年），卷 9，頁 2。

〔註 32〕〔清〕毛先舒：《詩辯坻》，收入郭紹虞編選，富壽蓀校點：《清詩話續編》，卷 3，頁 52。

〔註 33〕〔清〕毛先舒：《詩辯坻》，收入郭紹虞編選，富壽蓀校點：《清詩話續編》，卷 3，頁 57。

〈集靈臺〉之「卻嫌脂粉汙顏色，淡掃蛾眉朝至尊」，以虢國夫人（？～756）故意用自己最引以為傲的淡妝朝見聖上，指其有意討好唐玄宗（712～756 在位）。〔註 34〕毛先舒認為縱然意在譏諷，說法也不應如此直露輕佻，故以此詩當是張祜所作，而非多行以莊重的杜甫所為。

反觀杜氏兄弟簡介張祜時，將陸龜蒙原文的「輕薄之流」裁去，似乎隱有不認可之意，而且不只是上述的〈題潤州金山寺〉與〈集靈臺〉，甚至張祜的其他宮體詩，如〈吳宮曲〉之「皓齒初含雪，柔枝欲斷風」（卷 5，頁 21）、〈陪范宣城北樓夜讌〉之「粉項高叢鬢，檀妝慢裹頭。」（卷 5，頁 21）、〈病宮人〉之「四體強扶藤夾膝，雙鬟慵整玉搔頭」（卷 5，頁 23）等，精巧地描繪女子的嬌柔與病態，盡顯其惹人憐愛的姿容，這些詩作均為《叩彈集》選錄，可說是對詩人如此刻畫女子容貌的認可。

《叩彈集》收錄了李賀豔情、張祜宮體等作品，這種傾向明麗色調的選詩偏好，還可見於《叩彈集》評選的姚合（779～855）詩。不太一樣的是，雖然相對於盧仝、孟郊詩之幽冷灰暗，杜氏兄弟更喜好鮮亮色彩，不過這種審美觀體現在李賀、張祜詩是吟詠豔情的鮮麗，《叩彈集》所選的姚合詩則是洗淨的明亮感，如杜氏兄弟於姚合的詩人小序曰：

> 徐獻忠曰：姚秘監（姚合，官至秘書少監）詩洗濯既淨，挺拔欲高，**得趣於閬仙之僻**，而運以**爽亮**；取材於籍、建之淺，而媚以**蒨芬**。（卷 5，頁 9）

引明人徐獻忠（1493～1569）之語，認為姚合結合了賈島詩之清奇、張籍與王建的取材平實，創作出更為清朗亮麗之作。

但是《叩彈集》選取有「得趣於閬仙」之評的姚詩 28 首，卻沒有

〔註 34〕據《楊太真外傳》記唐玄宗封賞楊貴妃的姊妹乃是：「三姨為虢國夫人，……然虢國不施妝粉，自衒美艷，常素面朝天。」可知虢國夫人自認為未施脂粉時的狀態最佳，便常於唐玄宗面前展現。〔宋〕樂史：《楊太真外傳》，收入《續修四庫全書》第 1783 冊（上海：上海古籍出版社，2002 年），卷上，頁 4。

收錄賈島本身。在「郊寒島瘦」並稱中，更得杜氏兄弟青睞的孟郊詩，也不過入選了 29 首，幾乎同於姚合詩數。這除了說明杜氏兄弟喜愛姚合詩之爽亮，還可參照徐玉美分析姚合詩所說：

> 姚合詩作，以描寫眼前景，心中情為主，重在隨感而發，因而**情真意切**。〔註 35〕

姚合善於將所見所感譜寫成詩，源於真摯體驗的創作，相當符合杜氏兄弟強調的「人之情與境相搏而詩生焉」（卷前〈自序〉，頁 1），因此《叩彈集》所選的姚詩，多為情感觸發詩興之作，像是詠物的〈拾得古研〉，以「置之潔淨室，一日三磨拭」（卷 5，頁 10）直敘對古物的珍愛之態，〈南池嘉蓮〉的「濃淡並肩香各散，東西分豔影相連」（卷 5，頁 12～13），刻畫蓮花飄香與並蒂雙開之貌。又如寫景的〈秋中山寺〉，「風冷衣裳脆，天寒筆研輕」（卷 5，頁 11）從衣料觸感與墨色濃淡感知嚴寒，〈寄友人〉之「漏聲林下靜，螢色月中微」（卷 5，頁 12），藉由以動顯靜與昏暗微明帶出景色幽微，均是由外境而生發的真實詩情。

不過《叩彈集》採錄的姚合詩數，尚未能高居前十大詩家，蓋因杜氏兄弟引徐獻忠語，言其「體似尖小，味亦微醨，故品局中駟耳」（卷 5，頁 9），認為姚詩有格局小、韻味薄的瑕疵，僅屬於中等之作。然而像姚合這樣的「中駟」，名氣也在郊、島之下，卻能比僻冷的賈島，更為《叩彈集》所重視，詩數又幾與孟郊齊平，再次印證杜氏兄弟重視詩作真情與偏愛明亮絢麗之色。一如《叩彈集》之所以聚焦於中、晚唐，即在於：

> 詩有正有變，正唯一格，變出多岐，觀其**盡態以極妍**，勢必兼收而並采。（卷前〈例言〉，頁 1）

《唐詩品彙》推崇的盛唐固然為詩歌的鼎盛時期，但中唐以後的詩家各逞其能地綻放明豔色彩，致使杜氏兄弟認為有必要向世人揭示中、晚唐詩的價值。不論是李賀、張祜鮮明煥發的宮體豔情，抑或姚合即景

〔註 35〕徐玉美：《姚合及其詩研究》（臺北：花木蘭文化出版社，2009 年），頁 174。

抒情的清亮風格，皆可謂《叩彈集》所呈現的中唐「極妍」之樣貌。

此外，像是《叩彈集》最為推崇的白居易，除了諷喻之作，杜氏兄弟也選錄不少豔麗的白詩，如〈山遊示小伎〉之「紅凝舞袖急，黛慘歌聲緩」（卷1，頁5）、〈代書一百韻寄微之〉之「粉黛凝春態，金鈿耀水嬉」（卷2，頁5～7）〈楊柳枝二十韻〉之「枝柔腰嫋娜，荑嫩手葳蕤」（卷2，頁8）等，以女子的舞姿與嬌柔入詩；又如元稹〈贈雙文〉之「豔極翻含怨，憐多轉自嬌」（卷2，頁24）、〈鶯鶯詩〉之「頻動橫波嬌不語，等閒教見小兒郎」（卷2，頁27）等，描摹曾交往過的女子之豔容；再如韓偓（844～923）〈青春〉、〈已涼〉等閨情愁思的香奩詩，亦均可見於《叩彈集》之中。

杜氏兄弟收錄了大量的豔情詩作，也導致《叩彈集》被四庫館臣評為：

> 靡靡之音，一概濫登，於精審猶有愧焉。（卷末〈提要〉，頁1）

認為杜氏兄弟連耽溺享樂的頹廢之作也一併收錄，如此選法實在失於浮濫。但這是因為乾隆朝的館臣們籠罩在上位者所提倡的詩教觀，〔註36〕自然會認為《叩彈集》所選與溫柔敦厚的精神相去甚遠。若單從選本而論，杜氏兄弟早已申明：「若別體裁、扶風雅，則俟當世之知言者。」（卷前〈自序〉，頁2）宣揚儒家道統本就不是《叩彈集》所關心者，反之，杜氏兄弟的主張是：

> 能使學者疏瀹心靈，發皇耳目，不致美矉學步，以自抹殺其**性情**，此《叩彈》之所由選也。（卷前〈自序〉，頁2）

〔註36〕乾隆朝對於詩教的重視，像是奉旨編訂御選《唐宋詩醇》的大臣即曰：「含英咀華，以求合乎溫柔敦厚之遺則。」明言其乃遵循儒家詩教觀而選；再者，乾隆時期的詩壇盟主沈德潛，也在《唐詩別裁集》說明：「詩雖未備要，藉以扶掖雅正，……至於詩教之尊，……而一歸於中正和平。」身為朝中核心官員，沈德潛的選本同樣也主張溫柔敦厚、扶持雅正的詩教觀。第一項見〔清〕清高宗御選：《唐宋詩醇》，卷前，頁2。第二項見〔清〕沈德潛：《唐詩別裁集》重訂本，卷前〈重訂唐詩別裁集序〉，頁3～4。

沒有絲毫矯揉造作的詩句，能使讀者深受感動，引領後學亦以真情為詩，方為《叩彈集》的選評重點，是以除了深感民瘼的諷諭樂府，把性情化為纖巧明麗字句的豔情詩，也為《叩彈集》所認可。

第三節 《叩彈集》對二馮情真觀之詮釋

杜氏兄弟選評的《叩彈集》雖然較不為近人知悉，但該選本不僅被進獻於康熙帝，後來更收錄在《四庫全書》，且由館臣為之提要，〔註37〕可見有一定的重要性。《叩彈集》的選詩偏好，亦可與當時的詩壇風氣形成呼應。

從明初高棅《唐詩品彙》宗主盛唐，而後復古派李攀龍編定《古今詩刪》之「唐詩選」，成為「學者尤宗之」的選本，〔註38〕其「詩必盛唐」的主張亦深度影響明人選詩。直到清代，唐詩選本的情況如賀嚴所說：「清初懲於明七子學盛唐的膚廓之風，多有轉向中晚唐之趣。因此出現了一些唐詩選或偏重中晚，或將初盛中晚等量齊觀。」〔註39〕文壇盟主錢謙益（1582～1664）針對明人宗盛唐的狂熱進行反動，錢氏弟子馮舒、馮班同樣關注到盛唐以外的其他詩家，如張健所說：「二馮兄弟與錢謙益一樣對七子派及竟陵派詩學都持批判態度，……錢謙益崇尚杜甫、韓愈、蘇軾、陸游一系，而二馮則崇尚晚唐。」〔註40〕除了推崇晚唐，馮班亦有肯定中唐之語曰：「若以時代言，則韓、孟、劉、

〔註37〕據胡娛考證：「康熙五十一年壬辰，……杜詔、杜庭珠選編的《中晚唐詩叩彈集》被康熙皇帝知道，杜詔奉詔進獻五部於朝廷。後來《欽定四庫全書全書總目》為《中晚唐詩叩彈集》作提要時所依據的，應該就是杜詔此年進獻的本子。」經翻閱查證，也確實於《四庫全書存目叢書》集部第406冊收有此選本。參見胡娛：《杜詔及「中晚唐詩叩彈集」研究》，頁18。

〔註38〕據明人胡震亨所載：「李于鱗一編復興，學者尤宗之，詳李選與《正聲》，皆從《品彙》中采出，亦云得其精華。」可知李氏選本不僅受高棅影響，亦為影響後人選詩的重要選本。參見氏著：《唐音癸籤》，卷31，頁326。

〔註39〕賀嚴：〈清初唐宋詩選本與唐宋詩之爭——對順治至康熙十年前後唐宋詩選情況的考察〉，《芒種》2012年第1期（2012年1月），頁105。

〔註40〕張健：《清代詩學研究》（北京：北京大學出版社，1999年），頁148。

柳、韋左司、李長吉、盧玉川，皆詩人之赫赫者也。」〔註 41〕列舉中唐多位詩學成就可觀的詩人。

馮舒、馮班尚著有《二馮批點才調集》，並以之為引領後進的重要教材，〔註 42〕據蔣寅對於二人的批點論道：

> 二馮對《才調集》的表章引發了常熟詩人師法中晚唐詩的風氣，而二馮批點《才調集》又緣於他們對晚唐詩的興趣。〔註 43〕

馮舒、馮班的詩學宗尚可參照其後輩馮武（？～？）所言：「默庵先生，名舒，……以杜樊川為宗，而廣其道於香山、微之。鈍吟先生，名班，……以溫、李為宗。」〔註 44〕二馮不僅崇尚晚唐的杜牧、李商隱、溫庭筠，亦旁及中唐的白居易、元稹，因此也對於重視中、晚唐詩的韋穀《才調集》〔註 45〕特別關注。

只是《二馮批點才調集》的影響受眾可能不限於江蘇常熟的詩人，據孫琴安指出：「在清初，由於馮舒、馮班兄弟的推重，此書曾風行一時，注家蜂起，足見其對後世的影響。」〔註 46〕二馮提倡《才調

〔註 41〕〔清〕馮班：《鈍吟雜錄》，收入《明清筆記史料叢刊》第 147 冊（北京：中國書店，2000 年），卷 5，頁 5。

〔註 42〕從二馮後輩馮武的序文所言：「兩先生教後學皆喜用此書，……蓋從此而入則蹈矩循規，擇言擇行，縱有紈綺氣息，然不過失之乎。」可知馮氏兄弟藉《二馮批點才調集》指導後學，以期有匡正品行之效。參見〔蜀〕韋穀編，〔清〕馮舒、馮班評點：《才調集》，收入《四庫全書存目叢書》集部第 288 冊（臺南：莊嚴文化事業有限公司，1997 年），卷前〈凡例〉，頁 4。

〔註 43〕蔣寅：〈虞山二馮詩歌評點略論〉，《遼東學院學報（社會科學版）》第 10 卷第 6 期（2008 年 12 月），頁 81。

〔註 44〕〔蜀〕韋穀編，〔清〕馮舒、馮班評點：《才調集》，《四庫全書存目叢書》集部第 288 冊，卷前〈凡例〉，頁 1。

〔註 45〕韋穀《才調集》雖非專選中、晚唐詩的選本，卻對中、晚唐特別重視，以其選數前十大詩家為例，分別是：韋莊、溫庭筠、元稹、李商隱、杜牧、李白、白居易、曹唐、許渾、張泌。其中僅有李白一人為盛唐，其餘皆為中、晚唐詩人，說明韋穀對中、晚唐詩的偏重。

〔註 46〕孫琴安：《唐詩選本提要》，頁 27。

集》的影響力又與時人對於明代詩學觀的反思，交織成關注中、晚唐詩的風潮。同為江蘇人的杜詔、杜庭珠，其《叩彈集》即以中、晚唐詩為探討對象，可謂也是處於這股潮流之中。

二馮曾論《才調集》所選的李商隱詩曰：「義山自謂杜詩韓文，王荊公言學杜當自義山入。……知荊公此言，正以救江西派之病也。」〔註47〕認同宋人王安石以李商隱詩窺見杜詩堂奧之觀點，有助於矯正江西詩派粗糙不整飭之弊。這種藉由晚唐以升堂入室至杜詩境界的詩學理念，即如蔣寅論馮班詩學乃「以李商隱為核心的晚唐就顯然是一連接六朝而通向杜甫的捷徑」，〔註48〕馮班雖然標舉晚唐李商隱，實則仍視詩聖杜甫為學詩的終極典範。再者，蔣寅還將此路徑與杜氏兄弟編選的《叩彈集》相應：

> 他（馮班）所以選用《才調集》來教後學，……表明他們的選擇是出於師法策略。康熙後期**杜詔**提倡晚唐詩，以溫李為宗，大概也是在重複這一思路吧？〔註49〕

《叩彈集》確實同於前輩二馮存有更深一層的師法對象，如杜氏兄弟所謂的「此編者未必非初、盛之階梯，而《品彙》之鼓吹」（卷前〈例言〉，頁1），以《叩彈集》為接續《唐詩品彙》，即可說是在抱持著盛唐詩本位的情況下，將中、晚唐詩視作深入盛唐閫奧的優良路徑。不過要注意的是，《叩彈集》所錄之李商隱、溫庭筠詩雖然高居全本詩數第二、三名，但從編選者將第一名的白居易比為杜甫，並視白居易「於諸家中最為浩瀚」（卷前〈例言〉，頁1），可知杜氏兄弟對於中唐詩的重視程度並不比晚唐低。

此外，二馮宗法晚唐詩時，面對纖弱的豔詩有如下解釋：

〔註47〕〔蜀〕韋縠編，〔清〕馮舒、馮班評點：《才調集》，《四庫全書存目叢書》集部第288冊，卷6，頁12。

〔註48〕蔣寅：〈虞山二馮詩學的宗尚、特徵與歷史定位〉，《北京師範大學學報（社會科學版）》2008年第4期（2008年8月），頁54。

〔註49〕蔣寅：〈虞山二馮詩學的宗尚、特徵與歷史定位〉，《北京師範大學學報（社會科學版）》2008年第4期（2008年8月），頁54。

能作「香奩體」者定是情至人，正用之決為**忠臣義士**。〔註 50〕

就韓偓在香奩詩的情感表現而言，如徐復觀所說：「以韓偓志節之純，性情之真，及其遭遇之富有戲劇性，便形成了他的溫厚悽婉的詩體。」〔註 51〕從其詩之情真，可推想韓偓亦為情至之人。但若逕以香奩體導向忠義之論調，更可謂體現了清初慣以性情與倫理綱目結合的思潮，誠如張健指出：

明清之際詩學在性情問題上有**統一真善與雅**的傾向。……**馮班**詩學也體現出這一傾向。他強調性情中要有美刺，正是強調性情的**政治內涵**。〔註 52〕

當時文人追求詩情與美刺的結合，還可推溯至清人的尊杜觀，如廖宏昌所說：

合於**詩教性情之雅**，幾乎成為時代的審美理想，**二馮**如是，……與詩壇大倡儒家詩教相互照應，清代文學批評的主要特徵則是**尊杜**。〔註 53〕

二馮藉由李商隱導向詩教代言人的杜甫，並將晚唐詩常見的豔作納入性情的一環，昇華為崇高的儒家教條。同樣地，杜氏兄弟也以「不拘蹊徑，直抒胸臆」（卷前〈自序〉，頁 2）的情真原則，選錄白居易的諷諭詩、張籍與王建的樂府詩等，因時感憤而寄託美刺之作；再者，《叩彈集》將白居易推為首位，蓋因白詩有杜甫「天真爛漫」與「沉著痛快」的表現，杜氏兄弟可謂秉持與清人同調的尊杜原則。

然而截然不同的是，當二馮將豔詩之情也推向詩教，乃至於包含二馮在內的清初文人，其本身之所以創作豔詩，亦是別有寄託，一如熊嘯指出：

〔註 50〕〔元〕方回選評，李慶甲集評校點：《瀛奎律髓彙評》（上海上海古籍出版社，2005 年），卷 7，馮舒評韓偓〈幽窗〉，頁 279。

〔註 51〕徐復觀：《中國文學論集》（臺北：臺灣學生書局，1974 年），頁 296。

〔註 52〕張健：《清代詩學研究》，頁 152。

〔註 53〕廖宏昌：〈二馮詩學的折中思維與審美理想典範〉，《蘇州大學學報（哲學社會科學版）》2005 年第 5 期（2005 年 9 月），頁 41。

> **錢謙益**作豔詩以**暗寓其故國之悲**，並舉李商隱、韓偓的豔詩亦有寄託作為先例；**吳偉業**則將當時的歷史與國家的**興亡之慨**與各種女子的身世經歷結合在一起，……**馮班**一些作於入清以後的豔詩，這些詩作更加明顯地蘊含了他的**哀思與寄託**。〔註54〕

可知錢謙益、吳偉業（1609～1672）、馮班書寫豔情，是因身處易代之際的敏感時局，不得不以此暗藏其深層詩旨，或藉此紓發自身的感嘆與哀思，並不是純粹認可豔情詩這樣的情感表現。反觀杜氏兄弟除了反對前人過度解讀李賀〈惱公〉，主張純粹品味詩人敷寫的豔情即可，更因豔詩衍生出對明亮色調的審美好尚，甚至白居易的冶遊、張祜的宮體詩等，《叩彈集》也一一選錄以茲肯定。

杜氏兄弟迴護宮體豔詩的至情書寫，不採取前輩將性情與詩教結合的方式，這除了因《叩彈集》作於康熙四十二年（1703），對政局的敏感度已較明末清初文人淡化，加以杜詔直至康熙五十一年（1712）方為進士，〔註55〕杜庭珠更僅有諸生的身分，〔註56〕政權對《叩彈集》的影響力也相對薄弱，故其《叩彈集》可明確表達：「若別體裁、扶風雅，則俟當世之知言者。」（卷前〈自序〉，頁2）不論是辨別格律或維護政治教化，都不是杜氏兄弟的主要考量。再者，《叩彈集》的選詩原則，可上溯至晚明所興起的情真追求，例如杜氏兄弟所秉持的「不拘蹊徑，直抒胸臆」，與晚明公安派「獨抒性靈，不拘格套」的作詩主張頗為近似，觀袁宏道（1568～1610）所云：

> 非從自己胸臆流出，不肯下筆。有時情與境會，頃刻千言，

〔註54〕熊嘯：《明清豔詩初論》（上海：上海師範大學人文與傳播學院博士論文，2015年），頁188～189。

〔註55〕此據張維屏所載：「杜詔，字紫綸，……康熙五十一年進士，官翰林院庶吉士。」參見〔清〕張維屏：《國朝詩人徵略初編》（臺北：明文書局，1985年），卷21，頁3。

〔註56〕據胡娛考證：「杜庭珠，字怡谷，秀水（今浙江嘉興）人，清諸生，生卒年不詳。」可知杜庭珠相較於其兄長杜詔，更無直接涉及政治。參見胡娛：《杜詔及「中晚唐詩叩彈集」研究》，頁22。

> 如水東注，令人奪魂。其間有佳處，亦有疵處，佳處自不必言，即疵處亦多本色、獨造語。〔註57〕

講求作品必須是由衷地抒發，在行於所當行的自然流露中，縱有粗糙之處，也是最為樸實的本色呈現。認為詩文是至情之作，與杜氏兄弟的「直抒胸臆」異曲同工。另外，在晚明的選本中，像是陸時雍《唐詩鏡》主張「不惟其詞而惟其情，不惟其貌而惟其意」，〔註58〕不以字詞的精雕華美與否，更在乎詩句是否為真情實意，一如杜氏兄弟曾指出：

> 蓋東野奇險，實與長吉鬼怪對壘。至若賈島、盧仝、于濆、邵謁、皮日休諸人，雖琢削之工，各有勝處，而此故足以槩之矣。（卷4，頁28）

賈島、盧仝（790～835）等中、晚唐詩家的詩歌雖然經過精細地雕琢，但因孟郊、李賀的新奇與瑰詭風格足以涵蓋，故而杜氏兄弟仍剔除賈島等人。同時李賀的緣情綺靡更得杜氏兄弟所喜，故其所選又高出孟郊詩數。顯然杜氏兄弟在情真的前提之下，選錄中唐詩關懷時事的諷諭類型，與清初詩評家對性情與政治美刺的重視一致；又保留了至晚明以來對於情真的追求，對豔情詩及明麗色調之作也予以採錄。

結語

清代的杜詔、杜庭珠兄弟於康熙年間編有《中晚唐詩叩彈集》，顧名思義，是一部鎖定在中、晚唐時期的唐詩選本。杜氏兄弟提出了「不拘蹊徑，直抒胸臆」之宗旨，可謂以情真為編選主軸。在《叩彈集》所收的37位詩家中，雖然僅10位歸屬中唐，杜氏兄弟卻選錄白居易之作多達128首，為全本詩數最多者，並將其與盛唐大家杜甫相提並論，

〔註57〕〔明〕袁宏道：〈敘小修詩〉，《袁中郎全集》（臺北：偉文圖書出版社，1976年），卷1，頁3。

〔註58〕〔明〕陸時雍：《古詩鏡》，收入《景印文淵閣四庫全書》集部第350冊，卷前〈詩鏡原序〉，頁2。

譽以「於諸家中最為浩瀚」之最高肯定；其餘入選詩數較少的中唐詩人，也相較於晚唐常有寥寥數首被採錄，《叩彈集》所擇之中唐詩呈現更為精選的面貌。是以筆者聚焦於杜氏兄弟更關注的中唐詩，並進一步分析《叩彈集》如何透過選評呈現出中唐詩之關懷時事與明麗豔情兩種樣貌。

作為《叩彈集》高居首位的詩家，白居易的入選詩作正好體現該選本對於「因時感憤」的關注，尤其是「規切時事，激昂痛快」的樂府詩，具備與杜甫同樣橫絕古今的極高價值。杜氏兄弟選錄多首白詩的新題樂府，彰顯詩人感慨時事的怒號。再者，杜氏兄弟接續其後收錄的張籍、王建，同樣是以反映時事的新樂府聞名，又因王建〈宮詞〉百首在記錄史實之餘，還寄託了對民瘼的強烈感觸，得《叩彈集》選錄近半，躋升為全本詩數第四多的詩人。另外，李賀詩雖常被概括以瑰麗詭異的風格，然而杜氏兄弟的選評，尚有李賀將忠貞寄於筆端，或以詩歌進行美刺等，抒發親身經歷或見聞有感的胸中不平，均可謂詩人關懷時事的作品。

豔情與宮體這類常被貶斥為輕薄俗豔之作，在杜氏兄弟秉持至情書寫的主張中，同樣可見於《叩彈集》。面對李賀「總賦豔情」之作，杜氏兄弟認為應當純粹欣賞其真摯詩情，不須過度勾連於詩人背景，並且因李賀瑰麗詩風顯現的新豔色彩，更為杜氏兄弟所喜，故而對於同屬詩歌不可或缺的險怪風格，孟郊詩入選的數量遠在李賀之下。再者，相較於灰冷的盧仝、賈島之作，杜氏兄弟更偏好張祜明亮的宮體豔詩，也特別關注姚合詩中的明麗色調，以及姚合真摯而細膩的寫景詩。另外，在《叩彈集》中詩數最多、評價最高的白居易，亦被收錄了刻畫女子於宴遊歡笑的作品，說明杜氏兄弟亦將豔情詩視為情真的一種表現。

杜氏兄弟編於康熙朝的《叩彈集》，其以中、晚唐詩為選取對象，可說是明末清初以來，文壇反動復古派過分宗盛唐的思潮產物。只是相較於以批點《才調集》而引起時人關注中、晚唐熱潮的馮舒、馮班，二馮保持著最終朝杜甫邁進的詩學觀，是以將連同豔情在內的性情，都導向政治美刺，以企及杜詩宣揚的儒家詩教；杜氏兄弟雖也予以白居易等人的諷諭詩高度肯定，但對於源自至情的豔情與宮體詩，仍保留著晚明以來追求情真的品評態度，不將緣情綺靡之作攀附於政教之用，更好地體現《叩彈集》所主張的「直抒胸臆」。

第三章　沈德潛《唐詩別裁集》初刻本與重訂本選評中唐詩

前言

清人沈德潛，字確士，號歸愚，長州（今江蘇省蘇州市）人，著有四唐皆錄的選本《唐詩別裁集》，是清代著名的唐詩選本。清人梁章鉅（1775～1849）稱許其「規模初備，繩尺亦極分明」，〔註1〕且據顧宗泰（～1775～）所載：「《唐詩別裁》……久已膾炙，海內士人奉為圭臬。」〔註2〕可知該選本在當時的影響力極大。《唐詩別裁集》共有兩個版本，除了刊刻於康熙五十六年（1717）的初刻本，〔註3〕沈德潛又於乾隆二十八年（1763）完成重訂本，〔註4〕後者亦為目前廣為流傳的

〔註1〕〔清〕梁章鉅：《退庵隨筆》（揚州：江蘇廣陵古籍刻印社，1997年），卷21，頁6。

〔註2〕〔清〕顧宗泰：《月滿樓詩文集》，收入《清代詩文集彙編》第425冊（上海：上海古籍出版社，2010年），文集卷9，頁5。

〔註3〕在初刻本序文之末，有沈德潛所題：「康熙五十六年春正二十有六日。」參見〔清〕沈德潛：《唐詩別裁集》初刻本（清康熙五十六年〔1717〕碧梧書屋藏版，中國國家圖書館數位典藏），卷前〈序〉，頁2。此書為本章主要文本，為免繁冗並與下文之重訂本區別，以下採隨文註，標記為初刻本，註明卷數及頁碼。

〔註4〕在重訂本序文之末，有沈德潛所題：「乾隆癸未秋七月。」即乾隆二十八年（1763）。參見〔清〕沈德潛：《唐詩別裁集》重訂本，卷前〈重訂唐詩別裁集序〉，頁4。此書為本章主要文本，為免繁冗並與初刻本區別，以下採隨文註，標記為重訂本，註明卷數及頁碼。

版本。

沈德潛的四唐選本於清初刊定，到了盛清重新修改時，除了有部分選評從一而終，或僅作簡單的文字修訂，尚有另一部份呈現截然不同的選評角度。首先在數量上，以初刻本到重訂本選錄四唐時期的比例來看：

表 8：《唐詩別裁集》初刻本與重訂本收錄四唐詩數與比例表

		初唐	盛唐	中唐	晚唐	其它	合計
初刻本	詩數	187 首	**819 首**	477 首	137 首	23 首	1643 首
	比重	11%	**50%**	29%	8%	1%	≒100%
重訂本	詩數	189 首	**804 首**	624 首	242 首	81 首	1940 首
	比例	10%	**41%**	32%	13%	4%	100%

可以發現：原先在初刻本裡，光是盛唐這一時期即佔全本半數；重訂本則不再由盛唐詩獨霸，中、晚唐的數量大幅提升，而且晚唐雖比中唐的漲幅大，但在全本所佔的比例，晚唐只略高於初唐。若就詩數而言，中唐的增加量才是變化最大者。再者，搭配兩個版本的前十大詩家如下：

表 9：《唐詩別裁集》初刻本與重訂本收錄詩數前十大詩家表

	1	2	3	4	5	6	7	8	9	10
初刻	杜甫	李白	王維	韋應物	劉長卿	岑參	韓愈	孟浩然	柳宗元	李頎
	241 首	139 首	102 首	68 首	58 首	56 首	41 首	37 首	35 首	32 首
重訂	杜甫	李白	王維	韋應物	白居易	岑參	劉長卿	李商隱	韓愈	柳宗元
	255 首	140 首	104 首	63 首	**60 首**	58 首	54 首	50 首	43 首	41 首

在前十名的席次裡，盛唐詩人從原先的 6 位下降為 4 位，中唐詩人則從 4 位增為 5 位，不僅顯示沈德潛在重訂本提高對中唐詩的關注，又尤以中唐白居易詩漲幅最為明顯：從原先僅入選 4 首（數量過低而不在前十大詩家之列），到後來增至 60 首，高居全本第 5 名。

沈德潛身為清代詩壇的重要評論家，其《唐詩別裁集》亦享有盛名，故在目前的研究中，已有多本學位論文探討過該選本，如鄭佳倫《沈德潛「唐詩別裁集」之詩觀研究》，除了說明編選動機，主要在於探討沈德潛的選取傾向與批評意義。〔註5〕又如武菲《沈德潛「唐詩別裁集」研究》討論其編選背景、取詩標準與評點特色等。又如于海安《沈德潛「唐詩別裁集」之「別裁」研究》，分析沈德潛對各種詩體的看法，以及格調派的審美價值。〔註6〕又如田明珍《沈德潛視野中的唐詩典範——以「唐詩別裁集」選評李白、杜甫、王維為中心的考察》以三家詩為典範，析論《唐詩別裁集》有「溫柔敦厚」、「盡善盡美」、「氣象雄渾」之評選特色。〔註7〕

期刊論文中，有以《唐詩別裁集》為單一研究對象者，如李成晴〈《唐詩別裁集》一個選集經典的確立〉〔註8〕、賀嚴、孔敏〈《唐詩別裁集》立足儒家文學觀的持守和突破〉〔註9〕等不勝枚舉。亦有將之與其他選本比較者，如陳師美朱〈《唐宋詩醇》與《唐詩別裁集》之「李杜並稱」比較〉〔註10〕、熊璐璐〈試論《唐詩別裁集》與《唐詩三百首》的異同〉〔註11〕等。

〔註5〕鄭佳倫：《沈德潛「唐詩別裁集」之詩觀研究》（桃園：中央大學中文系碩士論文，1999年）。

〔註6〕于海安：《沈德潛「唐詩別裁集」之「別裁」研究》（廣州：暨南大學文學院碩士論文，2011年）。

〔註7〕田明珍：《沈德潛視野中的唐詩典範——以「唐詩別裁集」選評李白、杜甫、王維為中心的考察》（武漢：華中師範大學文學院碩士論文，2014年）。

〔註8〕李成晴：〈《唐詩別裁集》一個選集經典的確立〉，《文藝評論》2016年第2期（2016年2月），頁72～78。

〔註9〕賀嚴、孔敏：〈《唐詩別裁集》立足儒家文學觀的持守和突破〉，《山東大學學報（哲學社會科學版）》2009年第3期（2009年5月），頁137～143。

〔註10〕陳美朱：〈《唐宋詩醇》與《唐詩別裁集》之「李杜並稱」比較〉，《成大中文學報》第45期（2014年6月），頁251～286。

〔註11〕熊璐璐：〈試論《唐詩別裁集》與《唐詩三百首》的異同〉，《文教資料》2018年第28期（2018年10月），頁1～3。

在現有研究中，也有學者注意到《唐詩別裁集》選評中唐詩之特殊性，如李聰聰〈沈德潛《唐詩別裁集》對韋應物的獨特定位〉，以選數居中唐之冠的韋應物為研究對象，認為沈德潛對韋詩五古之青睞，是因其繼承陶潛（365～427）自然淡遠之詩風，符合評選家的審美理想。〔註 12〕又如郭艷麗〈從《唐詩別裁集》看沈德潛對錢起詩歌的認可與推崇〉，以錢起（710～782）各時期詩作均合乎沈德潛的儒家詩教觀，是以其詩被視為大曆十才子之冠。〔註 13〕

對於《唐詩別裁集》初刻本到重訂本的轉變，亦有學者觸及，如韓勝〈從《唐詩別裁集》的重訂看沈德潛詩學的發展〉，分析沈德潛早年秉持雅正詩觀，故初刻本格外重視初、盛唐詩，而後轉向關注性情，因此提升對中、晚唐詩的關注。〔註 14〕又如王宏林〈論沈德潛對白居易的評價〉，指出在詩學理念無明顯轉折的情況下，《唐詩別裁集》重訂本對白居易各種詩體與題材的增錄，蓋因乾隆帝（1735～1796 在位）御選《唐宋詩醇》將白居易定位為繼承杜甫忠愛觀的重要詩家；〔註 15〕范建明〈關於《唐詩別裁集》的修訂及其理由——「重訂本」與「初刻本」的比較〉則進一步分析，沈德潛是因其《清詩別裁集》受到乾隆帝批評之後，方借鑑於《唐宋詩醇》，大幅提升白居易詩的選數與評價。〔註 16〕

可知學界對於《唐詩別裁集》的研究成果豐碩，也討論到重訂本

〔註 12〕李聰聰：〈沈德潛《唐詩別裁集》對韋應物的獨特定位〉，《陰山學刊》第 32 卷第 3 期（2019 年 6 月），頁 19～23。

〔註 13〕郭艷麗：〈從《唐詩別裁集》看沈德潛對錢起詩歌的認可與推崇〉，《忻州師範學院學報》第 29 卷第 3 期（2013 年 6 月），頁 11～13。

〔註 14〕韓勝：〈從《唐詩別裁集》的重訂看沈德潛詩學的發展〉，《山東文學》2008 年第 8 期（2008 年 8 月），頁 106～108。

〔註 15〕王宏林：〈論沈德潛對白居易的評價〉，《河南教育學院學報（哲學社會科學版）》2006 年第 5 期（2006 年 9 月），頁 52～55。

〔註 16〕范建明：〈關於《唐詩別裁集》的修訂及其理由——「重訂本」與「初刻本」的比較〉，《逢甲人文社會學報》第 25 期（2012 年 12 月），頁 57～74。

對中、晚唐詩的關注度，並釐清白居易詩被改動的背後原因。不過《唐詩別裁集》對中唐詩的更動其實只是該選本中的一部份，仍有部分選評承襲了初刻本，揭示沈德潛在修訂之後，依然堅持的中唐詩觀。此外，《唐詩別裁集》的初刻與重訂，歷經清初至盛清兩個時期，沈德潛既為重要的詩評家，其《唐詩別裁集》又是當世知名的選本，在兩版本中呈現的中唐詩差異，可說是反映了清人中唐詩觀變異的一個面向。因此，本章將先梳理該選本之初刻與重訂看待中唐詩一致的定位，接著探討重訂本對中唐詩的主要調整，最後藉由初刻本與重訂本的中唐詩選數落差，向外觀照清代不同時期呈現的中唐詩觀。

第一節　《唐詩別裁集》初刻本與重訂本一致的中唐詩觀

《唐詩別裁集》雖在重訂之後大幅提升中唐詩數，不過沈德潛於前後兩版本闡明的選詩理念無明顯差異，也並非全面翻轉對中唐詩的看法，反而有不少延續初刻本之評，將之加以梳理，可見《唐詩別裁集》始終一致的中唐詩觀。

一、以詩教為最高選評宗旨

首先，對照初刻本與重訂本的選詩宗旨如下：

> 初刻本：既**審其宗旨，復觀其體裁，徐諷其音節**，未嘗立異，不求苟同，大約去淫濫以歸雅正。（初刻本，卷前〈序〉，頁1～2）

> 重訂本：作詩之先**審宗指（旨），繼論體裁，繼論音節**，繼論神韻，而一歸於中正和平。（重訂本，卷前〈序〉，頁4）

二者所論大抵雷同，這如陳伯海所說：「他（沈德潛）不像明人那樣孤立地談論詩歌格調，而企圖把格調與『詩教』貫通起來。」〔註17〕沈德潛雖然主張格調說，但從序文所揭示，內容旨趣是否合乎詩教，更是

〔註17〕陳伯海：《唐詩學引論》（上海：東方出版中心，1988年），頁201。

優先於該詩之體裁、音節等形式問題，而且也如廖美玉指出：「（重訂本）除了重提初刻時所標示的詩歌專業性，……另外增加詩人小傳與詩話，評釋更為詳細，教學的功能性也更為清楚。」〔註 18〕沈德潛在重訂本更彰顯其對詩歌之教育意涵的重視。

正因自始至終皆以詩教意涵為首要，沈德潛在選評中唐詩時，自然也常以批語揭示之，例如：

> 韓愈〈贈唐衢〉：賢哲心事，**光明磊落**，公所以三上宰相書也。（初刻本，卷 4，頁 35；重訂本，卷 7，頁 240）
>
> 韋應物〈寄李儋元錫〉：五六**不負心**語。（初刻本，卷 7，頁 26；重訂本，卷 14，頁 472）
>
> 劉長卿〈負罪後登干越亭作〉：歸美**君恩**，風人之旨。（初刻本題作「謫居干越亭作」，卷 8，頁 32；重訂本，卷 18，頁 580）

沈德潛認為韓愈〈贈唐衢〉之「何不上書自薦達，坐令四海如虞唐」，不僅是贈人以言，還彰顯詩人積極用世的正向心態，相應於韓愈三次向宰相毛遂自薦的事蹟。〔註 19〕韋應物在七律〈寄李儋元錫〉曰：「身多疾病思田里，邑有流亡愧俸錢。」詩人因病而思歸故里，但眼見百姓在戰亂中流離，若一走了之更是愧對官職，此詩傳遞出解民倒懸的責任心而頗受好評，如北宋黃徹（1093～1168）云：「有官君子當切切作此語。」〔註 20〕明人胡震亨也說：「仁者之言也。」〔註 21〕清代紀昀

〔註 18〕廖美玉：〈後世變的詩人述作空間——同榜異軌的沈德潛與袁枚〉，《東海大學文學院學報》第 53 卷（2012 年 7 月），頁 49。

〔註 19〕韓愈曾作有〈上宰相書〉、〈後十九日復上書〉，以及〈後廿九日復上書〉三文，申明他迫切希望被任用以經世濟民的理想。見〔唐〕韓愈撰，〔清〕馬其昶校注，馬茂元編次：《韓昌黎文集校注》（臺北：頂淵文化事業有限公司，2005 年），卷 3，頁 89～95。

〔註 20〕〔宋〕黃徹：《䂬溪詩話》，收入〔清〕丁福保輯：《歷代詩話續編》（北京：中華書局，1983 年），卷 2，頁 356。

〔註 21〕〔明〕胡震亨：《唐音癸籤》，卷 25，頁 267。

（1724～1805）更進一步引申道：「七律雖非蘇州所長，然氣韻不俗，胸次本高故也。」〔註 22〕韋應物雖非專擅七律，不過其詩往往能彰顯作者坦蕩高潔的胸襟。《唐詩別裁集》一樣重視此點，不僅收錄這首韋詩，亦評其心性正直光明。對於劉長卿〈負罪後登干越亭作〉，詩評家們傾向關注其中的哀情，如明代周珽（1565～1647）評為「可傷」，〔註 23〕清代吳喬（1610～1694）曰：「通篇盡是哀苦。」〔註 24〕喬億（1702～1788）也說：「十韻中聲淚俱下。」〔註 25〕著眼於詩人被貶謫的深切苦痛。《唐詩別裁集》雖然同樣收錄此詩，卻就其「得罪風霜苦，全生天地仁」，指出詩人在經歷淒風苦雨時，仍因保全了生命而感念皇恩，可謂深得《國風》哀而不怨的精神。顯然沈德潛在選評上，格外關注詩旨符合儒家道德教化的部分。

再者，所謂「溫柔敦厚，詩教也」，對於中唐詩能否出之以溫婉蘊藉的抒情，也成為沈德潛關注的面向，像是：

> 劉長卿〈長沙過賈誼宅〉：誼之遷謫，本因被讒，今云何事而來，**含情不盡**。（初刻本題作「過賈誼宅」，卷 7，頁 22；重訂本，卷 14，頁 467）
>
> 韋應物〈采玉行〉：苦語卻**以簡出之**。（初刻本，卷 2，頁 40；重訂本，卷 3，頁 103）〔註 26〕
>
> 柳宗元〈溪居〉：愚溪諸詠，處連蹇困厄之境，發清夷澹泊之音，不怨而怨，**怨而不怨**。（初刻本，卷 2，頁 48；重訂本，

〔註 22〕〔元〕方回選評，李慶甲集評校點：《瀛奎律髓彙評》，卷 6，頁 255。

〔註 23〕〔明〕周珽：《刪補唐詩選脈箋釋會通評林》，收入《四庫全書存目叢書補編》，中五排，頁 4。

〔註 24〕〔清〕吳喬：《圍爐詩話》，收入郭紹虞編選，富壽蓀校點：《清詩話續編》，卷 2，頁 536。

〔註 25〕〔清〕喬億選編，雷恩海箋注：《大曆詩略箋釋輯評》，卷 1，頁 71。

〔註 26〕《唐詩別裁集》初刻本於這首韋應物詩評曰：「苦語妙在以簡出之。」重訂本則說：「苦語卻以簡出之。」二者語意相同，今以沈德潛流傳較廣的重訂本為引文。

卷 4，頁 129）

除了評劉長卿〈負罪後登干越亭作〉有「風人之旨」，沈德潛又在劉詩〈長沙過賈誼宅〉之「寂寂江山搖落處，憐君何事到天涯」，認為詩人明知當年的賈誼與如今的自己同遭貶謫才流落此地，卻以雲淡風輕的反問覆蓋內心的傷悲，留下無窮的苦澀。韋應物〈采玉行〉曰：「官府徵白丁，言采藍溪玉。絕嶺夜無家，深榛雨中宿。獨婦餉糧還，哀哀舍南哭。」描寫百姓被徵召採玉的刻苦，結束在婦人獨哭於送糧的返途上。沈德潛指出此詩以民瘼為題材，藉由簡筆勾勒畫面，呈現出更強烈的孤零淒楚與無可奈何。柳宗元（773～819）〈溪居〉云：「久為簪組累，幸此南夷謫。閑依農圃鄰，偶似山林客。曉耕翻露草，夜榜響溪石。來往不逢人，長歌楚天碧。」看似描繪謫居愚溪後的閒散安適，並將被貶官的苦楚反說是「幸」，但「來往不逢人」卻透露出僻地的孤寂，沈德潛敏銳地察覺柳詩是將苦澀隱於淡遠的筆墨，這種淺淺道出的哀怨，一如《詩經》真摯而溫婉的抒發，更引人低迴不已。

可以發現，無論是在《唐詩別裁集》初刻本或重訂本，沈德潛對於中唐詩均格外關注儒家品德修養的彰顯，以及如風人一般蘊藉婉轉的情感表達。也正因《唐詩別裁集》乃秉持詩教觀而論，故其對兩首張祜詩有如下批評：

> 此公〈金山詩〉**最為庸下，偏以此得名**，真不可解。（初刻本，卷 6，頁 31；重訂本，卷 12，頁 398）

> 祜又有〈集靈臺〉詩：「卻嫌脂粉汙顏色，淡掃蛾眉朝至尊。」**譏刺輕薄，絕無詩品**。後人雜入杜集，眾口交贊，真不可解。（初刻本，卷 10，頁 28；重訂本，卷 20，頁 679）

首先看到被點名的〈題潤州金山寺〉，此詩曰：「一宿金山寺，頂然離世羣。僧歸夜船月，龍出曉堂雲。樹影中流見，鐘聲兩岸聞。因悲在城市，終日醉醺醺。」沈德潛在《說詩晬語》進一步解說：

> 張承吉（張祜，字承吉）以〈金山詩〉折服徐凝，然中惟頷

聯稍勝。「樹影中流見，鐘聲兩岸聞」，寫景太窄；結語「因悲在城市，終日醉醺醺」，何村俗也！〔註 27〕

僅於第二聯稍予認可，對第三聯則批評其敘景狹隘，更抨擊以醉態作結極為鄙俗。但是對照歷來評價，如元代方回譽為：「此詩金山絕唱。」〔註 28〕明人陳繼儒（1558～1639）亦曰：「張處士山寺諸什，皆神於詩，非工於詩者能及也。」〔註 29〕視之為登峰造極之佳品。雖也有詩評家對結尾頗有微詞，像是清初賀裳（～1629～）說：「〈金山寺〉作真佳，……結語稍湊，不能損價也。」〔註 30〕黃生（1622～？）亦云：「寫景真確不易，第結欠佳，然此韻頗窘，……當為作者恕之。」〔註 31〕仍以之為瑕不掩瑜。再者，同以選本而言，姚鼐《今體詩鈔》亦評張詩曰：「蒙叟嘗鄙此詩，以斥其結句可耳，中聯詎謂非佳。」〔註 32〕固然贊同錢謙益（號蒙叟）對尾聯之鄙夷，但姚鼐亦能客觀指出頷聯甚佳，更將之選錄以為肯定。反觀沈德潛否認此詩的可取性，並對其得以聞名提出種種質疑和貶斥。至於另一首張祜詩〈集靈臺〉的情況也很類似，據《楊太真外傳》記載唐玄宗封賞楊貴妃（719～756）姊妹曰：「三姨為虢國夫人，……然虢國不施妝粉，自衒美艷，常素面朝天。」〔註 33〕虢國夫人自許未施脂粉最為美豔，並刻意於唐玄宗面前展現，故張祜藉詩暗諷其心可議。歷來詩評家亦多以此詩深有諷刺，

〔註 27〕〔清〕沈德潛：《說詩晬語》，收入〔清〕丁福保編：《清詩話》（臺北：明倫出版社，1971 年），卷下，頁 556。

〔註 28〕〔元〕方回選評，李慶甲集評校點：《瀛奎律髓彙評》，卷 1，頁 13。

〔註 29〕陳繼儒評語引自〔明〕周珽：《刪補唐詩選脈箋釋會通評林》，收入《四庫全書存目叢書補編》，晚五律，頁 1。

〔註 30〕〔清〕賀裳：《載酒園詩話》，收入郭紹虞編選，富壽蓀校點：《清詩話續編》，又編，頁 369。

〔註 31〕〔清〕黃生：《唐詩矩》，收入〔清〕黃生著，諸偉奇主編：《黃生全集》（合肥：安徽大學出版社，2009 年），五言律詩三集，頁 160。

〔註 32〕〔清〕姚鼐：《今體詩鈔》，收入《四部備要》集部第 584 冊，五言卷 8，頁 4。

〔註 33〕〔宋〕樂史：《楊太真外傳》，收入《續修四庫全書》第 1783 冊，卷上，頁 4。

如明代唐汝詢（1565～1659）即云：「此賦事實，諷刺自見。」〔註 34〕甚至像清初徐增（1612～？）曰：「此譏刺太甚，因詩佳絕，殊不為覺。」〔註 35〕王堯衢（～1732～）也說：「此詩譏刺太甚，然卻極佳。」〔註 36〕固然以其譏刺過度，卻不失為優秀作品。相反地，沈德潛則駁斥張祜說法太過輕浮，喪失文人涵養，不足以享有盛名。

沈德潛對張祜〈題潤州金山寺〉的全力批駁，顯然不單是藝術問題，更在於「庸下」、「村俗」，有悖於《唐詩別裁集》對雅正和平的追求。這說明了縱使詩句優美，甚至是像張祜〈集靈臺〉具備諷諫之詩教意涵，還必須敘說得典雅莊重，方能合乎沈德潛的選評要求。一如王建名作〈宮詞〉百首，無論是初刻本或重訂本均未收錄，可是被沈德潛稱讚宗旨與《唐詩別裁集》十分契合的黃叔燦《唐詩箋註》，〔註 37〕卻收錄王建〈宮詞〉18 首。清代經學家王闓運（1833～1916）手批《唐詩選》更採錄高達 73 首，並以之為「刺詩」。〔註 38〕翁方綱也評其「委曲深摯處，別有頓挫」，〔註 39〕顯然王建〈宮詞〉既有諷諫意涵，其抒情亦婉轉真摯。然而對比《唐詩別裁集》重訂本增錄的王建詩如〈田家行〉、〈當窗織〉、〈鏡聽詞〉、〈短歌行〉、〈簇蠶辭〉等，並評有「守此語便為良農」（重訂本，卷 8，頁 275）、「摹寫兒女子聲口」（重訂本，

〔註 34〕〔清〕唐汝詢：《唐詩解》（清順治己亥年〔1659〕萬笈堂藏板，美國哈佛大學燕京圖書館數位典藏），卷 29，頁 27。

〔註 35〕〔明〕徐增：《說唐詩》（鄭州：中州古籍出版社，1990 年），卷 11，頁 272。

〔註 36〕〔清〕王堯衢：《古唐詩合解》（臺北：文政出版社，年分不詳），卷 6，頁 13。

〔註 37〕沈德潛曾為《唐詩箋註》作序曰：「予喜其所採詩篇，悉志和音雅，能變化於規矩之中，而無乖乎正始，**與予《別裁》之旨有深契焉者**。」認為該選本與自身的《唐詩別裁集》均合乎雅正。參見〔清〕黃叔燦：《唐詩箋註》，卷前〈序〉，頁 3。

〔註 38〕〔清〕王闓運：《唐詩選》（上海：上海古籍出版社，1989 年），卷 13 下，頁 1406。

〔註 39〕〔清〕翁方綱：《石洲詩話》，收入郭紹虞編選，富壽蓀校點：《清詩話續編》，卷 2，頁 1390。

卷8，頁275)、「世人一生碌碌為兒孫作馬牛者，真癡絕也」(重訂本，卷8，頁276）等，呈現多幅田家生活樣貌，相較於〈宮詞〉以上流貴族為題材，縱然蘊含譏刺意味，也難如前者樸實敦厚，故未能選入。另外，與王建齊名的張籍，其名作〈節婦吟〉縱得前人稱許「平衷婉辭」〔註40〕、「妙在婉，文昌真樂府老手」〔註41〕，有曲折委婉之妙，但沈德潛或許是考量此詩之「感君纏綿意，繫在紅羅襦」，描述已婚女子珍惜其他男子之舉，恐有失婦道，故《唐詩別裁集》同樣沒有收錄，這也顯示沈德潛對於「雅正和平」之詩教觀，抱持較為嚴苛的審核標準。

正因為《唐詩別裁集》的選錄首重詩教觀，相比於沈德潛指斥張祜詩不雅正，對於郎士元〈送錢大〉，沈德潛則評道：

> 高仲武謂工於發端，然「不可聽」、「豈堪聞」未免於復。愚謂結意望其**能秉高節**，更耐尋繹也。〔註42〕(初刻本，卷6，頁20；重訂本，卷11，頁373)

這首詩的原文是：「**暮蟬不可聽，落葉豈堪聞**？共是悲秋客，那知此路分？荒城背流水，遠雁入寒雲。**陶令東籬菊，餘花可贈君**。」雖然唐代高仲武（？～？）曾論：「『暮蟬不可聽，落葉豈堪聞』古謂謝朓工於發端，比之於今，有慚沮矣。」〔註43〕以郎士元此詩更勝工於開端的謝朓（464～499)。沈德潛則指出首聯語意重複，為五律四十字中不應存在的缺失，可知他並非從藝術角度肯定此詩。但是《唐詩別裁集》既於初刻本明言選詩「歸雅正」，重訂本也是追求「歸於中正和平」，顯然沈德潛所錄者均符合其理念，不存在「藉由選錄該詩而加以批評」的現

〔註40〕〔明〕周珽：《刪補唐詩選脈箋釋會通評林》，收入《四庫全書存目叢書補編》，中七古中，頁18。

〔註41〕〔清〕徐增：《說唐詩》，卷6，頁146。

〔註42〕《唐詩別裁集》初刻本於此首郎士元詩評曰：「高仲武謂工于發端，愚謂結意更耐尋繹。」較重訂本精簡，然語意相同，今以較詳細的重訂本為引文。

〔註43〕〔唐〕高仲武：《中興間氣集》，收入《唐人選唐詩》(臺北：河洛圖書出版社，1975年)，卷下，頁484。

象。〔註 44〕那麼這首詩得以入選的關鍵，自然是其「能秉高節」之處值得讀者思量。郎士元引陶潛與菊花入詩，除了陶詩名句「採菊東籬下，悠然見南山」彰顯其恬淡心境，陶潛〈和郭主簿‧其二〉之「芳菊開林耀，青松冠巖列，懷此貞秀姿，卓為霜下傑」，綻放於林間的菊花象徵著凌霜堅貞的品行，確實是沈德潛所謂的「高節」，而這不僅符合《唐詩別裁集》之詩教觀，也再次驗證沈德潛對中唐詩的選評標準，乃以儒家道德與教化意涵，更優先於優美的藝術技巧。

二、以盛唐詩為中唐詩藝術性的衡量指標

沈德潛以雅正和平篩選了中唐詩之後，《唐詩別裁集》的初刻與重訂對於中唐詩不同體裁的藝術特色，也有很一致的看法，像是：

> （五古）中唐詩**漸秀漸平**，近體句意日新，而古體頓減渾厚之氣矣。（初刻本，卷 2，頁 27；重訂本，卷 3，頁 87）〔註 45〕
>
> （七古）中唐古詩，**寥寥可數**，故文房以後，昌黎以前，存十餘首以志崖略。（初刻本，卷 4，頁 28；重訂本，卷 7，頁 233）
>
> （五律）中唐詩**近收斂**，**選言取勝**，元氣不完，體格卑而聲調亦降矣。（初刻本，卷 6，頁 14；重訂本，卷 11，頁 363）

中唐詩之清新秀麗往往出於字句琢磨的功夫，這種功夫若用在要求格律的近體詩，自是耳目一新，對於重視氣韻厚實渾成的古體，易顯得過

〔註 44〕相較於沈德潛之選均合乎他的雅正宗旨，有些選本收錄作品不一定就代表肯定，如晚明陸時雍《唐詩鏡》與清初王夫之《唐詩評選》，二者皆以杜詩為全本數量最高，但陳師美朱指出：「陸、王兩家『對杜詩**多有貶抑之詞**，但杜詩卻是唐詩選本中選錄最多』的矛盾現象。」可知這些選本的採錄，有一部分是作為批評之用。參見陳美朱：〈尊杜與貶杜——論陸時雍與王夫之的杜詩選評〉，《成大中文學報》第 37 期（2012 年 6 月），頁 88。

〔註 45〕《唐詩別裁集》初刻本論中唐五古特色曰：「中唐詩漸秀漸近，前人渾厚不復見矣。」重訂本則在這基礎上，再細分出近體與古體，以說明此處所言並非泛論，乃專指古詩。今以較詳細的重訂本為引文。

於和緩平庸，甚至在講求句式吟詠自然的七言古詩，中唐之作更難以豪情揮筆成篇，故而中唐七古能得沈德潛青睞者也就不多。至於在律詩上，中唐詩人雖然善於鍛字鍊句，但這種字斟句酌易使格局狹隘，難有開闊的胸襟氣度，整體格調趨於卑下，顯然中唐詩雖得沈德潛稱許其「秀」且「選言取勝」，弊病卻也明顯易見。

此外，從沈德潛以「漸秀漸平」、「聲調亦降」批評中唐詩，這不僅是基於文學發展流變，更可謂沈德潛懷揣另一個視為標竿的絕唱而進行比較。這樣的理想參照物應是何者？固然沈德潛在初刻與重訂時均明言「是集以李、杜為宗」（初刻本，卷前〈凡例〉，頁2；重訂本，卷前〈凡例〉，頁2），但對照《唐詩別裁集》修訂前後仍堅持以盛唐詩為全本之最，且王維、岑參（715～770）同樣列於前十大詩家，並非只有李白、杜甫二人。更甚者，在實際概述中唐詩家特色時，也不限於李、杜，而是盛唐諸位名家均可作為衡量標準，像是：

> **仲文**（錢起，字仲文）五言古**彷彿右丞**，而清秀彌甚。然右丞所以高出者，能沖和能渾厚也。（初刻本，卷2，頁28；重訂本，卷3，頁89）
>
> **昌黎**從李、杜崛起之後，能不相沿習，別開境界，雖縱橫變化，**不迨李、杜**，而規模堂廡，彌見闊大，洵推豪傑之士。（初刻本，卷4，頁33；重訂本，卷7，頁238）
>
> 七言絕句，中唐以**李庶子**（李益，曾任太子庶子）、**劉賓客**（劉禹錫，曾任太子賓客）為最，音節神韻，可**追逐龍標、供奉**。（初刻本，卷2，頁28；重訂本，卷3，頁89）

錢起的五古近似盛唐王維，且較之更為清秀，但沈德潛認為王維詩既沖和淡遠，亦可有渾厚的表現，故在整體上更為勝出。韓愈七古雖不及李、杜大家，但其意境與規模已能推拓而別開生面。沈德潛之所以視李益（748～829）、劉禹錫為中唐七絕的代表，蓋因其音律與神韻可追比盛唐王昌齡（698～765）、李白。

很明顯地，不論是在初刻本還是重訂本，沈德潛論述中唐詩的體裁與詩家特色，往往基於與盛唐相比擬的角度，在個別論及中唐詩作時同樣如此，像是：

> 李益〈長干行〉：設色綴詞，宛然**太白**。（初刻本，卷2，頁41；重訂本，卷4，頁139）
>
> 郎士元〈送李將軍赴鄧州〉：極警拔語，**右丞**則以「黃雲斷春色」五字盡之，更簡更老。（初刻本，卷6，頁20；重訂本，卷11，頁372）〔註46〕
>
> 錢起〈贈闕下裴舍人〉：
> （初刻本）何減**東川**（李頎，晚居河南東川）風調，惟結意平直。
> （重訂本）少含蘊，格近**李東川**。（初刻本，卷7，頁25；重訂本，卷14，頁471）
>
> 徐凝〈送日本使還〉：猶有**盛唐家數**。（初刻本，卷8，頁35；重訂本，卷18，頁593）

既直指李益〈長干行〉用色點綴近似李白，也在讚揚郎士元〈送李將軍赴鄧州〉之「春色臨關盡，黃雲出塞多」很是精簡，又引王維〈送平淡然判官〉之「黃雲斷春色」，僅五字便能達到郎詩十字之效，更顯其精煉卓越。再者，評錢起〈贈闕下裴舍人〉時，沈德潛雖在初刻本以「何減東川」，將錢起與李頎（690～751）並峙，到了重訂本則改為「格近李東川」，讓錢、李二人稍有高下之分，但兩版本仍皆以盛唐李頎為標準而定位錢起。在評價徐凝之作時，更直指其近乎盛唐風采。可知這些評語的準繩並不僅止於李白、杜甫，而是基於盛唐詩本位，點出中唐詩與盛唐名家相比的結果。

〔註46〕《唐詩別裁集》重訂本評此詩曰：「極警拔語，右丞則以『黃雲斷春色』五字盡之。」但初刻本原先在句末尚有「更老更簡」之語，兩版本的語意相近，今以較詳細說解的初刻本為引文。

雖說沈德潛以盛唐為核心而論詩，但值得細究的是，像郎士元〈送李將軍赴鄧州〉縱然不及王維之精簡老練，沈德潛仍予以郎士元「極警拔語」之肯定。換言之，沈德潛雖以「盛唐本位」論詩，但也稱許中唐有足以並列者，或指出中唐何以不及之處，是一種較為溫婉而客觀的態度。也因此，方有劉長卿五律之評曰：

> 劉文房（劉長卿，字文房）工於鑄意，巧不傷雅，**猶有前輩體段**。（初刻本，卷6，頁14；重訂本，卷11，頁363）

劉長卿擅長煉鑄詩意，既精巧又不失典雅，承繼前賢詩家的風韻。直觀可見沈德潛對於「工於鑄意」的劉長卿，並沒有否定其重在雕琢這類小家功夫，一如沈德潛肯定中唐五律有「選言取勝」之特色。

巧合的是，沈德潛對劉長卿詩的評價，其實很近似晚明陸時雍所言：

> 劉長卿體物情深，**工於鑄意**，其勝處有迴出盛唐者，……語冷而尖，**巧還傷雅**，中唐身手於此見矣。〔註47〕

陸時雍稱許劉長卿體察情理細膩深刻，其詩意也是經過精心鎔鑄，有可與盛唐詩相比擬者，可以發現沈德潛的說法與陸時雍一致；但之後陸時雍話鋒一轉，指出劉詩過於工巧而有失高雅，並以之為劉長卿應歸屬中唐而非盛唐之因。然而當沈德潛引用陸時雍之語時，卻將「巧『還』傷雅」以一字之差改為「巧『不』傷雅」，讓原先的貶抑轉成褒揚，這不但是對單一詩人的肯定，若劉長卿因善於鑄意、用字精巧而被劃分為中唐詩人，那麼沈德潛扭轉前人之評，便是將之視為中唐特色，而非其不及盛唐之處，一如《唐詩別裁集》評劉長卿〈新年作〉曰：「巧句，別於盛唐，正在此種。」（初刻本，卷6，頁17；重訂本，卷11，頁368）雖異於沈德潛最高論詩指標之盛唐詩，也僅是客觀指出其特有的「巧句」。又如評盧綸〈長安春望〉云：「詩貴一語百媚，大曆十才子是也；尤貴一語百情，少陵、摩詰是也。」（初刻本，卷7，頁29；重

〔註47〕〔明〕陸時雍：《古詩鏡》，收入《景印文淵閣四庫全書》集部第350冊，卷前〈詩鏡總論〉，頁24。

訂本，卷 14，頁 477）相較於杜甫、王維等盛唐詩饒富情致，中唐大曆詩則有柔媚風姿，兩時期各具特色，只是「尤貴」之強調語氣，凸顯了沈德潛將盛唐詩視為首位。

也正因沈德潛在最重視盛唐詩的情況下，仍對其他時期給予肯定，是以當他品評中唐詩時，往往能指出可供後人學習者，像是：

> 韋應物〈初發揚子寄元大校書〉：寫離情不可過於淒惋，含蓄不盡，愈見情深，此種**可以為法**。（初刻本，卷 2，頁 32；重訂本，卷 3，頁 94）
>
> 金昌緒〈春怨〉：一氣蟬聯而下者，**以此為法**。（初刻本，卷 9，頁 17～18；重訂本，卷 19，頁 624）

離別縱然如銷魂般悲苦，但細究韋應物詩曰：「淒淒去親愛，泛泛入煙霧。歸棹洛陽人，殘鐘廣陵樹。今朝此為別，何處還相遇？世事波上舟，沿洄安得住？」在尚能聽聞殘餘鐘聲、尚見廣陵樹影的「初發」之時，詩人便已提筆欲寄相思，詩作於句末寬慰世事流轉由不得人，但越是刻意明言的自我排遣，越見離情之沉重難消。此詩不見其如何肝腸寸斷，而是在看似紀錄景致、試圖消解苦痛的淡筆中，更見其用情至深。這種真摯深情而出之以淺淡的含蓄筆法，很符合溫柔敦厚之詩教觀，是以得到沈德潛的提倡效法。金昌緒（？～？）膾炙人口的五絕〈春怨〉曰：「打起黃鶯兒，莫教枝上啼。啼時驚妾夢，不得到遼西。」以一種述說故事的連續口吻，道出事情的前因後果，對照沈德潛《說詩晬語》所論：「絕句，……非以揚音抗節有出於天籟者乎？著意求之，殊非宗旨。」〔註 48〕認為絕句講求的是自然地吟詠成篇，所謂的「著意求之」，應如明人胡應麟（1551～1602）所云：「卒章俱作對結，非絕句正體也。」〔註 49〕在短短的四句著墨對仗工整，並非絕句之正軌。故而《唐詩別裁集》指出五絕的代表詩家曰：「右丞之自然，太白之高

〔註 48〕〔清〕沈德潛：《說詩晬語》，〔清〕丁福保編：《清詩話》，卷上，頁 542。
〔註 49〕〔明〕胡應麟：《詩藪》，內編卷 6，頁 103。

妙，蘇州之古澹，純是化機，不關人力。」（初刻本，卷前〈凡例〉，頁4～5；重訂本，卷前〈凡例〉，頁3）無論是「自然」、「高妙」，還是「古澹」，都是巧妙渾成，而非人力的刻意塑造。也因此，縱然金昌緒並非《唐詩別裁集》點名的絕句能手，但這首〈春怨〉以連貫一氣的敘述方式，留下綿延的怨思，依然獲得沈德潛的認可。此外，當劉禹錫〈烏衣巷〉之「舊時王謝堂前燕，飛入尋常百姓家」，在王公宅第成了民房之隱語中，帶出物非而人亦非的今昔感慨，被沈德潛評為：「言王、謝家成民居耳，用筆巧妙，此唐人三昧也。」〔註 50〕（初刻本，卷 10，頁 22；重訂本，卷 20，頁 670）認為如此巧思既是唐詩本色，更為其精髓所在，同樣不吝於對中唐詩極力讚揚。

第二節　《唐詩別裁集》重訂後對中唐詩觀的改動

由《唐詩別裁集》初刻本到重訂本選錄四唐詩的比例可知，初刻本採錄盛唐詩多達全本半數，即使將中、晚唐之比例合併亦不足四成，無法與盛唐相提並論，可謂十分宗尚盛唐詩。反觀重訂之後，縱使盛唐詩仍佔全本四成，為入選最多者，但中、晚唐詩數被提升，且兩時期總數更高過盛唐詩之比例，形成「尊盛唐之餘，亦可兼及中、晚唐」的情況。

在重訂本裡，中唐詩是四唐增錄最多者，與盛唐的比例已相差不到一成，沈德潛在兩版本的卷前說明更對中唐詩有明顯的落差如下：

> **張**、**王**之恬縟，**元**、**白**之近情，**長吉**之荒誕詭奇，皆一時傑作。恐**途徑多岐**，**俱未入選**。（初刻本，卷前〈凡例〉，頁 2）
>
> 鐫版問世，已四十餘年矣，當時采錄未竟，……因而**增入諸家**：……**白傅**諷諭，有補世道人心，本傳所云「箴時之病，

〔註 50〕《唐詩別裁集》初刻本於此評曰：「王、謝家成民居耳，用筆巧妙**如是**，此唐人三昧也。」重訂後僅較之少去「如是」二字，語意不變，今以沈德潛最終留予世人的重訂本為引文。

> 補政之缺」也；**張、王**樂府，委折深婉，曲道人情，李青蓮後之變體也；**長吉**嘔心，荒陊古奥，怨懟悲愁，杜牧之許為《楚騷》之苗裔也。（重訂本，卷前〈序〉，頁3）

康熙年間的初刻本因「恐途徑多岐」，故對張籍、王建、元稹、白居易、李賀等中唐名詩家之作收錄量極少；〔註51〕但在重訂時卻一改前論，反稱之為當年「采錄未竟」的遺珠。

另外，《唐詩別裁集》先後收錄之韓愈詩雖為41首和43首，沒有明顯差異，但在評語上則有像是「略存數章」（初刻本，卷2，頁42）與「品為大家」（重訂本，卷4，頁117），從僅供存參到鼎力稱頌的態度轉變，這同時也反映了沈德潛關注中唐詩面向的轉移。以下即分別闡明之。

一、從負評轉為佳評者

白居易是《唐詩別裁集》選評變動最大的詩家，其入選詩數不僅從初刻本的4首增為重訂本的60首，評價亦從「歧途」轉為「有補世道人心」之教化意涵，可謂是從忽略不計躍升為備受矚目，但沈德潛在前後兩版本中均是秉持雅正和平之詩教觀，何以變化如斯？王宏林對此分析：

> 以選本的角度而言，首次把白詩和李、杜、韓相提並論的是《御選唐宋詩醇》，……**重訂本《唐詩別裁集》繼承《御選唐宋詩醇》**，把白居易和杜甫聯繫起來，賦予了白氏唐詩大家的地位。〔註52〕

之後，范建明又結合沈德潛《清詩別裁集》（又名《國朝詩別裁集》）引乾隆帝大怒這項前因補充道：

〔註51〕固然沈德潛原文曰「俱未入選」，實則初刻本僅於李賀詩未取任何一首，其餘仍收錄張籍6首、王建3首、元稹5首、白居易4首，故此處以「收錄數量極少」，較符合實際情況。

〔註52〕王宏林：〈論沈德潛對白居易的評價〉，《河南教育學院學報（哲學社會科學版）》2006年第5期（2006年9月），頁53。

（沈德潛）把乾隆視為「不忠不孝」的錢謙益作為了「國朝」詩人之冠。如何挽回這個意外的「過失」？也許在日夜思考這個問題時沈德潛想到了欽定的《唐宋詩醇》。……換句話說，沈德潛修訂《唐詩別裁集》，大幅提高白居易的地位，並不一定是受到了乾隆《唐宋詩醇》的影響，而可能是**因為《清詩別裁集》事件而引發的心理壓力所致**。〔註 53〕

將兩位學者的說法加以統整，可知：沈德潛當是進呈《清詩別裁集》時誤觸皇帝逆鱗，方急忙借鑑於御選《唐宋詩醇》對白居易的關注，重新調整《唐詩別裁集》。

進一步來看初刻本與重訂本選白居易各體詩數如下：

表 10：《唐詩別裁集》初刻本與重訂本收錄白居易各體詩數表

	五古	七古	五律	七律	五排	五絕	七絕	合計
初刻	0	0	0	0	0	0	4	4
重訂	17	13	4	18	2	0	6	60

顯然因《唐宋詩醇》讓沈德潛注意到白居易的重要性，幾乎對其各種詩體均提高入選數量，其中尤以五古、七古、七律的漲幅最大。

先就五古與七古的選評而言，沈德潛對兩者的關注焦點應是比較一致的。首先看到重訂本對白居易的簡介是：

樂天**忠君愛國**，遇事託諷，與**少陵**相同。特以平易近人，變**少陵**之沉雄渾厚，不襲其貌而得其神也。（重訂本，卷 3，頁 105）

如此著意將白居易和杜甫相提並論，正源於《唐宋詩醇》讚頌：

一飯未嘗忘君，發於情，止於**忠孝**，詩家者流，斷以是為稱首。嗚呼！此真**子美**之所以獨有千古者矣。〔註 54〕

〔註 53〕范建明：〈關於《唐詩別裁集》的修訂及其理由——「重訂本」與「初刻本」的比較〉，《逢甲人文社會學報》第 25 期（2012 年 12 月），頁 70。
〔註 54〕〔清〕清高宗御選：《唐宋詩醇》，卷 9，頁 2。

以杜甫之忠孝，堪稱歷代詩人之首。接著《唐宋詩醇》又評白居易詩曰：

> 其源亦**出於杜甫**，……當其為左拾遺，**忠誠**謇諤。〔註55〕

肯定白居易有同於杜甫之忠君愛國，沈德潛也跟隨《唐宋詩醇》稱譽白居易，印證重訂本選錄白居易五古〈賀雨詩〉並評道：「忠愛之意，油然藹然。」（重訂本，卷3，頁106）對七古〈青石〉亦云：「勸人忠烈，一篇主意。」（重訂本，卷8，頁259）一再揭示詩人的忠貞思想。

為了更加強調白居易的愛國精神，沈德潛對於詩人自言：「但傷民病痛，不識時忌諱。遂作〈秦中吟〉，一吟悲一事。」〔註56〕將意在諷諭的五言古詩〈秦中吟〉十首，全數選入《唐詩別裁集》重訂本。又以同樣具備社會寫實意涵的新樂府之〈海漫漫〉、〈上陽白髮人〉、〈新豐折臂翁〉、〈百鍊鏡〉、〈八駿圖〉等七言古詩，也收錄到重訂本之中。

此外，白居易的長篇名作〈長恨歌〉與〈琵琶行〉亦在增錄時被選入《唐詩別裁集》，而且沈德潛除了點明〈長恨歌〉之「暗藏肅宗之不孝」（重訂本，卷8，頁261）、「譏明皇之迷於色而不悟」（重訂本，卷8，頁262），再次揭露詩人的諷諫旨意之餘，又稱許此詩「悠揚旖旎，情至文生」（重訂本，卷8，頁262），對於〈琵琶行〉也說「寫同病相憐之意，惻惻動人」（重訂本，卷8，頁264），肯定白居易的抒情婉轉真摯。

有趣的是，沈德潛在重訂本中對白詩情感表達的認可，全然不同於他在初刻本所說的「元、白之近情，……恐途徑多岐」（初刻本，卷前〈凡例〉，頁2），以其太過平易淺近，難有厚實底蘊，缺少令人回味的詩韻，並視之為歧途而加以否定。尤其在選評白居易之七律，沈德潛原先於初刻本論道：「夢得可繼隨州，後人與樂天並稱，因劉、白唱和集耳，神彩骨幹，惡可同日語？」（初刻本，卷7，頁32）獨以劉禹錫

〔註55〕〔清〕清高宗御選：《唐宋詩醇》，卷19，頁1。
〔註56〕〔唐〕白居易：〈傷唐衢二首・其二〉，《白香山集》，卷1，頁16。

接續劉長卿，並認為所謂的「劉、白」僅出於詩歌唱和而已，故對白居易七律一首未選；但在重訂時，沈德潛卻改口：「大曆後詩，**夢得高於文房**。與白傅唱和，故稱劉、白。**實劉以風格勝，白以近情勝**，各自成家，不相肖也。」（重訂本，卷 15，頁 490）改以劉、白七律各有特色，並將初刻本所抨擊的「近情」，轉成白居易平易近人、貼合人情之七律特色。

進一步比對劉長卿、劉禹錫、白居易三人在初刻本與重訂本的七律詩數變化如下：

表 11：《唐詩別裁集》收錄劉長卿、劉禹錫、白居易七律詩數表

	劉長卿	劉禹錫	白居易
初刻本	11	9	0
重訂本	9	13	18

劉長卿、劉禹錫原本是初刻本選中唐七律的前二詩家，重訂本則變成以白居易之 18 首獨占鰲頭，並讓劉禹錫詩數在重訂之後反超劉長卿，呼應了評語將劉禹錫從「可繼隨州」改為「高於文房」。這或許是因《唐宋詩醇》評白居易詩曰：「七律中正法眼藏，與**劉禹錫**最相似。」〔註 57〕以劉、白二人深得七律精妙，是以沈德潛稍微拉抬劉禹錫，藉由「劉、白」並稱，達到側面烘托白居易之超然地位的效果。

細究沈德潛對白詩七律的批點，除了在〈西湖晚歸回望孤山寺贈諸客〉論其政績：「瀉西湖之水，潤三邑之田，其功為有涯量也，**烏得以詩人概之！**」（重訂本，卷 15，頁 497）將白居易從詩家文人舉為經世濟民的儒家賢者，再次呼應其「忠君愛國」形象。其他如〈欲與元八卜鄰先有是贈〉之「語語夾寫，一步深是一步」（重訂本，卷 15，頁 496）、〈西湖晚歸回望孤山寺贈諸客〉之「孤山一路風景，即名畫家亦不能到」（重訂本，卷 15，頁 497）、〈錢塘湖春行〉之「秀絕」（重訂

〔註 57〕〔清〕清高宗御選：《唐宋詩醇》，卷 23，頁 24。

本，卷15，頁496）等，則是褒揚詩人摹景精巧入微的筆力。

顯然《唐詩別裁集》在重訂本中，對白居易詩的增錄不僅遍及各種詩體，在具體詩作上，也從忠愛思想、符合詩教的諷諭精神、誠摯動人的情感表達，乃至精練的藝術造詣等面向予以肯定，可謂全面性地頌揚白居易。

另外，李賀詩的評價轉變，也是因為白居易詩被全面提升所致。《唐詩別裁集》重訂本將原先稱為「荒誕詭奇」的李賀詩，轉譽為：「長吉嘔心，荒陊古奧，怨懟悲愁，杜牧之許為《楚騷》之苗裔也。」引晚唐杜牧語肯定李賀詩之特色，並從一首未取增至10首，又在李賀七古評道：

> 意取幽奧，辭取瑰奇，……然天地間不可無此種文筆，**有樂天之易，自應有長吉之難**。（重訂本，卷8，頁277）

認為李賀詩之幽奧是相對於白居易詩之平易，不可或缺的存在。因此，當白居易在重訂本中的價值提高，連帶促使李賀詩也因此得到了一定的關注度。

反觀更常與白居易並稱的元稹，沈德潛在重訂本卻評道：

> （元稹、）白樂天同對策，同倡和，詩稱元、白體，其實**遠不逮白**。白修直中皆雅音。元**意拙語纖**，又流於澀。東坡品為元輕白俗，非定論也。（重訂本，卷8，頁266）

二人以社會寫實之新樂府，被賦予「元白體」之稱，既然連詩風與白居易相反的李賀都獲得關注，與白居易關係更緊密的元稹卻被沈德潛指斥為「遠不逮白」，將「元、白」並稱加以區分，批評元稹詩旨拙劣且語句纖弱。如此捧高踩低之論，或許正因元稹與白居易過從甚密，致使歷來詩評家以連帶關係而一同貶斥元、白，如北宋蘇軾所謂的「元輕白俗」即是根深蒂固之說，是以沈德潛將元、白切割，更能有效凸顯白居詩獨一無二的價值。

另外，沈德潛對元稹的非議，還可能是因御選《唐宋詩醇》所謂：

> 唐之配白者有元……，**微之有浮華而無忠愛**……。務觀包含

宏大，亦**猶唐有樂天**。〔註 58〕

特別在凡例中針對歷來的「元、白」並稱，說明元詩詞藻浮華，旨趣缺乏忠愛思想，反觀白居易於《唐宋詩醇》之地位，就連同樣被選入的陸游（1125～1210）也被指為「猶唐有樂天」，乃以白居易為指標而論。故而當《唐詩別裁集》依《唐宋詩醇》所選而修訂時，也可能隨其分判「元、白」之高下。

以樂府詩聞名的張籍與王建，《唐詩別裁集》重訂本亦稱許：「**張、王樂府**，委折深婉，曲道人情，**李青蓮後之變體也**。」不僅以其樂府詩婉轉細膩，道盡人心中事，更認為二人既繼承盛唐大家李白而有所創變。但若對照沈德潛著於雍正九年（1731）、〔註 59〕與初刻本觀點較相近的《說詩晬語》則曰：

> **樂府**寧樸毋巧，寧疏毋煉。**張籍**〈短歌行〉云：「曹蒲花開月常滿。」**傷於巧**也。……古樂府聲律，唐人已失，試看**李太白**所擬，篇幅之短長，音節之高下，無一與古人合者，然自是樂府神理，非古詩也。〔註 60〕
>
> **張文昌、王仲初樂府**，專以口齒利便勝人，**雅非貴品**。〔註 61〕

樂府尤重樸實自然，沈德潛認為李白樂府舒展得宜，是極少數妙合古人神理的唐人佳作，並以張籍詩為反面例證，說明樂府不可過度雕鏤精巧。甚至直斥張籍、王建所擅長的樂府詩，只是逞口舌之能，稱不上雅貴莊重。但《唐詩別裁集》重訂本卻將原先對張、王樂府的負評改為褒揚，還把原本僅取的張籍詩 6 首增至 18 首，王建詩也從 3 首

〔註 58〕〔清〕清高宗御選：《唐宋詩醇》，卷前〈凡例〉，頁 1。

〔註 59〕據《說詩晬語》題曰「辛亥春」，以沈德潛生於康熙十二年、卒於乾隆三十四年而言，唯一經歷的辛亥年僅有雍正九年（1731），顯然詩話所論較接近《唐詩別裁集》初刻本而非重訂本。參見〔清〕沈德潛：《說詩晬語》，〔清〕丁福保編：《清詩話》，卷上，頁 523。

〔註 60〕〔清〕沈德潛：《說詩晬語》，〔清〕丁福保編：《清詩話》，卷上，頁 529～530。

〔註 61〕〔清〕沈德潛：《說詩晬語》，〔清〕丁福保編：《清詩話》，卷上，頁 538。

提升為 12 首。

張、王詩作在初刻本與重訂本的選評之所以南轅北轍，一來可能因前人論及張、王樂府時，往往與元稹、白居易並論，像是「唐人亦多為樂府，若張籍、王建、元稹、白居易以此得名」〔註 62〕、「公（張籍）於樂府古風，與王司馬（王建曾任陝州司馬）自成機軸，……暨元、白歌詩，為海內宗匠」〔註 63〕、「張、王樂府妙絕一時，其精警處遠出樂天、微之之上」等，〔註 64〕或將張、王與元、白比肩，或論其承繼關係，或相互比較。沈德潛在重訂《唐詩別裁集》時扭轉了白居易的評價，也有可能考量到張、王與白居易的相關性，故使其詩作水漲船高。

再者，不只是張籍、王建，依據《唐詩別裁集》初刻本到重訂本的詩數變化，相較於增錄了初唐詩 2 首、晚唐詩 105 首，縮減了盛唐詩 15 首，中唐詩增加的 147 首，顯然是四唐之中最多者，這可能是因《唐宋詩醇》所收之李白、杜甫、白居易、韓愈、蘇軾、陸游 6 位詩家，即有 2 人為中唐，也是 4 位唐人的半數，間接彰顯了中唐詩的重要性，也讓借鑑《唐宋詩醇》而重訂《唐詩別裁集》的沈德潛，注意到中唐詩的價值。

二、從評點藝術技巧轉向強調政教意涵

御選《唐宋詩醇》不僅直接改變《唐詩別裁集》重訂本對白居易詩的評價，亦間接導致原先被批評或忽略的中唐詩人，在重訂本中獲得肯定。此外，沈德潛在初刻本中原以藝術角度評點的中唐詩作，也因《唐宋詩醇》而轉向揭示其中的儒家政教思想。

以同為《唐宋詩醇》所錄之韓愈、白居易來說，相較於白居易的明

〔註 62〕〔宋〕魏泰：《臨漢隱居詩話》，收入〔清〕何文煥輯：《歷代詩話》，頁 322。

〔註 63〕〔元〕辛文房撰，周本淳校正：《唐才子傳校正》（臺北：文津出版社，1988 年），卷 5，頁 160。

〔註 64〕〔清〕張世煒：《唐七律雋》，轉引自陳伯海主編：《唐詩彙評》，頁 1519。

顯轉變，韓愈在初刻之時即受到稱許，但與重訂本仍存有如下差異：

> 昌黎不免有蹶張之病矣，要之意規於正，**雅道猶存，故略存數章，以見風概**。善使才者，當留其不盡，昌黎詩每以好盡失之，所以**高於元、白**者，規模闊大，骨骼整頓也。（初刻本，卷2，頁42）

> 昌黎詩不免好盡，要之**意歸於正**，規模宏闊，**骨格整頓**，原本《雅》、《頌》，而不規規於風人也，**品為大家**，誰曰不宜！（重訂本，卷4，頁117）

初刻本認為韓詩好盡而無韻味，不過其規模開闊有氣骨，更勝元稹、白居易，加上韓愈詩大旨尚能合乎雅正，故略存之。但沈德潛所謂的「高於元、白」，實則初刻本對元、白評價本就不高，韓詩之勝出也稱不上卓越，且從沈德潛之「雅道『猶存』」、「『略存』數章」等將就語氣，應僅視韓愈為表現尚可的名家而已。反觀重訂本除了再次強調韓詩氣度宏偉，又以之根源於《雅》、《頌》，語氣已較初刻本之「雅道猶存」更加肯定，甚至是「品為大家，誰曰不宜」那種不容質疑的態度，呼應《唐宋詩醇》所說的「茲獨取六家者，謂惟此足稱大家也」，〔註65〕把韓愈拔擢為大家，沈德潛亦將韓愈再往上提升一個等級，印證初刻本與重訂本對韓愈〈石鼓〉的評論差異如下：

> 一韻到底，每易平衍，雖意議層出不窮，**終乏濤瀾莽漫之觀**，讀此知**少陵**〈哀王孫〉、〈瘦馬行〉等篇，**真不可及**。（初刻本，卷4，頁42）

> 於今石鼓永留太學，昌黎詩為之先聲也。**典重和平**，與題相稱。（重訂本，卷7，頁247）

初刻本稱讚韓詩旨趣層層推進變化，不過仍不及杜詩之波瀾壯闊。重訂本則不談論其藝術技巧，也刪去了韓詩不如杜詩之比較，改為陳述韓愈為石鼓作詩之歷史意涵，並頌揚其「典重和平」。

〔註65〕〔清〕清高宗御選：《唐宋詩醇》，卷前〈凡例〉，頁1。

沈德潛對韓愈評價的提升，固然有《唐宋詩醇》視韓愈為大家之影響因素，但需要申明的是，《唐宋詩醇》在編選時也採用初刻本之評語多達46條，〔註66〕且具體如陳師美朱分析：「《唐宋詩醇》援引沈德潛的說詩內容，重點在於使讀者透過李、杜、韓三家詩來學習詩歌創作技巧。」〔註67〕說明了提點詩作的藝術技巧，原為《唐詩別裁集》的一大特色。然而，如同韓愈〈石鼓〉在兩版本中的差異，沈德潛在修訂之後，反而減去對於藝術層面的討論，轉以強調儒家思想內容，而且這樣的變化也反映在其他中唐詩評語，像是：

> 錢起〈東皋早春寄郎四校書〉
>
> 二語卻**厚**，令人**味之不盡**。（初刻本，卷2，頁29）
>
> 「耕桑」近於窮矣，而「亦近郊」，見中心**不忘君**也。語厚而不腐。（重訂本，卷3，頁90）
>
> 劉禹錫〈奉送浙西李僕射赴鎮〉
>
> 運事**穩切**。（初刻本，卷7，頁33）
>
> 言其**不忘君**也。（重訂本，卷15，頁491）
>
> 柳宗元〈酬曹侍御過象縣見寄〉
>
> **哀怨**起騷人。（初刻本，卷10，頁22）
>
> 欲采蘋花相贈，尚牽制不能自由，何以為情乎！言外有欲以**忠心**獻之於君而未由意，與〈上蕭翰林書〉同意，而詞特微婉。（重訂本，卷20，頁669）

錢起詩之「窮達戀明主，耕桑亦近郊」雖是詩人明言其不論窮通均懷抱

〔註66〕如陳師美朱所說：「《唐宋詩醇》書中援引清人詩評內容，**沈德潛《唐詩別裁集》論詩內容被引用46條**，僅次於仇兆鰲專評杜詩的57條。……可見兩部詩選之間，並非只有《唐宋詩醇》對《唐詩別裁集》單方面的影響，而是彼此交集、相互作用的。」參見陳美朱：〈《唐宋詩醇》與《唐詩別裁集》之「李杜並稱」比較〉，《成大中文學報》第45期（2014年6月），頁256。

〔註67〕陳美朱：〈《唐宋詩醇》與《唐詩別裁集》之「李杜並稱」比較〉，《成大中文學報》第45期（2014年6月），頁273。

忠君之心，不過初刻本重在詩人的篤實真摯與饒富韻味的表達方式；但重訂本則又明確點出詩人如何「不忘君」，以闡發其蘊藏的忠孝觀。又如初刻本在劉禹錫〈奉送浙西李僕射赴鎮〉之頷聯「郡人重得黃丞相，童子爭迎郭細侯」，稱揚詩人引東漢郭伋（前39～47）政績卓絕為典故，敘事平穩切實；但重訂本卻改為申明頸聯「詔下初辭溫室樹，夢中先到景陽樓」有「不忘君」之旨趣。柳宗元〈酬曹侍御過象縣見寄〉在初刻本被關注的是如何寄託淒苦哀情；但重訂本則挑明末句「欲采蘋花不自由」蘊含詩人之忠誠，並對應柳宗元〈與蕭翰林俛書〉一文，彰顯其忠君效國之意向。〔註68〕

可以發現，不論是對韓愈的個人評價，還是其他中唐詩作，重訂本傾向將初刻本的藝術讚賞淡化，改為闡發其中的儒家思想，尤其是涉及忠君的部分，這也更加證明：當詞臣們指出《唐宋詩醇》：「一經聖主品評，永為千秋定論，……令人忠孝節義之心油然而生。」〔註69〕這不只是恭維乾隆帝的御筆批點永垂千古，更透露該選本意在鞏固人臣的忠孝觀，沈德潛自然也需要以這樣的宗旨重新建構中唐詩。

第三節　《唐詩別裁集》初刻本與重訂本揭示的清代中唐詩觀變化

《唐詩別裁集》的初刻與重訂，由最一開始選盛唐詩比例佔全本半數，即使將中、晚唐詩比例相合，也難以匹敵；經過重新修訂後，盛唐詩數被降至四成左右，雖仍是全本數量最多，但中唐與盛唐的比例已相差不到一成，形成不再由盛唐獨霸，而是對四唐詩較雨露均霑的和緩局面。沈德潛作為詩壇舉足輕重的文人，其《唐詩別裁集》也是當

〔註68〕柳宗元〈與蕭翰林俛書〉曰：「今天子興教化，定邪正，海內皆欣欣怡愉，而僕與四五子者獨淪陷如此，豈非命歟？」其「豈非命歟」與詩之「欲采蘋花不自由」遙相呼應，同有身在太平卻難能施展的不遇之嘆。參見〔唐〕柳宗元著，〔明〕孫同峯評點：《唐柳柳州全集》（臺北：新文豐出版股份有限公司，1979年），卷30，頁12。

〔註69〕〔清〕清高宗御選：《唐宋詩醇》，卷前，頁1～2。

時的重要選本，故而分屬康熙與乾隆兩時期的初刻本與重訂本，在四唐選數上相異的比重，亦可反映出清初與盛清之中唐詩觀轉變的一個面向。

一、《唐詩別裁集》初刻本接續明代詩學之「尊初盛而抑中晚」

《唐詩別裁集》初刻本刊定於康熙年間，當時尚去前朝不遠，主張格調說的沈德潛，在初刻本整體的選詩比例上，更多是繼承明代李攀龍等格調派的觀點，一如韓勝所言：

> 結合《說詩晬語》與《唐詩別裁集》來看，沈德潛前期論詩主格調，明顯受**明七子「格調說」**的影響，於唐詩**尊初盛而抑中晚**。〔註70〕

不論是康熙年的《唐詩別裁集》初刻本，還是雍正時期的《說詩晬語》，在沈德潛還沒受到乾隆帝御選《唐宋詩醇》影響，尚未大幅加選中唐詩時，他更多的唐詩觀是由明代七子而來。進一步將初刻本對照李攀龍《古今詩删》之「唐詩選」收錄四唐詩的比例如下：

表 12：《古今詩删》與《唐詩別裁集》初刻本收錄四唐詩比例表

	初唐	盛唐	中唐	晚唐	其他
李攀龍《古今詩删》之「唐詩選」	17%	**60%**	16%	2%	4%
沈德潛《唐詩別裁集》初刻本	11%	**50%**	29%	8%	2%

可以發現，初刻本與李攀龍選本皆以盛唐詩為最多，而且均達全本半數。若按照韓勝所謂「尊初盛而抑中晚」，分別將兩選本之初、盛唐詩與中、晚唐詩比例相合，中、晚唐詩的比例更是遠遠不及初、盛唐。再對照施子愉統計《全唐詩》的四唐詩總數如下：〔註71〕

〔註70〕韓勝：〈從《唐詩別裁集》的重訂看沈德潛詩學的發展〉，《山東文學》2008年第8期（2008年8月），頁107。

〔註71〕施子愉：〈唐代科舉制度與五言詩的關係〉，《東方雜志》第40卷第8號（1944年4月），頁39。

表 13：《全唐詩》之四唐詩數與比例表

	初　唐	盛　唐	中　唐	晚　唐	合　計
詩數	2053 首	5355 首	13322 首	13202 首	33932 首
比例	6%	16%	39%	39%	≒100%

可知盛唐並非唐代創作量最高的時期，縱使將初、盛唐詩數相加，也難以企及中唐詩數。因此像是李攀龍選本或沈德潛的初刻本，不僅收錄盛唐詩最多，更高達選本半數，確實是對盛唐詩特別偏好的選法。

再者，如范建明對初刻本選中唐的部分所論：

> **沈德潛**之前的詩壇盟主**王士禛**以及王士禛之鄉先輩明代「後七子」之代表**李攀龍**對白居易等人的評價……，沈德潛在「初刻本」中對待「元白」等人的態度與李攀龍和王士禛並沒有太大的不同。〔註 72〕

相比於盛唐詩，沈德潛在初刻本對中唐詩的選數確實不高，這自然也是源於李攀龍等人認為中唐詩不足為學習範本的排斥心理。另外，除了明代詩評家，清初王士禛（1634～1711）也是影響初刻本選詩的要素之一，例如王士禛《唐賢三昧集》便是百分之百收錄盛唐詩的知名選本，這種絕對推尊盛唐詩的觀點，同樣可能導致沈德潛對四唐詩比重的偏頗，並以盛唐為品評其他時期的核心指標。

另外，除了主張「詩必盛唐」的七子派認為中唐詩不及盛唐，並影響《唐詩別裁集》初刻本的選詩比重，其實不少明代詩評家也都有這種貶抑中唐或中、晚唐詩的傾向，例如：

> **中唐以降**，雕章縟彩，刻象繪情，多浮靡膚露之詞，乏古者雅馴之體，**絀而不取**，誠所宜也。（王格〈初唐詩序〉）〔註 73〕

〔註 72〕范建明：〈關於《唐詩別裁集》的修訂及其理由——「重訂本」與「初刻本」的比較〉，《逢甲人文社會學報》第 25 期（2012 年 12 月），頁 62～63。

〔註 73〕〔清〕黃宗羲：《明文海》，收入《景印文淵閣四庫全書》集部第 394 冊（臺北：臺灣商務印書館，1983 年），卷 225，頁 19。

> 有談中唐者，予拒之曰：「**中唐氣凡而體弱**，是何足溷吾耳哉！」（彭輅〈詩集自序〉）〔註 74〕
>
> 漢魏詩至齊梁而衰，衰在豔，豔至極妙，而漢魏之詩始亡。**唐詩至中、晚而衰**，衰在淡，淡至極妙，而初、盛之詩始亡。（鍾惺、譚元春《唐詩歸》）〔註 75〕
>
> **中、晚**非無好詩，而嗜中、晚，但趨纖巧膚弱一路，予因選出佳者示人耳，然**較之盛唐，則大有逕庭**矣。（李沂《唐詩援》）〔註 76〕

有些基於詩學流變的角度，像是王格（～1539～）批評中唐開始著重於雕鏤，內容膚淺而缺乏古雅，不值得多取。鍾惺、譚元春看似以中、晚唐詩有「淡至極妙」之特色，但「唐詩至中、晚而衰」也是鍾、譚不諱言的事實，再對照他們的四唐選本《唐詩歸》，同樣是採錄盛唐詩多達全本五成以上，〔註 77〕顯示其特別推尊盛唐的觀點，那麼詩至中、晚唐而「初、盛之詩始亡」，便隱然貶低了中、晚唐的存在，加以譚元春補充道：「豔之害詩易見，淡之害詩難知。」〔註 78〕相較於俗豔詩易遭人詬病，如中、晚唐之淺淡，更為詩壇弊端。又如彭輅（～1547～）直言中唐詩歌平庸而羸弱，是混淆視聽的不良品，故拒絕談論。李沂（～1632～）《唐詩援》雖欲選出中、晚唐之佳者，矯正後學誤入纖巧膚弱之弊，但也直言中、晚唐詩本身就是與登峰造極的盛唐詩有很大的距離。

〔註 74〕〔清〕黃宗羲：《明文海》，收入《景印文淵閣四庫全書》集部第 395 冊（臺北：臺灣商務印書館，1983 年），卷 266，序五十七，頁 9。

〔註 75〕〔明〕鍾惺、譚元春：《唐詩歸》，卷 25，頁 1。

〔註 76〕〔明〕李沂：《唐詩援》，轉引自陳伯海主編：《唐詩論評類編》（濟南：山東教育出版社，1993 年），頁 233。

〔註 77〕鍾、譚《唐詩歸》選四唐詩比例如下：初唐 15%、**盛唐** 52%、中唐 22%、晚唐 12%。也是與李攀龍《古今詩刪》之「唐詩選」、沈德潛《唐詩別裁集》初刻本一樣，採錄盛唐詩過半的選本。

〔註 78〕〔明〕鍾惺、譚元春：《唐詩歸》，卷 25，頁 1。

顯然明人不僅有直斥中唐詩者，縱使稍予稱許，也會再次強調中唐遠不及盛唐之處。這種特別偏好盛唐的觀點，也延續到了清初，例如：

> **詩至中、晚，遞變遞衰**，非獨氣運使然也。開元、天寶諸公，詩中靈氣發洩無餘矣，中唐才子，思欲盡脫窠臼，超乘而上，……其必欲勝前輩者，乃其所以**不及前輩**耳。（賀貽孫《詩筏》）〔註 79〕

> 中唐人故多佳詩，**不及盛唐者**，氣力減耳。雅澹則不能高渾，雄奇則不能沉靜，清新則不能深厚。（賀裳《載酒園詩話》）〔註 80〕

比起盛唐詩富有靈氣，賀貽孫（1605～1688）認為中唐人亟欲創新，以超脫前賢窠臼，卻更顯其詩才終究無法勝過盛唐。賀裳雖以中唐多有佳作，但仍一一細數中唐在各方面不及盛唐之處。像清初這些詩評家論及中唐詩時，往往以盛唐為絕對核心，強調中唐與盛唐的差距懸殊，甚至是沈德潛《唐詩別裁集》初刻本的盛唐詩比例遠高出其他時期，顯然都是與明人較為相近的觀點。

二、《唐詩別裁集》重訂本與盛清以後的中唐詩觀

《唐詩別裁集》的重訂雖然是借鑑於《唐宋詩醇》，才明顯提高中唐詩數的比例，不過早在清初之時，沈德潛的老師葉燮即已反思中唐詩自身的價值，其曰：

> 韓愈、柳宗元、劉長卿、錢起、白居易、元稹輩出，群才競起，而變八代之盛，自是而詩之調之格之聲之情，**鑿險出奇，無不以是為前後之關鍵**矣。……後之稱詩者胸無成識，不能有所發明，遂各因其時以差別，號之曰**中唐**，又曰晚唐。不知此「中」也者，乃**古今百代之中**，而非有唐之所獨

〔註 79〕〔清〕賀貽孫：《詩筏》，收入郭紹虞編選，富壽蓀校點：《清詩話續編》，頁 142。

〔註 80〕〔清〕賀裳：《載酒園詩話》，收入郭紹虞編選，富壽蓀校點：《清詩話續編》，又編，頁 340。

得而稱中者也。〔註81〕

認為錢、劉、韓、柳、元、白這些中唐詩家，為詩歌之格調與聲情等面向，開拓出各種新奇險怪的變化性，不該因其被稱呼為「中唐」，便以為他們僅侷限在唐代中期而已，事實上這些詩人為詩學發展帶來的改變，堪稱詩史上承先啟後的重要樞紐。沈德潛或許也是考量到這種觀點，故而《唐詩別裁集》初刻本縱然傾向明人對盛唐詩的偏頗，卻並未如李攀龍選中唐詩僅有一成多的比例，更不像王士禎《唐賢三昧集》全然不取，沈德潛仍選錄了近三成（29%）的中唐詩。

而後，沈德潛進呈《清詩別裁集》受挫，隨之重新檢視《唐詩別裁集》的選評。考量到自己既是因誤觸皇帝逆鱗而使龍顏大怒，那將選本改為依循御選的宗旨自然是最佳做法，加以葉燮的說法在前，沈德潛對中唐詩也並未如李攀龍、王士禎那般漠視，是以乾隆二十八年（1763）的《唐詩別裁集》重訂本便擺脫七子派等人的觀點，收錄了更多的中、晚唐詩，尤其是中唐之作（由29%提升至32%）。

沈德潛對四唐詩比例的變動，也影響了後來一些選本的取向，例如刊定於乾隆三十年（1765），由沈德潛作序的黃叔燦《唐詩箋註》，〔註82〕以及刊定於乾隆三十二年（1767），〔註83〕與《唐詩別裁集》重訂本選詩有七成交集、杜詩更高達九成重疊的宋宗元《網師園唐詩箋註》。〔註84〕將《唐詩別裁集》重訂本與黃叔燦、宋宗元選本採錄四唐

〔註81〕〔清〕葉燮：〈百家唐詩序〉，《已畦集》，收入《四庫全書存目叢書》集部第244冊，卷8，頁2。

〔註82〕黃叔燦未於《唐詩箋註》記載年分，此據沈德潛序文所題之「乾隆歲次乙酉仲冬」而論。參見〔清〕黃叔燦：《唐詩箋註》，卷前〈序〉，頁3。

〔註83〕宋宗元於序文題曰：「乾隆三十二年歲在丁亥秋八月朔。」參見〔清〕宋宗元：《網師園唐詩箋註》（清尚絅堂藏版，美國哈佛大學燕京圖書館數位典藏），卷前〈序〉，頁2。

〔註84〕宋宗元《網師園唐詩箋註》共選詩1062首，與《唐詩別裁集》重訂本之1940首，有803首相同，即七成多的交集率。其中，《網師園唐詩箋註》收錄杜詩103首，與重訂本之255首，更高達94首重疊，約9成的交集率。

詩比例整理如下：

表 14：《唐詩別裁集》重訂本、《唐詩箋註》、《網師園唐詩箋註》收錄四唐詩比例表

	初唐	盛唐	中唐	晚唐	其他
沈德潛《唐詩別裁集》重訂本	10%	**41%**	32%	13%	4%
黃叔燦《唐詩箋註》	8%	**35%**	31%	24%	2%
宋宗元《網師園唐詩箋註》	10%	**35%**	33%	18%	3%

相較於康熙朝的初刻本傾向明人對盛唐詩的高度關注，重訂本與黃、宋選本三者則是在採錄盛唐詩最多的情況下，中唐詩的入選量也與盛唐詩相去不遠，可謂在推尊盛唐之餘，仍能兼及中唐。

另外，《唐宋詩醇》除了改變《唐詩別裁集》的選詩比重，並間接導致與沈德潛相關的唐詩選本，也注意到中唐詩的價值。《唐宋詩醇》刊定於乾隆十五年（1750），〔註 85〕橫跨了大半個當朝皇帝的執政時期，可謂長期揭示官方詩學意識的存在。由乾隆帝御筆題曰：「《詩醇》之選，則以二代風華，此六家為最。」〔註 86〕將唐代之李白、杜甫、白居易、韓愈，宋代之蘇軾、陸游，視為欽定的詩壇大家。中唐在其中佔有三分之一的席次，享有與大詩人李、杜相提並論的尊爵，可以說是上位者將中唐詩的重要性昭告天下。

相比於明人將焦點匯聚於盛唐，乾隆朝之後的詩評家則有如下不同的聲浪：

> **大曆**詩品可貴，而邊幅稍狹；**長慶**間規模較闊，而氣味遜之。（喬億《劍溪說詩》又編）〔註 87〕
>
> 詩至盛唐，至矣。**中唐**如韓退之、孟東野、李長吉、白樂天，

〔註 85〕此據乾隆帝所題之序文曰：「乾隆十五年庚午夏六月既望四日御筆。」參見〔清〕清高宗御選：《唐宋詩醇》，卷前〈御製序〉，頁 3。

〔註 86〕〔清〕清高宗御選：《唐宋詩醇》，卷前〈御製序〉，頁 1。

〔註 87〕〔清〕喬億：《劍溪說詩》，收入郭紹虞編選，富壽蓀校點：《清詩話續編》，又編，頁 1127。

雖**失刻露**，要**各具五丁開山之力**。（牟愿相《小澥草堂雜論詩》）〔註 88〕

中唐六、七十年之間，除韋、柳、韓三家**古體當別論**，其餘諸家，**堪與盛唐方駕者**，獨劉夢得、李君虞兩家之七絕，足以當之。（翁方綱《石洲詩話》）〔註 89〕

喬億論及大曆、長慶各失於狹隘與韻味不足時，也稱揚其詩品可貴與規模開闊，且喬億另有選本《大曆詩略》，可見其對中唐詩的關注。牟愿相（？～？）〔註 90〕則在以盛唐為詩歌巔峰時，認為韓愈、孟郊、李賀、白居易等人雖是雕刻有痕，仍各具雄健氣勢而值得嘉許。翁方綱更直指中唐詩之佳處，既點出韋應物、柳宗元、韓愈之古詩有其獨特性，還認為劉禹錫、李益之七絕堪與盛唐並峙。可知盛清以後的詩評家雖仍覺得中唐詩不夠完美，但已能注意到中唐詩的特色所在，甚至指出可與盛唐相比擬者。這樣的傾向也呼應了《唐詩別裁集》重訂本選中唐詩比例與盛唐相去不遠的情況。

《唐詩別裁集》的初刻與重訂處於清初與盛唐，可以說是清代不同時期中唐詩觀的一個觀照點。當初刻本延續了七子派李攀龍對盛唐詩的偏重，更接近明代詩評家們推尊盛唐而忽略中、晚唐詩的思潮；乾隆年間的重訂本則拉近盛、中唐詩的比例，盛清以後的詩評家亦給予中唐應有的關注，逐漸注意到中唐詩的獨特價值。

結語

清人沈德潛享有盛名的唐詩選本《唐詩別裁集》，共有初刻本與重

〔註 88〕〔清〕牟愿相：《小澥草堂雜論詩》，收入郭紹虞編選，富壽蓀校點：《清詩話續編》，頁 919。

〔註 89〕〔清〕翁方綱：《石洲詩話》，收入郭紹虞編選，富壽蓀校點：《清詩話續編》，卷 2，頁 1387。

〔註 90〕牟愿相之生卒年雖然不詳，但其《小澥草堂雜論詩》被《清詩話考》歸類在「咸豐、同志、光緒卷」，符合正文此處論乾隆以後之中唐詩觀的情況。參見蔣寅：《清詩話考》（北京：中華書局，2005 年），頁 569。

訂本兩種。後者主要是借鑑乾隆帝御選《唐宋詩醇》而進行調整，並在重訂之後增錄數量可觀的中唐之作，也扭轉了一部分中唐詩的評價。將初刻本與重訂加以對照，既可歸納出沈德潛對於中唐始終不變的看法，以及受到《唐宋詩醇》影響後，針對中唐詩觀的改動，還可從初刻與重訂所屬的不同時期，反映出清代中唐詩觀的變動。

首先，從初刻本明言以審定詩旨之雅正為首要，重訂本亦同求詩作符合中正和平，可知兩版本均秉持詩教之正軌而論。故在中唐詩的選評上，沈德潛以彰顯儒家道德之旨趣與溫柔敦厚之抒情為優先，其次方論及中唐詩的藝術特色。也因為堅持詩教意涵，縱然是傳唱名作，亦會考量其用詞不典雅、旨意不莊重而未予選錄，甚至將其指摘批評，顯示沈德潛對詩教觀之堅守。至於中唐詩的藝術性，沈德潛雖是以盛唐詩為標準而品評，也能點出中唐獨有的特點與可比擬盛唐者，正因這種較為客觀理性的審美視角，更將中唐佳作舉為可供後學效仿者。

對於在初刻本被視為「歧途」的白居易、張籍、王建、李賀等人，沈德潛重訂時將這些中唐詩家視為採錄未盡的遺珠。其中，白居易是《唐宋詩醇》的六位大家之一，是以沈德潛將白詩從 4 首提升為選數多達 60 首的大家，並連帶增錄與其詩風相對的李賀詩，又承繼《唐宋詩醇》對元稹的貶抑，切割「元、白」並稱之號。張籍、王建樂府同樣在重訂後受到關注，除了可能是常與白居易並論之因，也反映了《唐宋詩醇》所選唐人有半數皆為中唐，故引起沈德潛對中唐詩的重視。

在初刻本原先即推崇的詩家裡，韓愈是《唐宋詩醇》選錄的另一位中唐詩人，是以沈德潛也將之從原本的名家定位，轉為莊重典雅的大家。另外，《唐詩別裁集》初刻本雖以藝術類評論得到《唐宋詩醇》大為認可，但沈德潛仍在修訂時改以儒家忠孝思想為重，更可見重訂本呼應《唐宋詩醇》所作的改動。

《唐詩別裁集》初刻於康熙年間，選錄盛唐詩達全本半數，其餘唐詩均遠不及之，這不僅是因為明代格調派李攀龍選本亦有六成為盛唐詩，初刻本對盛唐詩的偏頗，與清初推尊盛唐而貶抑中、晚的觀點，都近似明代詩評家們的說法。

沈德潛在乾隆朝重訂的《唐詩別裁集》，則在選盛唐詩最多的情況下，亦提高中唐詩的比例，影響了黃叔燦、宋宗元等人的選本收錄不少中唐之作。乾隆以後的評論家也不再如明人那般忽略中唐詩的價值，而是逐漸發掘中唐詩值得關注的特色，形成以盛唐為基準並兼及中唐的論調，這也與《唐詩別裁集》重訂本將盛、中唐詩比例拉近的情況相應。

第四章　李懷民《重訂中晚唐詩主客圖》選評中唐詩

前言

清人李懷民，名憲噩，以字行，山東高密（今山東省高密市）人，於乾隆三十九年（1774）刊定唐詩選本《重訂中晚唐詩主客圖》（本章簡稱《重訂主客圖》）。〔註 1〕題為「重訂」，乃是李懷民據唐代張為同是中、晚唐詩選本《詩人主客圖》〔註 2〕之體例，將重要詩家分門別類，劃分出「主」與「客」之從屬關係。

張為以白居易、孟雲卿（725～781）、李益、孟郊、鮑溶（～809

〔註 1〕李懷民〈重訂中晚唐詩主客圖說〉篇末載曰：「乾隆甲午長夏高密李懷民識。」參見〔清〕李懷民輯評，張耕點校：《重訂中晚唐詩主客圖》（北京：中華書局，2018 年），卷前〈重訂中晚唐詩主客圖說〉，頁 10。此書為本章主要文本，為免繁冗，以下採隨文註，僅標明卷數及頁碼。〈重訂中晚唐詩主客圖說〉則是李懷民自述詩學觀與選詩主張的重要序文，以下正文亦簡稱為〈圖說〉。

〔註 2〕唐代張為之選本原題為「主客圖」，然為利於區分，正文均以李懷民所說的「張為作《詩人主客圖》」稱之，註腳則循原書名標記。參見〔唐〕張為：《主客圖》，收入《續修四庫全書》集部第 1694 冊（上海：上海古籍出版社，2002 年），頁 1。李懷民所稱見〔清〕李懷民輯評，張耕點校：《重訂中晚唐詩主客圖》，卷前〈重訂中晚唐詩主客圖說〉，頁 1。

～)、武元衡(758～815),各為一種詩風之主,〔註3〕再將剩餘78位詩人歸於六主之下,且各種詩體兼收。但在李懷民重訂的選本中,不僅摒棄六種風格,亦未選取六位詩家之作,改為提出:

> 余讀貞元以後近體詩,稱量其體格,竊得兩派焉:一派**張水部**(張籍,任水部員外郎)……;一派**賈長江**(賈島,任長江主簿)……。(卷前〈圖說〉,頁2)

將原先歸屬李益門下的張籍、賈島各自新立為「清真雅正」與「清真僻苦」二主,又列舉與張為《詩人主客圖》有所出入的30位詩家,〔註4〕歸屬於張、賈二主之下,共收錄950首五言律詩。而且二位宗主並非碰巧均為中唐詩家,實如李懷民所謂:「又恐晚唐風趨日下,而取晚之近於中者。」(卷前〈圖說〉,頁4),可知該選本雖以「中晚唐詩」為題,事實上是聚焦於中唐的評選角度。

此外,《重訂主客圖》的詩作評點,又是以張籍、賈島為核心的評法,如李懷民總論朱慶餘詩:「律格專學水部。」(上卷,頁51)縱是與張籍齊名的王建,亦得評語曰:「對法全是司業(張籍,任國子司業)。」(上卷,頁70)、「此等與司業詩參看。」(上卷,頁73)等。在以賈島為主的另一部分亦然,如評李洞(?～?)詩曰:「一字一句必依賈生格式。」(下卷,頁241)評馬戴詩也說:「全是賈生氣息。」(下

〔註3〕唐人張為在《詩人主客圖》分別立定白居易為「廣大教化主」、孟雲卿為「高古奧逸主」、李益為「清奇雅正主」、孟郊為「清奇僻苦主」、鮑溶為「博解宏拔主」,以及武元衡為「瑰奇美麗主」。李懷民在〈圖說〉即開宗明義地列舉此六位宗主及其門下客,再次說明《重訂主客圖》確實是據《詩人主客圖》而重訂。張為選本的詩風劃分參見〔唐〕張為:《主客圖》,收入《續修四庫全書》集部第1694冊,頁1、7、11、17、18、19。李懷民之言則見〔清〕李懷民輯評,張耕點校:《重訂中晚唐詩主客圖》,卷前〈重訂中晚唐詩主客圖說〉,頁1。

〔註4〕李懷民在《重訂主客圖》收錄的32位詩家,相較於張為原版之84位,僅有:張籍、賈島、張祜、于鵠、無可、姚合、方干、馬戴、任翻、項斯、喻鳧、朱慶餘、劉得仁、趙嘏、許渾、章孝標、雍陶等17位重複,可知除了張為原訂的六主被李懷民刪去,其餘門下客也經過重新篩選。

卷，頁 275）等。可見《主客圖》看似以「清真雅正」與「清真僻苦」為名目，劃分兩種詩風，實則並非單指歸屬該類之詩人有此風格表現，而是各以張籍、賈島為主軸，再兼論他者。

細究李懷民在《重訂主客圖》對張籍、賈島之評，常有異於時人論中唐詩的見解，如李懷民於張籍詩評有「平常而有至味」（上卷，頁 9）、「可見眼界胸次高處」（上卷，頁 18）；亦於賈島詩論道「淡味深情」（下卷，頁 192）、「風骨高騫」（下卷，頁 196）等，均不同於中唐詩被認定的「失其韻」〔註 5〕、「元氣不完」〔註 6〕等淺俗或氣弱之弊，顯示李懷民對中唐詩的評選有其獨特看法，值得進一步探究。

目前對於李懷民《重訂主客圖》的相關研究，在單篇論文方面，李建崑〈試論李懷民《重訂中晚唐詩主客圖》〉可謂是探究這部唐詩選本的先驅，故其雖為單篇形式，仍觸及編選者生平、版本流傳的時間差，以及矯正前人缺失之編選動機；也析論《重訂主客圖》對於五律、中晚唐詩、雅俗觀之關注；還歸納了李懷民的評點有製題、對句與詩人特質等特點，可說是廣泛地觀照此部選本。〔註 7〕趙榮蔚〈《重訂中晚唐詩主客圖》論〉則提出此選本意在推崇高潔寒士、矯正時弊、提升五律之評價，並肯定其評點細膩入微，源流判分清晰明確。〔註 8〕徐禮節〈清李懷民《重訂中晚唐詩主客圖》的流傳與版本考略〉以大量的史料佐證，梳理《重訂主客圖》在嘉慶年間的首次刊行，以及後世之補遺、校勘等過程，對於現存的版本比對與藏書地點也有記述。〔註 9〕

〔註 5〕清人姚鼐於中唐五律論道：「貞元以下又失其韻。」參見〔清〕姚鼐：《今體詩鈔》，收入《四庫備要》集部第 584 冊，卷前〈序目〉，頁 2。

〔註 6〕清代沈德潛論中唐五律曰：「中唐詩……，元氣不完，體格卑而聲調亦降矣。」見〔清〕沈德潛：《唐詩別裁集》重訂本，卷 11，頁 363。

〔註 7〕李建崑：〈試論李懷民《重訂中晚唐詩主客圖》〉，《東海中文學報》第 17 期（2005 年 7 月），頁 31～59。

〔註 8〕趙榮蔚：〈《重訂中晚唐詩主客圖》論〉，《東南大學學報（哲學社會科學版）》第 11 卷第 2 期（2009 年 3 月），頁 77～80。

〔註 9〕徐禮節：〈清李懷民《重訂中晚唐詩主客圖》的流傳與版本考略〉，《大理大學學報》第 1 卷第 11 期（2016 年 11 月），頁 59～63。

與《重訂主客圖》相關的學位論文則有陳琦《「重訂中晚唐詩主客圖」研究》，討論層面擴及評選家的創作背景、《重訂主客圖》的詩派劃分，還有李懷民的學詩路徑與審美觀等。另外，在歐麗麗《李懷民詩歌研究》的第二章〈高密詩派詩論的奠基之作——《重訂中晚唐詩主客圖》〉，概述該選本的選詩範圍與詩風分判，及李懷民的儒家思想等面向。〔註 10〕

從現有的研究來看，學者已然詳細探討《重訂主客圖》，只是前人多採取歸納李懷民的論詩要點，再以之進行獨立論述。事實上，這些要點皆能以《重訂主客圖》序文所謂的「中、晚人得盛唐之精髓」（卷前〈圖說〉，頁 4）加以貫串，而且此一觀點還造就了張籍、賈島二位宗主在評價上的微妙落差；再者，現今研究尚處於就《重訂主客圖》之單一選本的深度討論，並未將其向外延伸。因此，本章將討論李懷民對張籍、賈島的評點，以見其差異性，並就李懷民對唐代版本的改動結果，對照與李懷民同時的唐詩選本，凸顯《重訂主客圖》與眾不同的看法，如此亦可反向印證乾隆時期唐詩選本的普遍觀點。

第一節　《重訂主客圖》以張籍為清真雅正主

一、李懷民賦予張籍詩的評價

清人李懷民重新編選唐代張為《詩人主客圖》，將中、晚唐人的五言律詩改劃分成由張籍和賈島為宗主的兩派。其中，對於「清真雅正主」之張籍，李懷民在自序論道：

> 一派張水部，天然明麗，不事雕鏤，而氣味近道，學之可以除躁妄、祛矯飾，出入風雅。（卷前〈圖說〉，頁 2）

點明不刻意煉造，筆法天然又帶有明淨感，是張籍的創作特色。這與《重訂主客圖》對張詩之評點遙相呼應，例如：

〔註 10〕歐麗麗：《李懷民詩歌研究》（南寧：廣西大學文學院碩士論文，2011 年），頁 9～20。

〈閑居〉：偶取支干字對，正見閑處，亦**天然**恰好。（上卷，頁 15～16）

〈酬韓庶子〉：只用家常閒話淡淡酬之，更**不作意**。（上卷，頁 13）

〈思遠人〉：觸景生情，緣情成詩，都**無跡象**。（上卷，頁 25～26）

〈閑居〉之「藥看辰日合，茶過卯時煎」順當地置入干支，巧妙呈現詩人與環境冥合的安恬作息；〈酬韓庶子〉以閒話家常代替應酬套語；〈思遠人〉融化無跡地結合情語和景語。這些評語均特意指出張籍的「天然」、「不作意」、「無跡象」，側重在信手捻來的自然書寫。

對於張籍詩之天然質樸，李懷民進一步指為「近道」、「出入風雅」，是必須憑藉深厚思想底蘊方能渾然體現的特質。但如此看法卻與世人賦予張籍，甚至與整體中唐五律迥異的論調，例如：

初盛唐人詩全格，大曆以下人爭煉句，而**格調漸卑**。（朱克生《唐詩品彙刪》）〔註 11〕

大曆後漸近收斂，選言取勝，**元氣未完**，辭意新而**風格自降**。（沈德潛《說詩晬語》）〔註 12〕

元和以後，但得一聯稱意，便匆匆不暇草書，以致**全無氣格**也。（管世銘《讀雪山房唐詩序例》）〔註 13〕

明末朱克生（1631～1679）以氣格完備的初、盛唐詩為對照，指出中唐大曆以後之作僅追求鍛鍊字句，氣格則漸趨卑弱。清人沈德潛也認為詩至大曆後氣勢與風格均下降。管世銘更直言元和以後詩作全

〔註 11〕〔明〕朱克生：《唐詩品彙刪》，轉引自陳伯海主編：《唐詩論評類編（增訂版）》（上海：上海古籍出版社，2015 年），頁 501。

〔註 12〕〔清〕沈德潛：《說詩晬語》，收入〔清〕丁福保編：《清詩話》，卷上，頁 540。

〔註 13〕〔清〕管世銘：《讀雪山房唐詩序例》，收入郭紹虞編選，富壽蓀校點：《清詩話續編》，頁 1552。

無氣格可言。顯然皆以欠缺底蘊氣骨為中唐五律之弊。縱然在《重訂主客圖》身為宗主的張籍，其五律同樣被其他詩論家指為氣力薄弱，例如：

> 中唐作者尤多，**氣亦少**，……**張籍**、張祜之流，無足多得。（高棅《唐詩品彙》）〔註14〕
>
> 隨州短律，始收斂氣力，歸於**自然**，……**流為張籍一派**，益事流走，景不越於目前。〔註15〕（賀裳《載酒園詩話》）
>
> 隨州五言骨韻天然，**非浪仙、文昌所可望**。〔註16〕（紀昀《瀛奎律髓刊誤》）

明代高棅指出中唐五律普遍元氣不足，張籍等人之作沒有特別關注的必要。清人賀裳認為劉長卿五律歸於自然，但詩歌發展至張籍等人則氣力散逸流走；紀昀同樣以劉長卿為對照，指出劉詩天然有餘韻，遠非張籍、賈島所能及。

反觀李懷民則以張籍、賈島為《重訂主客圖》之五律宗主，並肯定張籍詩並不是表面那般淺薄，如其所言：

> 〈送遠客〉：難處只是**平常**而有**至味**。（上卷，頁9）
>
> 〈贈太常王建藤杖筍鞋〉：看似**枯窘**，實寓**厚味**。（上卷，頁19）
>
> 〈薊北春懷〉：真情**遠味**，只在**尋常**情事中。（上卷，頁25）
>
> 〈送邊使〉：似**常**卻**不常**。（上卷，頁27）
>
> 〈遊襄陽山寺〉：**雪淡無味**，洽得情事，此等**最妙**。（上卷，頁36）

指出張籍詩中常被視為「平常」、「尋常」的淺顯之處，乃至「無味」、

〔註14〕〔明〕高棅：《唐詩品彙》，〈五言律詩敘目〉，頁6。

〔註15〕〔清〕賀裳：《載酒園詩話》，收入郭紹虞編選，富壽蓀校點：《清詩話續編》，又編，頁331。

〔註16〕〔元〕方回輯，〔清〕紀昀刊誤：《瀛奎律髓刊誤》，收入《叢書集成續編》集部第146冊（上海：上海書店，1994年），卷47，頁23。

「枯窘」等缺乏含蓄風韻者，實則為深遠雋永而耐人尋味的妙品，一反中唐詩膚淺、意盡之負面評價。

二、強調張籍的內在修養

李懷民以「寓厚味」、「似常卻不常」等語，凸顯張籍詩含藏內蘊，呼應了李懷民總論張籍、賈島二位宗主之作乃是：

> 二君之詩，各有**廣大奧逸**、宏拔美麗之妙。（卷前〈圖說〉，頁 2）

稱許其詩極富深遠內涵，是賞心悅目的絕倫佳作。對比李懷民曾抨擊明代七子派「貌為高華，內實鄙陋」（卷前〈圖說〉，頁 4），批評其僅蹈襲盛唐詩的外在樣貌，可知《重訂主客圖》推崇的絕非徒具膚廓的樣板詩，而應是：

> **宋儒之理**誠不可為詩，而詩人實不能離。其言書情，即**正心**之學也。發乎情，必止乎禮義。〔註 17〕其言匠物，即**格物**之學也。……**張**（籍）、王（建）、韓文公、孟夫子各出其讜言正論，以**維持世教**。是知唐詩雖小道，實與《三百》之義相通。（卷前〈圖說〉，頁 9）

李懷民雖然對宋人以詩為枯槁的論道載體不以為然，但他也同意詩歌不論是抒情或寫物，都必須合乎儒家義禮，像是張籍、王建等人之作即體現了詩家的道德修養，可謂發揚溫柔敦厚之詩教精神。

再者，李懷民提出的「匠物，即格物之學」，是藉由「匠」字「技藝靈巧」之意，引申為詩人擅長描寫狀物。刻畫入微的筆觸，又是仰賴詩人能細膩深刻地體察事理，亦即儒家「格物致知」的治學與修身精神，顯然「匠」字對於李懷民而言是極高的評價。進一步對應在《重訂主客圖》位列宗主的張籍，從本章文末的附表 18 可知，李懷民光是以「匠」字論張籍詩者便多達 19 處，其餘尚有「如見」、「逼真」

〔註 17〕此處字體縮小，乃依循今人張耕點校本之體例，並非本文另有深意，為免誤解，特此說明。

等評語，〔註18〕再三強調張籍對事物肌理描摹逼肖的本領。

另外，「匠物」不僅可以指刻畫事理，「匠」的精神還可擴及對於人情的精準掌握，故而李懷民也格外闡揚張籍詩道得人心中事之特色，如評其〈沒蕃故人〉曰：

> 只就喪師事一氣敘下，至哭故人處但用尾末一點，無限悲愴。（上卷，頁4）

這首敘寫將士全軍覆沒的悲詩，哀戚之情僅於尾聯之「欲祭疑君在，天涯哭此時」吐露，描寫詩人仍心存僥倖，不願相信友人已逝去，最後卻在蒼涼天地間放聲悲泣，將痛失故交的心情輔以空間的切換，引領讀者親歷其哀傷氛圍。張籍詩以簡單數語便能精準譜寫情緒的功力，如同李懷民評其〈江陵孝女〉云：

> 只淡淡著筆，而孝女已千古如生。若經後人手，不知有幾多膚闊理性語搬演來也。（上卷，頁6）

此詩通首不見華麗詞藻，以簡潔之筆便將孝女孤寂的形象立體化，確實可見詩人體物之深切與摹寫之靈巧。

李懷民既然提出「書情，即正心之學也。其言匠物，即格物之學」（卷前〈圖說〉，頁9），張籍詩之抒情與匠物又備受李懷民推崇，顯然李懷民已將張籍視為言行一致的有德者，就像其評張籍〈送鄭秀才歸寧〉曰：

> 在後人則有許多贊孝贊悌，至仁至性膚語，不知反成闊泛。試執此以考之，可定古今之分。（上卷，頁14）

相較於後人往往將孝悌禮義搬演為應酬語，李懷民則認為這些儒家道德已為張籍的內在修養，是以李懷民又評張詩「看其高閑」（上卷，頁

〔註18〕除了「匠」字，李懷民亦以其他評語強調張籍詩善於描摹，像是〈送蠻客〉之「一指便**如見**」、〈送李騎曹靈州歸覲〉的「情事**如見**」；又如〈送海客歸舊島〉的「寫得蠻境**逼真**」、〈和裴司空以詩請刑部白侍郎雙鶴〉的「神已**逼真**」等，以「如見」或「逼真」稱許張籍寫物深得神韻，如在目前的功力。詩作例證分別參見〔清〕李懷民輯評，張耕點校：《重訂中晚唐詩主客圖》，上卷，頁8、20、34、44。

28)、「想其靜懷」(上卷,頁31)、「自見高簡之性」(上卷,頁48)等,再三強調詩人清高的涵養。而且不只宗主張籍有如此修養,李懷民更進一步指出門下的詩家為:

竊見張、賈門下諸賢,微論其才識高遠,要之氣骨稜稜,俱有不可一世、壁立萬仞之概。(卷前〈圖說〉,頁9)

不僅張籍一宗,連同賈島的門派在內,《重訂主客圖》所選全部詩家均被李懷民賦予才識兼具的偉岸形象。

三、張籍詩堪比於盛唐詩

李懷民稱許中、晚唐詩人具備嚴正的風骨氣概,不但扭轉其他詩論家予其淺薄鄙陋之評,更提出中、晚唐詩足以承繼盛唐的說法,其曰:

中、晚善學初、盛處,**初、盛人**平舉板對而氣自流動,**總提渾括**而意無不包,降格而下,力量不及,則不敢妄襲其貌,於是化平板而為**流走**,變深渾而為**淺顯**,乍看似甚易能,細按始驚難到,要其**體會物理,發揮人情**,實能**得初、盛人內裏至詣**。(卷前〈圖說〉,頁5)

李懷民認為中、晚唐詩之所以淺俗,正是詩人深明與前賢之差距。在中、晚唐人知曉自身無法企及初、盛唐詩之渾成中自有雄壯氣勢,便改行以流散淺顯的字句,而且這種淺顯化更有利於後學,一如李懷民所云:

淺卑者實與人以可近,顯露者正與人以可尋。……學詩者誠莫如中、晚,中、晚人得盛唐之精髓。(卷前〈圖說〉,頁4～5)

李懷民以引領後學的角度,宣告中、晚唐詩的價值正在於能簡化渾括無跡的盛唐精髓。印證賀嚴所說:「這些以中晚唐詩為主的詩選有一個共同的特點,那就是並不否定初盛唐的崇高美學價值,……他們也並沒有以中晚唐詩為終點,反而是以之為起點,要求人們上溯盛唐、初唐。」〔註 19〕再者，像李懷民這般為學詩者進行考量，如同《重訂主客圖》之所以專選五言律詩，除了因為「士子鏤心刻骨，研煉於五字之中」（卷前〈圖說〉，頁 3），此體方為唐人所長，更重要的是，五律使「裕於學者可以勉而至」（卷前〈圖說〉，頁 3）五言的體制是誠篤學詩者可勉力而至，一如李懷民聚焦於淺顯的中、晚唐詩，也是因為更貼近於後學。

《重訂主客圖》意在引導後人學習盛唐精髓而聚焦於中、晚唐詩，說明李懷民認為中、晚唐人僅能承襲盛唐，是相對於盛唐詩更降了一級。然而，身為宗主的張籍，在《重訂主客圖》的評價卻隱然高出其他中、晚唐詩人，如李懷民評張詩曰：

〈春日留別〉：看他對法，純是**古味融結**。（上卷，頁 4）

〈沒蕃故人〉：水部極沉著詩，便**不讓少陵**。（上卷，頁 4）

〈春日留別〉之頷聯「看著春又晚，莫輕少年時」，以「春又晚」對「少年時」似乎不太工整，卻是將光陰逝去的感慨自然融聚，讓講究格律的對仗充滿古詩信口吟詠的韻味，遙相呼應於李懷民以「總提渾括」論盛唐詩之渾成無跡。在〈沒蕃故人〉，李懷民更是大膽評斷張籍抒發篤實哀情之無限低迴，堪與五律絕頂的杜甫比肩，〔註 20〕如此盛譽或許有過度高舉張籍之疑，但從李懷民評點的態度，再次印證：作為引領中、晚唐人的「清真雅正主」，張籍五律已有與盛唐大家並峙之功力。

再者，李懷民既以「總提渾括而意無不包」（卷前〈圖說〉，頁 5）總評盛唐詩，點出其壯闊與渾成，這也呼應其他詩評家對盛唐詩的說

〔註 19〕賀嚴：《清代唐詩選本研究》，頁 113。

〔註 20〕杜甫五律的成就已然登峰造極，如明人胡震亨指點後人學習此體曰：「然後歸宿杜陵，究竟絕軌，極深研幾，窮神知化，五言律法盡矣。」又如清人沈德潛認為：「五言律，……杜子美獨闢畦逕，寓縱橫排奡於整密中，故應包涵一切。」可知杜詩縱橫多變，出神入化之功。第一項參見〔明〕胡震亨：《唐音癸籤》，卷 3，頁 20～21。第二項見〔清〕沈德潛：《說詩晬語》，收入〔清〕丁福保編：《清詩話》，卷上，頁 538。

法，如宋人嚴羽曰：「筆力雄壯，又氣象渾厚。」〔註21〕清初李沂亦以「沖融溫厚」、「雄渾沉鬱」歸納之。〔註22〕顯然以「渾厚」論盛唐詩，是連同李懷民在內，諸多詩評家公認的看法。據蔣寅分析「渾厚」的成因：

> 意在言外、**含蓄不盡**，這些特點都有助於達成**渾厚**的境地。〔註23〕

可知盛唐詩之所以渾厚，其詩之韻味無窮是一項重要關鍵。進一步對照李懷民評張籍詩曰：

> 〈宿臨江驛〉：梅都官所謂留**不盡之意**，尤當向水部領取。（上卷，頁8）
>
> 〈送宮人入道〉：最要學他結法，獨得**不盡之味**。（上卷，頁26）

李懷民指出張籍詩之意在言外，預先示範了北宋梅堯臣（1002～1060）論詩歌之餘韻不盡，即在呈現「作者得於心，覽者會以意」的難言心聲。〔註24〕在〈宿臨江驛〉一詩，李懷民也強調張籍的結法能營造無窮韻味，值得後學效仿。將這種含蓄不盡的特色，結合李懷民評張籍

〔註21〕〔宋〕嚴羽：《滄浪詩話》，收入〔清〕何文煥輯：《歷代詩話》，頁707。

〔註22〕李沂在唐詩選本《唐詩援》有序文曰：「盛唐洗濯擴充，無美不臻。統而論之：沖融**溫厚**，詩之體也，昌明博大，詩之象也，含蓄雋永，詩之味也，**雄渾**沉鬱，詩之力也，清新娟秀，詩之趣也。」〔清〕李沂：〈唐詩援序〉，轉引自陳伯海主編：《唐詩論評類編（增訂版）》，頁225。

〔註23〕蔣寅：〈論中國古典詩學中的「厚」〉，《北京大學學報（哲學社會科學版）》第56卷第1期（2019年1月），頁63。

〔註24〕北宋歐陽修曾與梅堯臣有如下對談：聖俞嘗語余曰：「詩家雖率意，而造語亦難。……必能狀難寫之景，如在目前，含**不盡之意**，見於言外，然後為至矣……。」余曰：「語之工者固如是。狀難寫之景，含不盡之意，何詩為然？」聖俞曰：「**作者得於心，覽者會以意**，殆難指陳以言也。」認為詩歌若能營造出由作者與讀者雙向心領神會的不盡韻味，是造語遣詞極難抵達的高境。李懷民之評所言的「梅都官所謂留不盡之意」應是出於此。見〔宋〕歐陽脩：《六一詩話》，收入〔清〕何文煥輯：《歷代詩話》，頁267。

〈春日留別〉之「古味融結」(上卷,頁4),稱許其渾然天成,可以發現,李懷民予以張籍詩的評價,不但迥異於中唐詩遭受批評的「淺薄」弊病,更可謂將張籍詩視同渾成含蓄的盛唐詩。

第二節 《重訂主客圖》以賈島為清真僻苦主

一、稱許賈島之操守與心境

在《重訂主客圖》中,李懷民除了將張籍列為「清真雅正主」,同時也以賈島為「清真僻苦主」,作為《重訂主客圖》唯二領袖,賈島之詩亦被譽為「廣大奧逸、宏拔美麗之妙」(卷前〈圖說〉,頁2),這種以詩家之氣骨而彰顯出的深遠恢宏,一如李懷民所云:

> 余定中、晚以後人物有似於孔門之狂狷,……**賈島**、李翱、張水部,**狷之流也**。(卷前〈圖說〉,頁4)

以出自《論語・子路》的「不得中行而與之,必也狂狷乎」論之。〔註25〕若說李懷民將其最理想的盛唐詩比為儒家中庸之道,那麼在中、晚唐詩人裡,比起李商隱、溫庭筠被李懷民斥為「淫詞豔語不足以淆之」(卷前〈圖說〉,頁9),其浮豔詩作難登大雅之堂,賈島等詩家雖然不足上比盛唐,只能是中庸之外的狂狷之流,但「狷者,知未及而守有餘」,〔註26〕正直不阿的操守仍可謂堅持正道。故而賈島詩在《重訂主客圖》常被評為:

> 〈下第〉:感羨極矣,卻不損其**高致**。(下卷,頁185)
>
> 〈寄董武〉:風骨**高騫**。(下卷,頁196)
>
> 〈送譚遠上人〉:**境高**到頂,詩亦如之。(下卷,頁215)
>
> 〈贈友人〉:此等語亦不廢,卻說得**高閒**。(下卷,頁214)

〈下第〉抒寫落第後流落帝京的孤苦處境,雖有「杏園啼百舌,誰醉在

〔註25〕〔宋〕朱熹:《論語集注》,《四書章句集注》(臺北:大安出版社,1999年),卷7,子路,頁203。
〔註26〕〔宋〕朱熹:《論語集注》,《四書章句集注》,卷7,子路,頁204。

花傍」之嘆，不過詩人對醉臥鳥語花叢的稱羨，也流露其高雅意趣。〈寄董武〉之「孤鴻來半夜，積雪在諸峰」，以夜半獨飛的鴻鳥與頂峰的落雪形塑出磊落高舉的風骨。又以〈送譚遠上人〉的「下視白雲時，山房蓋樹皮」之高處視野，帶出詩人本自具足的識見與修養境界。〈贈友人〉雖於句末以「卻歸登第日，名近榜頭排」引出金榜題名看似世俗，但結合頷聯「不同狂客醉，自伴律僧齋」的澄淨悠然，使全詩轉為清高閒適。

另外，一如〈贈友人〉的「自伴律僧齋」，賈島因其僧人背景，〔註 27〕常以釋門事物入詩。雖不同於張籍詩「出其讜言正論，以維持世教」（卷前〈圖說〉，頁 9）純粹的儒家色彩，但李懷民仍藉由賈島之佛學淵源，凸顯其心境修為，像是：

> 〈哭柏巖禪師〉：後來作哭僧詩皆法此刻苦，然於**禪理之空妙處**不能及也。（下卷，頁 183）
>
> 〈送空公往金州〉：此詩具見**定力**，非初禪所能參。（下卷，頁 216）

認為後學欲以詩哀悼，僅知模擬賈島雕鏤字句的刻苦，卻遠不及賈島〈哭柏巖禪師〉之「寫留行道影，焚却坐禪身」，將禪師潛心修道的形象延續至身後，更可見詩人悟道之深。再者，〈送空公往金州〉之「手中梛栗粗」、「潭濺祖傳盂」，當敘寫禪師手持禪杖、缽盂前行的沉穩堅定，李懷民亦揭示賈島必有同等的修持，方能以詩呈現禪師的沉著。另外，如〈贈僧〉之「非**真僧**未能道也」（下卷，頁 220）、〈寄毗陵徹公〉之「**真高僧**」（下卷，頁 229）、贈胡禪師之「**禪悟**」（下卷，頁 225）等，無一不是強調賈島的修為精善。不過，李懷民雖讚揚賈島為「高僧」，但從他以儒家「狷之流」說明賈島為人「氣骨稜稜」，可知李懷民

〔註 27〕據《新唐書》所載：「島字浪仙，范陽人。初為浮屠，名无本。……愈憐之，因教其為文，遂去浮屠，舉進士」。可知賈島本出家為僧，後得韓愈指導，還俗赴試。見〔宋〕歐陽脩、宋祁：《新唐書》，卷 176，傳 101，頁 5268。

重在強調詩人的涵養境界，並非著意於佛門義理。因此，李懷民才會在賈島〈冬夜〉詩評曰：

> 極形悽寂之苦。**學空人亦不廢此**，以詩固主乎情也，無情之人不可與言詩。（下卷，頁 201）

並不贊同創作也秉持「如夢幻泡影」之萬法皆空，認為詩歌就是基於情感觸發，方能將淒楚寂苦之情文字化。

二、批評賈島詩過於苦吟

李懷民除了稱許賈島善於抒情，在其〈弔孟協律〉一詩，李懷民也評道：「質極樸極老極痛極。」（下卷，頁 186）指出賈島有將情感刻畫到極致的特色，這種細膩到位的筆觸，也體現在賈島描摹事物紋理的功力上，如李懷民所云：

> 〈贈王將軍〉：鏃必是金，刀必是寶，偏於人馬受傷處**寫出名將身分**。（下卷，頁 185）
>
> 〈送李騎曹〉：無此奇筆如何**匠得寒垣景出**？（下卷，頁 190）

在〈贈王將軍〉之「馬曾金鏃中，身有寶刀瘢」，用戰馬與身軀的傷疤作為對方功績彪炳之勳章，又巧妙地融入「金」、「寶」為飾，襯出將軍之位的尊榮感。〈送李騎曹〉之「朔色晴天北，河源落日東」，則藉由異於中原的景物與位移的方向，可見對方將赴邊塞之遼遠與寒苦。

從賈島之作雖然可見其體物入微，不過這種細膩程度，往往成了李懷民評賈島〈訪李甘原居〉所說：「搜剔不遺細小，**僻澀**可念。」（下卷，頁 197）指其精細周密之極，已轉向執著於冷僻的枝微末節。賈詩之苦心求奇，固然是詩壇公認的賈島風格，例如：

> 元和中，元、白尚輕淺，島獨變格**入僻**，以矯浮豔。（王定保《唐摭言》）〔註 28〕
>
> 島五言律氣味**清苦**，聲韻峭急，……東坡云「郊寒島瘦」，唐

〔註 28〕〔唐〕王定保：《唐摭言》，收入《筆記小說大觀》20 編（臺北：新興書局，1978 年），卷 11，頁 2。

人詩論氣象，此正言氣象耳。（許學夷《詩源辯體》）〔註29〕

自有詩以來，無如浪仙之**刻削**者，宜其自**苦吟**得之也。（劉邦彥《唐詩歸折衷》）〔註30〕

唐末王定保（870～940）指出賈島為調整元稹、白居易詩之淺顯流於浮靡，改往怪奇生澀的方向創作。明人許學夷認為賈島五律清峻寒苦，並引蘇軾所謂的「瘦」為詩人之氣象。清代劉邦彥（？～？）更以賈詩之費心雕塑，可謂是詩壇最為苦吟的風格。顯然評論家們往往以苦求奇險為賈島詩之藝術特質。

李懷民自然也注意到賈島作詩求奇的特性，是以《重訂主客圖》才會將賈島立為「清真**僻苦**主」，並稱許其詩「**警聳**處全是鍊功」（下卷，頁184）、「**推敲**有力」（下卷，頁188）、「**生峭**極矣」（下卷，頁194）等。有趣的是，李懷民既以「僻苦」為賈島的特色，乃至獨立為宗派，李懷民卻對過度僻苦之作提出批評，例如其於賈島〈宿山寺〉曰：

〈宿山寺〉：「透」字「走」字**過於鍊**字〔註31〕，反帶**傖氣**。（下卷，頁230）

〈宿山寺〉的頷聯「流星透疏木，走月逆行雲」，縱有前人如黃生讚揚「三、四寫景極確」〔註32〕、沈德潛稱許「順行雲則月隱矣，妙處全在『逆』字」〔註33〕等其他詩評家的肯定，李懷民仍舊批評詩人太刻意以「透」描述星光動態，又在月景硬以「走」字修飾，反而顯得粗俗而缺乏詩意。

再者，根據《重訂主客圖》選取賈島詩的原則是：

〔註29〕〔明〕許學夷著，杜維沫校點：《詩源辯體》，卷25，頁257。

〔註30〕〔明〕鍾惺、譚元春輯，〔清〕劉邦彥重訂：《唐詩歸折衷》，轉引自陳伯海主編：《唐詩彙評》，頁2579。

〔註31〕據今人張耕點校，此處原斷句為「『透』字『走』字過於鍊，字反帶傖氣」，但考量若作「過於練字，反帶傖氣」，不論從上下文意或古文多以偶數字為句的觀點，均較為合理，故改之。

〔註32〕〔清〕黃生：《唐詩矩》，收入〔清〕黃生著，諸偉奇主編：《黃生全集》，五言律詩4集，頁164。

〔註33〕〔清〕沈德潛：《唐詩別裁集》重訂本，卷12，頁400。

> 本欲全錄，以極其體之變，因賈詩**刻苦過鍊**，後學不善，流為尖酸；又遺集魯亥尤多，往往兩存之猶不得妥當，茲**刪去四分之一**。（下卷，頁182）

除了刪去流傳有疑慮的賈島詩作，在基於引領後學的取向，李懷民還考量到苦吟太甚之作不利於學習，亦將之摒除在該選本之外。這便造就了同樣高居《重訂主客圖》的唯二宗主，相較於李懷民錄張籍詩118首，幾乎是所有的張籍五律全收入選本之中；〔註34〕賈島詩僅剩四分之三被採納。可知賈詩在《重訂主客圖》除了被批評為「過於鍊字」，更多賈島苦吟之作早在汰選之初就不受李懷民青睞。

三、李懷民對張籍、賈島詩之異同分析

除了入選的落差，李懷民評點張、賈二位宗主的態度也有微妙差異。綜觀張籍詩在《重訂主客圖》得到全面性的肯定，李懷民卻對賈島詩有所批評，像是：

> 〈南池〉:「抱」字**未能恰好**。（下卷，頁191）
>
> 〈原東居喜唐溫琪頻至〉：**強湊**句。對句亦**不佳**。（下卷，頁200）
>
> 〈寄江上人〉：此等**不免率**。（下卷，頁231）
>
> 〈原上秋居〉：經年求對，卻**不見佳**。可知古人得意亦不作準。（下卷，頁200～201）

不論是指摘〈南池〉之「蕭條微雨絕，荒岸抱清源」用字不夠妥貼；或是挑剔〈原東居喜唐溫琪頻至〉的對仗勉強拼湊、〈寄江上人〉的用語平凡膚淺；縱使是像〈原上秋居〉之頸聯「鳥從井口出，人自岳陽過」，得元代方回（1227～1305）稱許：「五、六謂經年乃下得句，學者當細

〔註34〕據李建崑統計，張籍現存詩數共473首，其中128首為五言律詩，可知《重訂主客圖》收錄超過九成以上的張籍五律，幾乎可說是所見皆錄。詩數參見國立編譯館主編，李建崑校注：《張籍詩集校注》（臺北：華泰文化事業股份有限公司，2001年），前序，頁2。

味之。」〔註 35〕可謂值得細品的得意詩句，李懷民卻毫不諱言地批評詩人白費心思。

此外，相較於張籍〈沒蕃故人〉一詩被譽為「不讓少陵」（上卷，頁 4），堪稱問鼎盛唐大家杜甫的極致好評，《重訂主客圖》雖亦評賈島詩曰：「賈氏固由杜出。」（下卷，頁 316）以賈島作詩善於雕削，乃源於「晚節漸於詩律細」的杜詩。不過當李懷民同樣用杜甫比於張、賈二人，並以張籍可與杜甫比肩，賈島僅是繼承杜詩技巧，似乎有些分判。更甚者在於李懷民對賈島詩論道：

> 〈送僧歸太白山〉：王右丞「碧峰出山後」視此猶**易盡**。（下卷，頁 232）
>
> 〈寄山中長孫棲嶠〉：此亦佳，然**不及**王右丞「明月松間照」二句。可知盛唐不用力而自勝，**中晚以後必須用力乃能與相追**。（下卷，頁 216）

李懷民用以比擬賈島詩的王維〈新晴野望〉，其「白水明田外，碧峰出山後」乃「田外明白水」、「山後出碧峰」之倒裝，藉由將流水與高峰提前，並各以淨白、碧綠形容之，既強調景物的遠近層次，又呈現出鮮明色彩，如此精巧的立體感確實值得玩味；反觀賈島〈送僧歸太白山〉之「雲塞石房路，峰明雨外巔」，固然也點出自然景物的位置，但「石房路」之語焉不詳，難與「雨外嶺」相對，此二句僅直述眼前景，亦無王維詩之布局細膩。李懷民雖予以〈寄山中長孫棲嶠〉肯定，不過「松生青石上，泉落白雲間」仍不如王維〈山居秋暝〉巧妙，並進一步指出賈島是典型的中、晚唐人，雖然詩作刻苦雕琢，但自然渾融的盛唐詩正是以其天然而勝出。可以發現，相較於張籍可與盛唐大家並峙，李懷民指出賈島詩不及盛唐，可謂間接對《重訂主客圖》二位宗主分判高下。

〔註 35〕〔元〕方回：《瀛奎律髓》，收入《景印文淵閣四庫全書》集部第 305 冊（臺北：臺灣商務印書館，1983 年），卷 23，頁 10。

此外，在《重訂主客圖》收錄的賈島詩中，李懷民除了點出其推敲苦吟的特色，賈島詩深受李懷民青睞者，還有其與張籍詩風相近的表現，例如：

〈送朱可久歸越中〉：**樸拙**得妙。（下卷，頁188）

〈送貞空二上人〉：妙在**極淡**，似無可說。（下卷，頁192）

〈贈無懷禪師〉：二句合看，則**常處**皆奇。（下卷，頁201）

〈張郎中過原東居〉：極**無可說處**寫得出便是真詩。（下卷，頁203）

〈夕思〉：真**不求工**，乃入高格。（下卷，頁207）

再三稱許賈島詩中看似樸拙平淡者，乃至一般人不另贅言的尋常之處，實則是行雲流水的絕妙筆法，顯然是以張籍詩之「天然明麗，不事雕鏤」（卷前〈圖說〉，頁2）為基準而讚揚賈島詩。再者，李懷民還在賈島詩中，結合張籍而評曰：

〈送杜秀才東遊〉：淡味深情，賈師與張先生**是一是二**。（下卷，頁193）

〈哭張籍〉：張、賈雖兩派，其性情相關處**要無二致**，故須合訂。（下卷，頁234）

不僅點出二人均從平淡處吐露款款深情，也強調二人有同樣的高致風骨，需相合而論。

李懷民在屬於賈島「清真僻苦主」的下半部選本，一再提出其與另一宗主近似之處，已可見李懷民並非平視張、賈二人。更甚者在於李懷民逕以二派為同宗之說，其曰：

以下五首〔註36〕……，今按其體格淺淡清妙，大不類賈生口

〔註36〕李懷民於此處雖有「以下五首附於集後者」云云，點校者張耕註解：「嘉慶本、咸豐本均實為四首。」經實際計算，也的確只有〈春行〉、〈早行〉、〈送人南歸〉、〈清明日園林寄友人〉4首。參見〔清〕李懷民輯評，張耕點校：《重訂中晚唐詩主客圖》，下卷，頁238～240。

> 吻，卻**與張、王逼近**，或浪仙（賈島，字浪仙）少時所擬，後乃獨闢生峭之門。錄之並見**張、賈同宗**，學者出入彼此，互見不妨。（下卷，頁 238）

像這類清新淺淡的詩歌，與其說是以苦吟聞名的賈島所作，它們更接近張籍、王建的詩風，李懷民解釋這些是賈島早期的創作，只是後來轉向追求苦心煉造。那麼淺淡清妙便可謂是賈島的根本，這種見解不僅讓《重訂主客圖》的兩大宗派具有共同淵源，而且「清真僻苦主」原先的風格走向更貼近「清真雅正主」，可說是把張籍一派視為正宗主流，賈島一派則是後來發展出的支線，間接分判其正變。

李懷民之所以要特別強調二家同源，並呈現出正變詩觀，可對照其自序所謂：

> 唐之盛也，道德渾於意中，和樂浮於言外；及其衰也，氣節形於激烈，名義著為辨說。（卷前〈圖說〉，頁 9）

若說盛唐詩乃作者品德內化後的一派安和大雅，中、晚唐以降不復高深渾然，顯得雕琢有痕，作詩之用力亦明顯可見。再結合李懷民對張、賈二位宗主之評，沖和淡雅的張籍詩應是比苦心刻峭的賈島詩，更接近於盛唐詩。換言之，若說努力鍛字練句的賈島，是典型的中、晚唐詩人代表；自然渾成的張籍已然躋升於盛唐詩家這一列，再加上《重訂主客圖》又抱持著得盛唐詩精粹之終極目標，張、賈二家便隱然有高下之別。

因此，就風格界定而言，當唐代張為《詩人主客圖》本將張籍和賈島均置於「清奇雅正」門下，李懷民則以張籍為「清真雅正主」，與原版的風格很是相近；反觀賈島卻從「清奇雅正」大幅度地跨至「清真僻苦」。固然「僻苦」確實較符合賈島風格，但從李懷民主張「宋儒之理」及「維持世教」之儒家思維，溫潤典重的「雅正」就比鑽營求奇的「僻苦」更符合詩教觀，也更具有正面評價。

第三節　《重訂主客圖》之選評異於乾隆時期的唐詩選本

清乾隆年間，李懷民主張「學詩者誠莫如中、晚，中、晚人得盛唐之精髓」（卷前〈圖說〉，頁4），在基於引領後學體味盛唐詩之最終目標，其《重訂主客圖》專選中、晚唐詩，並以張籍、賈島為代表。再者，李懷民認為「唐二百八十年間，士子鏤心刻骨，研煉於五字之中」（卷前〈圖說〉，頁3），故其選本聚焦於唐人最為用心專研的五言律詩。

若將李懷民聚焦於中、晚唐五律這點，進一步對照近代學者施子愉統計《全唐詩》之四唐各體詩數如下〔註37〕：

表15：《全唐詩》之四唐各體詩數表

	五古	七古	五律	七律	五排	七排	五絕	七絕	合　計
初唐	663	58	823	72	188	0	172	77	2053
盛唐	1795	521	1651	300	329	8	279	472	5355
中唐	2447	1006	**3233**	1848	807	36	1015	2930	13322
晚唐	561	193	**3864**	3683	610	26	674	3591	13202
合計	5466	1778	9571	5903	1934	70	2140	7070	33932

可以發現：中、晚唐詩總數遠高於初、盛唐；單就詩體而言，五言律詩也確為唐人創作數量最高的體裁。因此，如果僅從數量而論，《重訂主客圖》以中、晚唐之五律為關注對象，有其一定的合理性。然而李懷民取張籍、賈島為一宗之主，則與當時的唐詩選本有很大的出入。

一、乾隆朝唐詩選本對中唐詩的關注傾向

為了能以具有普遍意涵的對照組，凸顯李懷民選本的獨特性，可藉由乾隆時期其他唐詩選本收錄數量前十大詩家為例：

〔註37〕施子愉：〈唐代科舉制度與五言詩的關係〉，《東方雜志》第40卷第8號（1944年4月），頁39。

表 16：乾隆朝唐詩選本收錄詩數前十大詩家表

沈德潛《唐詩別裁集》重訂本〔註 38〕	孫洙《唐詩三百首》	宋宗元《網詩園唐詩箋註》	黃叔燦《唐詩箋註》	楊逢春《唐詩繹》	姚鼐《今體詩鈔》〔註 39〕
杜甫	杜甫	杜甫	杜甫	杜甫	杜甫
李白	王維 李白	李白	李白	李白	王維
王維		王維	李商隱	王維	李商隱
韋應物	李商隱	岑參	王維	韋應物	李白
白居易	孟浩然	劉長卿	白居易	孟浩然	劉長卿
岑參	韋應物	錢起	杜牧	柳宗元	孟浩然
劉長卿	劉長卿	白居易	劉禹錫	岑參	岑參
李商隱	杜牧	許渾	王建	韓愈	白居易
韓愈	王昌齡	李商隱	王昌齡	劉長卿	李頎
柳宗元	岑參 李頎	韋應物	溫庭筠	白居易	宋之問

就表格所列，不論是各詩體兼收者，如《唐詩別裁集》、《網詩園唐詩箋註》、《唐詩繹》；還是僅錄近體詩者，如《唐詩箋註》選五言和七言的律詩跟絕句、《今體詩鈔》則取五律與七律，**白居易和劉長卿**是眾唐詩選本收錄次數最多的中唐詩家。

先就白居易而言，當時的選本予之極高的關注，有部分可說是受到官方引領風潮的影響。由乾隆帝御選的《唐宋詩醇》是象徵官方意志的選本，該書於唐代僅錄 4 位詩家：李白、杜甫、白居易、韓愈。其中，白居易的人品被譽為：「自非識力涵養有大過人者，安能進退，綽有餘

〔註 38〕沈德潛《唐詩別裁集》有編於康熙朝之初刻本與乾隆朝之重訂本，今以流傳較廣且與李懷民選本同時代之重訂本為主。

〔註 39〕《今體詩鈔》雖是「嘉慶三年二月桐城姚鼐識」，但考量距離乾隆年尚近，且姚鼐生於雍正九年（1731），文壇活躍期橫跨整個乾隆朝，該選本又是專選律詩，對於僅收錄五律的《重訂主客圖》也有參考價值。另外，《今體詩鈔》於唐、宋詩人兼收，為能凸顯議題，此十大詩家僅羅列唐人排序。成書時間參見〔清〕姚鼐：《今體詩鈔》，收入《四庫備要》集部第 584 冊，卷前〈五七言今體詩鈔序目〉，頁 1。

裕？」〔註 40〕道德修養與胸襟見識皆是不同凡響，白詩的表現更是：

> **根柢六義**之旨，而不失乎溫厚和平之意；變**杜甫**之雄渾蒼勁，而為流麗安詳，不襲其面貌，而得其神味者也。〔註 41〕

既直言稱許白詩雅正溫和，又藉由「度越千古而上繼《三百篇》」的杜甫，〔註 42〕來讚揚白居易深得杜詩神采韻味，故而乾隆朝的文人在如此明確揭示的官方詩學意志中，自然很難忽略白居易的價值。以身處政治核心的沈德潛為例，據學者范建明所言：

> 《唐宋詩醇》中白居易詩有八卷，共收錄詩作三百五十三首。與此相比，《唐詩別裁集》初刻本所收白居易的詩只有四首絕句。兩相對比，不是天壤之別嗎？於是，不管高齡已逾九十，沈德潛決定對「初刻本」進行全面修訂。〔註 43〕

可知沈德潛是因御選《唐宋詩醇》而編有重訂本，且意在將白詩數量從初刻本的 4 首增為 60 首，更加說明官方推舉白居易的影響力之大。

至於眾選本前十大詩家表格中，僅有孫洙《唐詩三百首》對白居易關注度相對不高，則是參照本的因素。據學者王水照指出：「不可否認，此書（《唐詩三百首》）受沈德潛《唐詩別裁集》影響甚巨。沈書初版於康熙 56 年（1717），40 多年後，更作增訂，……與《唐詩三百首》的編成都在同一年。」〔註 44〕可知孫洙選本應是以沈德潛《唐詩別裁集》為底本，不過將孫洙序文的「乾隆癸未年春日，蘅塘退士（孫洙自號）題」，〔註 45〕對照沈氏重訂本的「乾隆癸未秋七月，長洲沈德潛題」，〔註 46〕

〔註 40〕〔清〕清高宗御選：《唐宋詩醇》，卷 19，頁 1。
〔註 41〕〔清〕清高宗御選：《唐宋詩醇》，卷 19，頁 1。
〔註 42〕〔清〕清高宗御選：《唐宋詩醇》，卷 9，頁 25。
〔註 43〕范建明：〈關於〈唐詩別裁集〉的修訂及其理由——「重訂本」與「初刻本」的比較〉，《逢甲人文社會學報》第 25 期（2012 年 12 月），頁 70。
〔註 44〕王水照：〈永遠的《唐詩三百首》〉，《中國韻文學刊》第 19 卷第 1 期（2005 年 3 月），頁 2。
〔註 45〕〔清〕蘅塘退士手編，鴛湖散人撰輯：《唐詩三百首集釋》（臺北：藝文印書館，1991 年），卷前〈唐詩三百首題辭〉，頁 5。
〔註 46〕〔清〕沈德潛：《唐詩別裁集》重訂本，卷前〈重訂唐詩別裁集序〉，頁 4。

顯然《唐詩三百首》不可能參考較之更晚完成的重訂本，而是以康熙年間的初刻本為準。進一步來看《唐詩別裁集》初刻本的前十大詩家分別是：杜甫、李白、王維、韋應物、劉長卿、岑參、韓愈、孟浩然（689～740）、柳宗元、李頎，僅被收錄4首的白居易還未受到沈德潛矚目；加以孫洙自言此選本「錄成一篇為家塾課本，俾童而習之」，〔註47〕只作為私塾童蒙教材之用，自己又採取「蘅塘退士」這樣的化名而非本名，隱然自認為不足以登大雅之堂，故而《唐詩三百首》受到官方意志的影響相對減少，不特別關注白詩也在情理之中。

劉長卿不僅與白居易有相同的入選次數，而且若就唐人創作最多、又是《重訂主客圖》專選的詩體——五言律詩，劉長卿在此體的表現更是備受評選者們讚揚。從有明言五律詩觀的選本，像是姚鼐在專選五、七律的《今體詩鈔》就說道：

> 盛唐人詩固無體不妙，而尤以**五言律**為最，此體中又當以**王、孟**為，以禪家妙悟論詩者，正在此耳。〔註48〕

認為五言律詩是盛唐人創作最精妙的詩體，尤其是王維、孟浩然能以佛家心領神會營造清新淡遠的風格，可謂顛峰之作。這種推尊王、孟五律的詩觀，沈德潛也有類似說法如下：

> 五言律，……開、寶以來，**李太白**之穠麗，**王摩詰**、**孟浩然**之自得，分道揚鑣，並推極勝。**杜少陵**獨開生面，寓縱橫顛倒於整密中，故應超然拔萃。終唐之世，變態雖多，無有越諸家之範圍者矣。〔註49〕

王、孟之超然自得，李白之華美豔麗，以及杜詩之別開生面，不僅組合成盛唐五律的多元風貌，更是有唐一代指標性的存在。另外，《唐詩三百首》、《網師園唐詩箋註》、《唐詩箋註》、《唐詩繹》等選本雖未明確表達

〔註47〕〔清〕蘅塘退士手編，鴛湖散人撰輯：《唐詩三百首集釋》，卷前〈唐詩三百首題辭〉，頁5。

〔註48〕〔清〕姚鼐：《今體詩鈔》，收入《四庫備要》集部第584冊，卷前〈五七言今體詩鈔序目〉，頁1。

〔註49〕〔清〕沈德潛：《唐詩別裁集》重訂本，卷前〈凡例〉，頁3。

五律詩家的高下，但將眾選本收錄五律詩數的前十名整理如下：〔註 50〕

表 17：乾隆朝唐詩選本收錄五律詩數前十大詩家表

乾隆時期唐詩選本收錄五律的前十大詩家					
《別裁集》	《三百首》	《網師園》	《唐詩箋註》	《唐詩繹》	《今體詩鈔》
杜甫	杜甫	杜甫	杜甫	杜甫	杜甫
王維	孟浩然 王維	李白	李白 王維	王維	王維
李白		王維		李白	李白
孟浩然	李白 劉長卿 李商隱	孟浩然 岑參	孟浩然	孟浩然	孟浩然
劉長卿			李商隱	岑參	劉長卿
岑參		錢起 許渾 李商隱	白居易	宋之問	李商隱
李商隱	司空曙		溫庭筠 張九齡	張說 杜審言 韋應物 劉長卿	岑參
宋之問	錢起 韋應物 許渾 馬戴 崔塗				宋之問
張說		宋之問 杜審言 劉長卿 戴叔倫 李咸用	宋之問		馬戴
錢起			韓愈		錢起

可知：選本收錄五律詩數均以杜甫、李白、王維、孟浩然囊括前四席次，顯示評選家們對此四位詩人的推崇之意。除此之外，中唐的劉長卿則是入選次數最高的詩家，甚至在《唐詩別裁集》、《唐詩三百首》、《今體詩鈔》中，劉長卿五律被收錄的數量僅次盛唐四家。雖說劉長卿未能列入《唐詩箋註》的前十名，但黃叔燦選錄劉詩 5 首，僅次於韓愈的 6 首，離前十之席僅差 1 首。

進一步探究評選家們對於中唐五律的看法，例如：

> 中唐詩近收斂，選言取勝，元氣不完，體格卑而聲調亦降矣。（沈德潛《唐詩別裁集》）〔註 51〕

〔註 50〕此表雖是羅列各家選本「收錄五律詩數的前十名」，但有些詩人因入選詩數相同而並列，故表格以同列一格，代表同一名次，也因此各家選本所列不止十位詩家。

〔註 51〕〔清〕沈德潛：《唐詩別裁集》重訂本，卷 11，頁 363。

> 中唐大歷諸賢，尤刻意於五律，其體實宗王、孟，氣則弱矣。（姚鼐《今體詩鈔》）〔註52〕

認為中唐五律雖工於造詞，但文氣並不充足。沈德潛更指其格調趨下，整體意境過於狹窄；姚鼐則認為中唐人承襲了王、孟的自然妙悟，又較之薄弱卑下。其他選本雖未明言，但從選數上來看，縱使中唐五律總創作量超出盛唐近乎一倍，編選者卻清一色收錄較多的盛唐詩，應是同樣認為中唐無法企及盛唐之意。

然而入選次數最高的中唐詩人劉長卿，卻被沈德潛評為：

> **劉文房**工於鑄意，**巧不傷雅**，猶有**前輩體段**。〔註53〕

劉長卿五律擅長經營詩意，巧妙而不失高雅，是少數能承繼盛唐詩的中唐好手。姚鼐《今體詩鈔》評劉詩亦曰：

> 〈逢郴州使因寄鄭協律〉：何減**右丞**。〔註54〕
>
> 〈碧澗別墅喜皇甫侍御相訪〉：何減**摩詰**。〔註55〕

以其堪與《今體詩鈔》特別推舉的王維比肩，足見姚鼐對劉長卿五律之稱許。

可知乾隆時期由於皇帝御選的關係，當時的唐詩選本也確實體現對白居易的高度關注；再者，若就唐人創作最多的五律一體，評選家們賦予盛唐詩家極高肯定之餘，在中唐則以劉長卿備受矚目，並賦予劉詩幾可與盛唐好手並列的佳評。

二、《重訂主客圖》另類的選詩偏好

《重訂主客圖》的「重訂」之意，是基於唐代張為《詩人主客圖》

〔註52〕〔清〕姚鼐：《今體詩鈔》，收入《四庫備要》集部第584冊，卷前〈五七言今體詩鈔序目〉，頁2。

〔註53〕〔清〕沈德潛：《唐詩別裁集》重訂本，卷11，頁363。

〔註54〕〔清〕姚鼐：《今體詩鈔》，收入《四庫備要》集部第584冊，五言卷7，頁2。

〔註55〕〔清〕姚鼐：《今體詩鈔》，收入《四庫備要》集部第584冊，五言卷7，頁4。

而言，但是李懷民仍點明：

> 余嘗讀其詩，皆不類。所立名號，亦半強攝。（卷前〈圖說〉，頁 1）

認為張為原版對於詩風的劃分和命名均不恰當，故將《詩人主客圖》原定之 6 位宗主：白居易、孟雲卿、李益、孟郊、鮑溶、武元衡等人一併刪除，改立張籍、賈島為宗主。若就李懷民所處的乾隆時期來說，孟雲卿、李益、孟郊、鮑溶、武元衡等五人確實也未能列入其他選本的前十大詩家，因此《重訂主客圖》將其摒除，尚可說是時代風氣使然。但白居易不僅在象徵官方意志的《唐宋詩醇》受到推崇，其他選本也對白居易青睞有加，那麼《重訂主客圖》不錄白詩便顯得格外與眾不同。

李懷民曾提出：「宋儒之理誠不可為詩，而詩人實不能離。」（卷前〈圖說〉，頁 9）主張詩歌不可背離儒家義理，並推崇張籍等人之作「各出其讜言正論，以維持世教」（卷前〈圖說〉，頁 9），深具教化功能；那麼被張為《詩人主客圖》定為「廣大教化主」的白居易，〔註 56〕在《唐宋詩醇》更被視為：「根柢六義之旨，而不失乎溫厚和平之意。」〔註 57〕理應與「清真雅正主」張籍，同樣合乎《重訂主客圖》重在詩教的選詩旨趣。再者，白居易不僅被乾隆帝認定：「變杜甫之雄渾蒼勁，而為流麗安詳，不襲其面貌，而得其神味者也。」〔註 58〕沈德潛《唐詩別裁集》同樣指出：

> 白居易……，變少陵之沉雄渾厚，不襲其貌而得其神也。〔註 59〕

顯然白詩堪稱完美呈現盛唐大家杜甫的精妙，並不比被李懷民舉為得盛唐精髓的張籍遜色。如果因《重訂主客圖》是專選五律的選本，是以不選白居易詩，但在《唐宋詩醇》即說明：「大家全力多於古詩見之，……

〔註 56〕〔唐〕張為撰，〔清〕袁寧珍撰：《主客圖》，收入《續修四庫全書》集部第 1694 冊，頁 1。
〔註 57〕〔清〕清高宗御選：《唐宋詩醇》，卷 19，頁 1。
〔註 58〕〔清〕清高宗御選：《唐宋詩醇》，卷 19，頁 1。
〔註 59〕〔清〕沈德潛：《唐詩別裁集》重訂本，卷 3，頁 105。

惟白、陸於古、今體間，庶無偏向耳。」〔註 60〕相較於李白、韓愈、蘇軾等人的古詩表現更為出色，白居易則是古、近體詩兼善。甚至早在元人方回專取律詩的《瀛奎律髓》，白居易入選詩數極高，僅次於杜甫，就連李懷民所偏愛的張籍、賈島，也都不及白詩數量之多。〔註 61〕

另外，相比其他編選者於中唐五律更加關注劉長卿，被《重訂主客圖》標舉為宗主的張籍、賈島，卻完全不在其他選本收錄五律詩數的前十名之中。若說李懷民更為推崇張籍詩之天然淡遠，乃至強調僻苦如賈島詩亦以此為本源，那麼盛唐王維、孟浩然之五律，理應更是這類淺淡風格的最佳代表作，而被姚鼐譽為「何減右丞」〔註 62〕的劉長卿，卻還是不被《重訂主客圖》所選。

至於《重訂主客圖》何以採取迥異於時人的選法？先就其刪去白居易來看，李懷民解釋道：

> 元、白、劉夢得，恐學者利其省事，流為率易。（卷前〈圖說〉，頁 8）

說明不選白居易等人，是擔憂後學僅習其淺顯而流於輕率粗俗。《重訂主客圖》秉持有效引領後學之目的，固然是該選本一大主旨，可是李懷民再三強調張籍詩深有妙趣的尋常淡味，也存在太過淺白而誤導後人之疑慮。因此《重訂主客圖》不選白居易更具體的緣由，或可從該選本專選五律之考量來看，其曰：

> 唐人之所以專攻五言者，唐以此**制科取士**，例用五言排律，其他朝廟樂歌，亦類用長排體，蓋取其體制宏整、法度嚴密，使長於才者不得濫其施，裕於學者可以勉而至。……今略五

〔註 60〕〔清〕清高宗御選：《唐宋詩醇》，卷前〈凡例〉，頁 1。

〔註 61〕此處可以《瀛奎律髓》所選詩數前五名簡論之，名次與數量如下：第一名杜甫 221 首，第二名白居易 127 首，第三名賈島 67 首，第四名劉禹錫 52 首，第五名張籍 47 首。可見白居易的數量之多，連李懷民極為推舉的張籍入選量都不及白詩一半。參見〔元〕方回：《瀛奎律髓》，收入《景印文淵閣四庫全書》集部第 305 冊。

〔註 62〕〔清〕姚鼐：《今體詩鈔》，收入《四庫備要》集部第 584 冊，五言卷 7，頁 2。

> 言而學其七言，是棄其長而用其短也。吾之訂唐詩而不及七言，誠欲力矯此弊。（卷前〈圖說〉，頁 3）

五言詩的體制莊重嚴謹，既可避免露才揚己，亦是詩人能勉力而致者。其中，李懷民特別指出五言律為唐代科考項目這一點，尚可聯繫至編選者的時代背景。據《清史稿》所載：「（乾隆）二十二年，詔剔舊習，求實效，移經文於二場，罷論、表、判，**增五言八韻律詩**。」〔註 63〕考量到在時限內難以長篇大論，乾隆帝下令科舉改考八韻的五言排律，並如蔣寅指出：「試詩在科舉中的地位，從而直接或間接地影響了清代中葉以後的詩歌創作和詩學研究。」〔註 64〕那麼刊定於乾隆三十九年（1774）的《重訂主客圖》專選五言詩而不及七言，可能也受到當時考試風氣的影響。再結合陳琦所說：

> 李懷民的命運與二派詩人的命運無疑是相似的，或漂泊零落，或困於舉場，或憤恨難解，或歸隱終老，皆**不得志**耳。……感同身受之下的戚戚與共，奮起力挽之中的心心（惺惺）相惜，使得他選錄諸家之詩。〔註 65〕

《重訂主客圖》所收錄的詩家，往往是考場失意或後來宦途顛簸的中、晚唐詩人，故李懷民關注其五律，更強化他對寒士們孤苦飄零之感的共鳴。

反觀白居易，縱使曾被貶為江州司馬，〔註 66〕〈琵琶行〉之「座中泣下誰最多？江州司馬青衫濕」更是深植人心，〔註 67〕但據《新唐

〔註 63〕參見〔清〕趙爾巽等撰：《清史稿》（北京：中華書局，1998 年），志 83，選舉 3，頁 3151。

〔註 64〕蔣寅：〈科舉試詩對清代詩學的影響〉，《中國社會科學》2014 年第 10 期（2014 年 10 月），頁 147。

〔註 65〕陳琦：《「重訂中晚唐詩主客圖」研究》，頁 35。

〔註 66〕據《新唐書》記載：「是時，盜殺武元衡，京都震擾。居易首上疏，請亟捕賊，刷朝廷恥，以必得為期。宰相嫌其出位，不悅……，出為州刺史，……追貶江州司馬。」白居易本出於忠君而上書，卻遭其他官員藉口彈劾，被貶為江州司馬。〔宋〕歐陽脩、宋祁：《新唐書》，卷 119，傳 44，頁 4302。

〔註 67〕此詩《白居易集》名為〈琵琶引〉，不過正文仍以讀者較熟知的〈琵琶行〉稱之。參見〔唐〕白居易：《白居易集》，卷 12，頁 243。

書》所載：「文宗立，以祕書監召，遷刑部侍郎，……會昌初，以刑部尚書致仕。六年，卒，年七十五，贈尚書右僕射，宣宗以詩弔之。」〔註 68〕後來的白居易不但升為刑部侍郎，又以尚書致仕，身後更幸得皇帝弔唁，整體宦途相對順遂，也因此難以讓李懷民惺惺相惜。

此外，李懷民因不滿張為《詩人主客圖》的詩風分類故而重訂，乃至張為所立定的各門宗主，全然不見於《重訂主客圖》所選。如此大幅改動的做法，令人聯想到學者李元洛《唐詩三百首新編今讀》所說：

> 孫洙之選本宛如巨樹之濃蔭匝地，後起者均未能逸出那濃密而闊遠的蔭影。……我不願重複前人和同時代人，而希望這一選本有相當新穎的面目，突出的個性。……與蘅塘退士孫洙之《唐詩三百首》**無一雷同**，全部新選。〔註 69〕

孫洙《唐詩三百首》之經典地位，讓後來者即使標榜重新編選，仍或多或少與之重疊，無法超出前人的框架，李元洛為能落實「新編」，故其所選完全異於《唐詩三百首》。此舉不但能避免《唐詩三百首》導致「愛詩者幾乎都讀過了此書，甚至認定唐詩菁華全在此書，有些人讀的唐詩也就到此為止」，〔註 70〕使後世讀者除了經典詩歌，也能認識其他遺珠之作。但既然賦予全新面貌，李元洛何以不另立新題，仍要沿襲前作之名？這或許是李元洛自我期許：「如能與蘅塘退士抗禮分庭，前輝後映，在中國、海峽兩岸乃至世界華人社會一紙風行，……編纂者如我幸莫大焉。」〔註 71〕希冀這部《唐詩三百首新編今讀》亦有被視為經典之時，且藉由經典之名，該選本便可立足於讀者更能接受的基準點。

再看回《重訂主客圖》，當李懷民同樣面對前賢經典之作，既無法抹煞前人名作之地位，又需矯正其中不足，而且李懷民也是在延續《詩

〔註 68〕〔宋〕歐陽脩、宋祁：《新唐書》，卷 119，傳 44，頁 4303～4304。

〔註 69〕李元洛：《唐詩三百首新編今讀 1》（臺北：九歌出版社，2013 年），卷前〈自序〉，頁 18～20。

〔註 70〕余光中：〈序　選美與割愛〉，李元洛：《唐詩三百首新編今讀 1》，卷前，頁 11。

〔註 71〕李元洛：《唐詩三百首新編今讀 1》，卷前〈自序〉，頁 21。

人主客圖》的題名與體例之餘，又將張為所立之主一併去除，以期更有效凸顯《重訂主客圖》的全新風貌。因此，縱使白居易在乾隆時期備受其他選本青睞，但因白居易本是張為《詩人主客圖》的一宗之主，導致李懷民早在著手重訂之時，便已然決定將白詩排除在選本以外。這種決意要在前人基礎上又強調自身色彩的心態，一如《重訂主客圖》所立之「清真雅正主」張籍與「清真僻苦主」賈島，其實在張為《詩人主客圖》就已設有「清奇雅正主」李益和「清奇僻苦主」孟郊，李懷民一方面捨棄張為的六位宗主，卻又採用近似之名，但「奇」與「清」的一字之差，又顯示比起追求奇險，《重訂主客圖》更傾向樸實純真，這也呼應了李懷民對張籍與賈島的高下判分。

那麼劉長卿既浮沉於宦海，〔註 72〕又不在張為《詩人主客圖》所選之列，何以仍不得《重訂主客圖》關注？這或許是因劉長卿的時代及其詩風有模稜兩可之處，如其他詩評家所言：

> 劉文房登第於開元，正當玄宗盛時，……**不知者列之中唐**，誤矣。（黃克纘《全唐風雅》）〔註 73〕
>
> 劉長卿詩，能以蒼秀**接盛唐之緒**，亦未免以新雋開中晚之風。（賀貽孫《詩筏》）〔註 74〕
>
> 劉文房工於鑄意，巧不傷雅，**猶有前輩體段**。（沈德潛《唐詩別裁集》）〔註 75〕

若按生卒年而論，明代黃克纘（1550～1634）認為活躍於玄宗朝的劉長卿，理應歸屬於盛唐。若就風格來看，清人賀貽孫指出劉長卿詩既承接

〔註 72〕據《新唐書》所載：「劉長卿，……吳仲孺誣奏，貶潘州，……終隨州刺史。」可知劉長卿被構陷而遭貶，之後又調任各地方小官，仕途絕稱不上平順。見〔宋〕歐陽脩、宋祁：《新唐書》，卷 60，藝文志 50，頁 1604。

〔註 73〕〔明〕黃克纘：《全唐風雅》，轉引自陳伯海主編：《唐詩彙評》，頁 467～468。

〔註 74〕〔清〕賀貽孫：《詩筏》，收入郭紹虞編選，富壽蓀校點：《清詩話續編》，頁 185。

〔註 75〕〔清〕沈德潛：《唐詩別裁集》重訂本，卷 11，頁 363。

盛唐餘緒，又帶有中、晚唐詩的創新性，沈德潛也稱許劉詩有盛唐名家的風采。顯然劉長卿既處於盛、中唐之際，其詩又有盛唐餘韻，自然有像黃克纘那樣，視之為盛唐詩人，乃至於李懷民亦自言：「自《記（紀）事》定為初、盛、中、晚之目，學者遵之。**劉隨州開元進士，而派入中唐**，……亦似有不可盡憑者。」（卷前〈圖說〉，頁8）論及宋代計有功（～1126～）《唐詩紀事》的四唐分期，李懷民就對開元進士劉長卿被歸入中唐頗有微詞。換言之，李懷民同樣以劉長卿為盛唐詩人，那麼當李懷民主張：「吾謂淺卑者實與人以可近，顯露者正與人以可尋，……**學詩者誠莫如中、晚**，中、晚人得盛唐之精髓。」（卷前〈圖說〉，頁4）李懷民欲從中、晚唐詩進階至盛唐，是因中、晚唐詩之淺顯易懂更利於初學，自然不會採錄劉長卿這般已可劃入盛唐的詩人。

李懷民在著手《重訂主客圖》之初，顯然是著意於推舉張籍、賈島，故其援引他人觀點而云：

> **龔半千**《中晚唐詩紀》，間載原本傳序，據所稱**張、賈**弟子，頗與鄙見相合；又檢明**楊升庵**《詩話》，言晚唐之詩分為二派：一派學**張籍**，一派學**賈島**，詩皆五言律。鄙意竊喜：**古人已有定論**。（卷前〈圖說〉，頁5）

借助前人楊慎（1488～1559）、龔賢（1618～1689，字半千）早有所推尊，以鞏固己說之「余讀貞元以後近體詩，稱量其體格，竊得兩派焉」（卷前〈圖說〉，頁2），強化《重訂主客圖》選詩侷限於貞元以後之合理性，這也更加說明《重訂主客圖》相較於乾隆時期的其他選本，實可謂特立獨行。

結語

清乾隆三十九年（1774），李懷民著有唐人五律選本《重訂中晚唐詩主客圖》。雖名為「中晚唐」，實則以中唐為主調，再選取與中唐風格相近的晚唐詩人。該書在唐代張為《詩人主客圖》依詩分立風「主、客」之體例上，由原先的六位宗主，改定為「清真雅正主」張籍與「清真僻苦主」賈島。但看似並列的二位，卻在李懷民抱持以中、晚唐人窺見盛唐詩精髓的主旨上，隱然有區別高下之意。

首先，李懷民特別推崇張籍天然不雕飾的筆法，並在《重訂主客圖》屢屢點出看似尋常淺淡之處，卻深藏巧妙至味；又不斷闡揚詩中的高尚情志，以說明張籍深具道德涵養，故其詩不僅抒情合禮，體物細膩，還有匡正世教之用。這便與歷來詩論家冠以中唐詩之淺俗鄙陋，乃至氣骨薄弱的評價大相逕庭。蓋因李懷民認為盛唐詩固然最為精妙，但其氣蘊充沛而高深渾然的表現，後人難以企及，若改由善於將深渾轉向淺顯流暢的中、晚唐詩為路徑，更有助於後學窺得盛唐奧妙。作為中、晚唐代表的張籍，還進一步被李懷民譽為沉穩內斂可與大詩人杜甫並峙；張詩韻味無窮，亦如同盛唐之渾厚，可謂將「清真雅正主」張籍等同於盛唐人看待。

再者，位居《重訂主客圖》唯二宗主的賈島，同樣具備嚴正氣骨，且李懷民借助賈島曾出家為僧的背景，將詩中所見的禪意，體現為詩人修養之精善，又稱揚賈島不拘泥空宗，仍以詩同感於人情物理。但是，相較於對張籍詩全面頌揚，《重訂主客圖》卻在賈島詩置有些許負評，尤其是歷來標記賈詩之苦吟求奇，李懷民指摘為太過刻削以致僻澀強湊，甚至當《重訂主客圖》幾可謂全選張籍五律，賈島卻有四分之一的詩作在李懷民或過煉或刊誤等，認為不利後學故不予採錄。乃至當張籍被抬升至與盛唐詩家並峙，賈詩則遭李懷民指出未能如盛唐詩渾然天成而韻味不盡。更甚者，賈島被稱許為真詩佳作者，卻是同於張籍天然不造作之處。如此評價不但分判二位宗主之優劣，更可謂將「清真僻苦」導向以「清真雅正」為根源。

編於乾隆年間的唐詩選本《重訂主客圖》，改換了唐代張為版本的六位宗主為張、賈二人，但並非將原版之主分散至兩派門下，而是全然摒除在選本之外。相較於其他五位亦少有同時的選本關注，原是「廣大教化主」之白居易，在乾隆朝不光由御選鼎力推尊，其餘文人選本同樣給予關注，卻因李懷民更有感於命蹇寒士，又欲在前作基礎上凸顯自身論調，故將原版所定且身居高位的白居易也捨棄。另外，就《重訂主客圖》專選五言律詩的角度，時人對中唐五律往往是基於延續盛唐詩風而論，尤其推舉劉長卿這類的大曆詩人；反觀李懷民刻意立定張籍、賈島，故將選取範圍限定於貞元以後，排除此前縱使五律精良而宦途多舛的詩家，這些都顯示了《重訂主客圖》選詩的特殊性。

表 18：《重訂主客圖》以「匠」評張籍詩列表

卷數及頁碼	詩　作	評　語
上卷，頁 6	〈山中古祠〉：野鼠緣珠帳，陰塵蓋畫衣。	匠。
上卷，頁 6	〈山中古祠〉：近來潭水黑，時見宿龍歸。	不是真見龍，只匠得此潭水黑耳。
上卷，頁 8	〈宿臨江驛〉：月明見潮上。	「見」字匠出潮，而妙尤在「明」字。
上卷，頁 8	〈宿臨江驛〉：江靜覺鷗飛。	「覺」字匠出鷗，而妙尤在「靜」字。
上卷，頁 11	〈宿廣德寺寄從舅〉：移牀動棲鴿。	匠。
上卷，頁 11	〈宿廣德寺寄從舅〉：停燭聚飛蟲。	匠。
上卷，頁 20	〈古樹〉：根露堪繫馬，空腹恐藏人。	匠物入神。水部亦有此警筆也。
上卷，頁 23	〈老將〉：不怕騎生馬，猶能挽硬弓。	匠。
上卷，頁 29	〈詠懷〉：眼昏書字大。	匠出眼昏。
上卷，頁 29	〈詠懷〉：耳重語聲高。	匠出耳重。
上卷，頁 32	〈宿江店〉：夜靜江水白。	匠出「靜」字。
上卷，頁 32	〈宿江店〉：路迴山月斜。	匠出「迴」字。
上卷，頁 33	〈出塞〉（總評）	妙能匠出邊塞情事如見，若尾末垂戒，又是餘意。
上卷，頁 35	〈送韋評事歸華陰〉：掃窗秋菌落。	匠。
上卷，頁 35	〈送韋評事歸華陰〉：開篋夜蛾飛。	匠。
上卷，頁 36	〈遊襄陽山寺〉：僧老足慈悲。	匠其老。
上卷，頁 40	〈早春閑遊〉：樹影新猶薄。	匠。
上卷，頁 40	〈早春閑遊〉：池光晚尚寒。	匠。
上卷，頁 49	〈和左司元郎中秋居十首其十〉：藤拆霜來子，蝸行雨後涎。	匠。

第五章　姚鼐《今體詩鈔》選評中唐詩——兼論方東樹《昭昧詹言》評姚選中唐七律

前言

清代桐城（今安徽省樅陽縣）文人姚鼐，活躍於乾隆、嘉慶年間。〔註1〕感慨「漁洋之《古詩鈔》，……吾惜其論，止古體而不及今體」，〔註2〕為能補足清初王士禎《古詩箋》僅錄古體詩之缺憾，姚鼐於嘉慶三年（1798）選定《今體詩鈔》，〔註3〕乃專收五言、七言律詩

〔註1〕據《(光緒)重修安徽通志》所載：「姚鼐，……**乾隆**癸未進士，選庶常，改兵部主事，尋補禮部，……**嘉慶**十五年，重赴鹿鳴宴，恩加四品銜……。」可知姚鼐在乾隆二十八年（1763）考取進士並任官職，到了嘉慶年間，仍有官級加身，顯然姚鼐在乾、嘉年間皆有政治表現。參見〔清〕沈葆楨、吳坤修修，〔清〕沈葆楨、吳坤修修，〔清〕何紹基、楊沂孫纂：《(光緒)重修安徽通志》，收入《續修四庫全書》史部第653冊（上海：上海古籍出版社，2002年），卷218，頁10。

〔註2〕〔清〕姚鼐：《今體詩鈔》，收入《四部備要》集部第584冊，卷前〈五七言今體詩鈔序目〉，頁1。此書為本章主要文本，為免繁冗，以下採隨文註。然為能與下文另一主要文本《方東樹評今體詩鈔》區別，除了卷數、頁碼之外，亦仍標明書名。

〔註3〕據〈五七言今體詩鈔序目〉署有「嘉慶三年二月桐城姚鼐識」，明言《今體詩鈔》的成書時間。參見〔清〕姚鼐：《今體詩鈔》，收入《四部備要》集部第584冊，卷前〈五七言今體詩鈔序目〉，頁1。

之選本。該書五律 9 卷均錄唐人之作，七律則在 6 卷唐詩之餘，又另收 3 卷宋詩，故全本共錄唐詩 778 首、宋詩 183 首。《今體詩鈔》除了卷前〈五七言今體詩鈔序目〉（本章簡稱〈序目〉）概述各時期特色，針對詩作的批點極少，且多以考據史實為主。

其後，姚鼐之門生方東樹在道光二十年（1840）前後〔註 4〕著有《昭昧詹言》，評論各朝詩之五、七言古詩與七言律詩，除了前兩種詩體主要以王士禛《古詩箋》所選而論，與姚鼐較無直接關聯，七律則按照《今體詩鈔》所錄進行批評。

至於方東樹為何不論及五律？據陳曉紅分析：「（方東樹）喜歡從章法與句法的角度論詩，尤其津津樂道於詩的起承轉合與佈置格局。……而五律與絕句的字句、篇幅都短，自然不便於方氏發揮，因而在他的《昭昧詹言》中五律與絕句就沒有涉及。」〔註 5〕這種將章句說解專用於七律的情況，也體現在其他評選家身上，例如善於拆解論詩的金聖歎，其《貫華堂選批唐才子詩》即專選七律，並如陳伯海等人指出：「為解說唐人七言律詩而作，……創立『分解法』，以前四句為『發』，後四句為『收』，實際上是將八股文『起承轉合』的格局用於論詩。」〔註 6〕又如趙臣瑗《山滿樓箋注唐詩七言律》，此書「專選唐人

〔註 4〕據《昭昧詹言》〈跋一〉文末所載的「庚子五月初二再記」，以方東樹生卒年推算，跋文應寫於**道光二十年**，但「再記」一詞，易使人疑惑是否有初、再版之時間差，故參照黃振新考證：「**道光十九年**四月，方東樹著《昭昧詹言》十卷，專論五言古詩；**道光二十一年**，方東樹又著《續昭昧詹言》，專論七言律詩。」可知跋文當是成書之道光十九年的隔年所作，故曰「再記」；本文主要探討的「七言律詩」部分，則又是再隔年所作。考量現今流傳的《昭昧詹言》已然統整，無復有初、續集之分，因此以「道光二十年前後」概括之。跋文參見〔清〕方東樹著，汪紹楹校點：《昭昧詹言》（北京：人民文學出版社，1984 年），卷後〈跋一〉，頁 537。考證參見黃振新：《方東樹「昭昧詹言」詩學思想研究》（蕪湖：安徽師範大學文學院碩士論文，2012 年），頁 3。

〔註 5〕陳曉紅：《方東樹詩學研究》（上海：復旦大學中文系博士論文，2010 年），頁 78。

〔註 6〕陳伯海、李定廣編著：《唐詩總集纂要》，頁 497～498。

七律六百餘首，……自序特別強調本書的最大特點是對於唐人七律『章法』的分析。」〔註7〕都是將章法僅用於評論七律的選本。方東樹解詩亦慣於分析章句，同樣可能考量五律和絕句的篇幅短而難以施展，故忽略不論。

現今由聯經出版社發行的《方東樹評今體詩鈔》（本章簡稱《方東樹評》），〔註8〕便是擷取《昭昧詹言》僅有評而未錄詩者，鑲嵌入姚鼐《今體詩鈔》的七律而成。形成楊淑華所說：「如將王士禎《古詩選》（《古詩箋》）、姚鼐《今體詩超（鈔）》等選集所錄分別視為古、近體詩的典律，則方東樹的《昭昧詹言》所評析詩篇的內容，便是對這些前代典律的導讀。」〔註9〕可知《昭昧詹言》的七律批點不僅是依循《今體詩鈔》所選，還能引導後學理解姚鼐的選評。

從《今體詩鈔》的選錄時代來看，不同於本論文其他章節的主要文本如《中晚唐詩叩彈集》、《重訂中晚唐詩主客圖》專選中唐與晚唐詩、《唐詩別裁集》為四唐皆錄，姚鼐所選除了唐詩四期，亦涉及宋代作品。不過從《今體詩鈔》所選的前十大詩家如下：

表 19：《今體詩鈔》收錄詩數前十大詩家表

1	2	3	4	5	6	7	8	9	10
杜甫	陸游	王維	李商隱	李白	劉長卿	蘇軾	孟浩然	黃庭堅	岑參
220 首	87 首	58 首	49 首	43 首	37 首	30 首	26 首	25 首	19 首

〔註 7〕陳伯海、李定廣編著：《唐詩總集纂要》，頁 613。

〔註 8〕此書出自《昭昧詹言》所評，但考量《方東樹評今體詩鈔》附有詩作，更有利閱讀，故本章以之為主要文本。為避免繁冗，以下採隨文註；然為區別於另一主要文本《今體詩鈔》，除了卷數、頁碼之外，亦仍標明書名簡稱。另外，此書標點不盡理想，如「李輔、輞川為一派」，乃指李頎輔佐王維而成為一派，故應作「李輔輞川為一派」較合理，然為免瑣碎，逕用更正後者行文，不再另行指出。見〔清〕方東樹評，汪中編：《方東樹評今體詩鈔》（臺北：聯經出版事業股份有限公司，1975 年），七言卷 4，頁 231。

〔註 9〕楊淑華：《方東樹「昭昧詹言」及其詩學定位》（臺南：成功大學中文系博士論文，2004 年），頁 29。

光是盛唐詩人就佔據前十名的半數席次，可謂持「盛唐本位」之選詩宗旨。然而，姚鼐於七律加入了宋詩，使基數大幅提升，但選出的七律409首，仍低於五律552首，顯然壓縮了唐詩數量。在這情況下，中唐詩卻比盛唐被保留了更多的數量，以及七律前十大詩家的席次，〔註10〕可知姚鼐提升了對中唐的關注度。而且當姚鼐以「右丞七律，……宜獨冠盛唐諸公」（《今體詩鈔》，卷前〈序目〉，頁2），讚揚王維七律，實際選詩則以劉長卿略高於王維，白居易亦緊追在後。

另一方面，方東樹雖然繼承姚鼐對盛唐詩之重視，以盛唐詩人劃分出七律宗派，方東樹卻明言對王維七律「愚乃不喜之」（《方東樹評》，七言卷2，頁189），與姚鼐的說法出現落差。再者，在提出「李（頎）輔輞川為一派，而文房又所以輔東川者也。」（《方東樹評》，七言卷4，頁231）」之餘，方東樹同時說道：「今定七律以杜七律為宗，而輔以文房（劉長卿，字文房）、大歷（曆）〔註11〕十子。」（《方東樹評》，七言卷4，頁232），對於中唐劉長卿的七律定位出現矛盾〔註12〕，

〔註10〕詳細論述與十大詩家表格參見本章第二節「姚鼐《今體詩鈔》選評中唐七律」。

〔註11〕清人因避乾隆帝「弘曆」之名諱，而將「大曆」改作「大歷」。謹以此條說明，以下引文遵循原版所稱，不再另行改動。

〔註12〕關於方東樹論詩之矛盾，如郭青林指出：「因為詩教觀念的束縛，……體現了方東樹詩學思想中的**內在矛盾**。」《昭昧詹言》整理者汪紹楹亦坦言：「他（方東樹）思想中存在著**矛盾**，這種矛盾亦處處表現在評詩上。」可知其確有自相抵觸之弊。然而郭紹虞認為：「他（方東樹）以**肌理**藥**神韻**之虛，而復以**格調**與**性靈**互救其弊而補其偏，他是在此種關係上成為**詩論之集大成者**。」龔敏也說：「在方氏貌似瑣屑的評語中，實已建構起**桐城詩學的理論架構**。」方東樹既能彌補清代四大詩論之缺漏，又影響了後來的桐城派，故不應僅以「本就存有矛盾」而一概否定，方東樹之詩論尚有梳理的必要。郭青林之說參見氏著：〈方東樹《昭昧詹言》存在的問題及根源〉，《中國詩學研究》第17期（2019年12月），頁88。汪紹楹之說參見〔清〕方東樹著，汪紹楹校點：《昭昧詹言》，〈校點後記〉，頁 539。郭紹虞之說參見氏著：《中國文學批評史》（臺北：明倫書局，1969年），下卷，頁640。龔敏之說參見氏著：〈《昭昧詹言》：在批評中建立的桐城詩學〉，《文學評論叢刊》第14卷第1期（2012年3月），頁156。

這些議題都有待進一步梳理。

目前學界對於《今體詩鈔》的相關研究，如李園園《姚鼐「五七言今體詩鈔」研究》分析其成書與選評，第四章〈《今體詩鈔》在清代唐詩選本及批評中的影響〉有一小節概述方東樹師承姚鼐之詩教、以文論詩等；〔註 13〕郭洪麗〈《今體詩鈔》編選特點及姚鼐的詩歌理論〉分析姚鼐的選詩、體例及評點；〔註 14〕韓勝〈從《今體詩鈔》看姚鼐的詩歌批評〉則歸納姚鼐評詩著重才力、文法、考據等面向；〔註 15〕謝海林〈姚鼐《今體詩鈔》的編撰緣起及其經典化考察〉指出姚鼐兼顧唐、宋名家代表作，對黃庭堅（1045～1105）的推崇更帶動後人的關注。〔註 16〕

相較於學者論《今體詩鈔》多以縱觀全本的視角，對方東樹及《昭昧詹言》的探討則較為多元。有單論方東樹某朝代詩學觀者，如梁創榮《方東樹「昭昧詹言」中古詩歌批評研究》乃以漢、魏、晉詩為探討對象，〔註 17〕又如鍾美玲《論方東樹的六朝詩觀》〔註 18〕、史哲文《論方東樹的唐詩觀》〔註 19〕、田亞《方東樹詩學的宋詩本位與桐城義法》〔註 20〕等學位論文，分別就方東樹各朝詩觀進行分析，其中史哲文論唐詩者，綜述方東樹以文法論詩、關注神妙，以及主張折衷唐、宋。

〔註 13〕李園園：《姚鼐「五七言今體詩鈔」研究》，頁 64～66。

〔註 14〕郭洪麗：〈《今體詩鈔》編選特點及姚鼐的詩歌理論〉，《語文學刊》2011 年第 11 期（2011 年 11 月），頁 12～13。

〔註 15〕韓勝：〈從《今體詩鈔》看姚鼐的詩歌批評〉，《安徽大學學報（哲學社會科學版）》第 32 卷第 3 期（2008 年 5 月），頁 84～87。

〔註 16〕謝海林：〈姚鼐《今體詩鈔》的編撰緣起及其經典化考察〉，《文學評論叢刊》第 13 卷第 2 期（2011 年 6 月），頁 49～56。

〔註 17〕梁創榮：《方東樹「昭昧詹言」中古詩歌批評研究》（廣州：暨南大學文學院碩士論文，2014 年）。

〔註 18〕鍾美玲：《論方東樹的六朝詩觀》（泉州：華僑大學文學院碩士論文，2016 年）。

〔註 19〕史哲文：《論方東樹的唐詩觀》（泉州：華僑大學文學院碩士論文，2014 年）。

〔註 20〕田亞：《方東樹詩學的宋詩本位與桐城義法》（貴陽：貴州師範大學文學院碩士論文，2009 年）。

又有單論方東樹對某一詩人之評，如徐希平〈方東樹《昭昧詹言》論杜甫述略〉〔註21〕、楊明〈如列子禦風而未嘗無法度——方東樹《昭昧詹言》評李白詩〉〔註22〕、張弘韜〈以文論韓詩——方東樹研究韓愈詩歌新貢獻〉〔註23〕、田豐〈方東樹韓詩論的理學特色——依據《昭昧詹言》的考察〉〔註24〕，後兩篇雖以中唐韓愈為對象，但張弘韜是基於研究韓詩，認為方東樹以文評詩帶來了新視角；田豐則從方東樹論辯儒學道統的《漢學商兌》一書出發，指出《昭昧詹言》亦引儒家思想論詩，故特別推崇主張儒學的韓愈。可知二位學者僅論及以文為詩的韓愈，無法擴及方東樹整體的中唐詩觀。

也有學者是綜論《昭昧詹言》整體詩學特色，如陳曉紅的博士論文《方東樹詩學研究》探究其生平、創作與詩評，第五章〈《昭昧詹言》的詩學價值及其在詩學批評史上的地方〉更揭示《昭昧詹言》乃集詩學之大成；〔註25〕楊淑華《方東樹「昭昧詹言」及其詩學定位》詮釋方東樹詩論的歷史定位，第七章〈《古詩選》《今體詩鈔》與桐城詩學典範〉涉及姚鼐選本，但著重探討《今體詩鈔》對《古詩選》、《唐宋詩醇》的推陳出新；〔註26〕黃振新《方東樹「昭昧詹言」詩學思想研究》分析其評詩重在文法、義理、氣論，並將詩家經典化；張君華《昭亮詩歌的味見——「昭昧詹言」的詩學邏輯》揭示方東樹以桐城派文法和儒家道德論詩。〔註27〕另有單篇論文如劉文忠〈試論方東樹《昭昧詹

〔註21〕徐希平：〈方東樹《昭昧詹言》論杜甫述略〉，《杜甫研究學刊》2005年第4期（2005年12月），頁52～58。

〔註22〕楊明：〈如列子禦風而未嘗無法度——方東樹《昭昧詹言》評李白詩〉，《名作欣賞》2019年第12期（2019年12月），頁23～31。

〔註23〕張弘韜：〈以文論韓詩——方東樹研究韓愈詩歌新貢獻〉，《聊城大學學報（社會科學版）》2015年第6期（2015年12月），頁62～68。

〔註24〕田豐：〈方東樹韓詩論的理學特色——依據《昭昧詹言》的考察〉，《新世紀圖書館》2017年第2期（2017年2月），頁82～87。

〔註25〕陳曉紅：《方東樹詩學研究》，頁145～170。

〔註26〕楊淑華：《方東樹「昭昧詹言」及其詩學定位》，頁335～396。

〔註27〕張君華：《昭亮詩歌的味見——「昭昧詹言」的詩學邏輯》（南寧：廣西民族大學文學院碩士論文，2017年）。

言》的詩歌鑒賞〉〔註28〕、呂美生〈方東樹《昭昧詹言》的價值取向〉〔註29〕、郭青林〈方東樹《昭昧詹言》存在的問題及根源〉〔註30〕、周劍之〈從三分模式到兩重標準：《昭昧詹言》的詩歌敘事學〉〔註31〕等不勝枚舉，也往往著重於《昭昧詹言》的詩學看法或評點特色。

可知學界已然廣泛探討過姚鼐《今體詩鈔》或方東樹的評點，不過姚、方二人對中唐詩之定位及看法上的落差，都還有討論空間。考量到方東樹所評僅止於七律，是以本章將先論述《今體詩鈔》對中唐五律、七律的選評；再分析方東樹在中唐七律觀的變化；最後從姚、方二人融合唐、宋詩論起，窺見其中唐詩觀特殊的時代意涵。

第一節　姚鼐《今體詩鈔》選評中唐五律

由表列《今體詩鈔》前十大詩家可知，盛唐詩佔有最多席次，加上姚鼐曾提出「盛唐人詩固無體不妙」(《今體詩鈔》，卷前〈序目〉，頁1)，表明對盛唐各詩體的高度肯定。是以姚鼐評中唐五律，也出現這種「盛唐本位」的情況，像是：

> 中唐**大歷**諸賢，尤刻意於五律，其體實**宗王、孟**，氣則弱矣，而韻猶存。**貞元以下**又失其韻，其有警拔，蓋亦希矣。今鈔韋蘇州下二十一人為一卷，劉夢得以下十二人為一卷。(《今體詩鈔》，卷前〈序目〉，頁2)

他將中唐詩分為「大歷」與「貞元以下」兩階段論述，連卷次安排也是如此。其中，姚鼐以盛唐王維、孟浩然為指標，認為兩階段的中唐詩每

〔註28〕劉文忠：〈試論方東樹《昭昧詹言》的詩歌鑒賞〉，《江淮論壇》1983年第5期（1983年10月），頁38～45。

〔註29〕呂美生：〈方東樹《昭昧詹言》的價值取向〉，《學術月刊》2000年第10期（2000年10月），頁88～93。

〔註30〕郭青林：〈方東樹《昭昧詹言》存在的問題及根源〉，《中國詩學研究》第17輯（2019年12月），頁83～95。

〔註31〕周劍之：〈從三分模式到兩重標準：《昭昧詹言》的詩歌敘事學〉，《勵耘學刊》2020年第1輯（2020年8月），頁193～216。

況愈下。再者，《今體詩鈔》個別評中唐詩作還出現「何減右丞」（《今體詩鈔》，五言卷 7，頁 2）、「似孟公」（《今體詩鈔》，五言卷 7，頁 11）等語，故有必要先了解王、孟詩在《今體詩鈔》的評價。

一、王維、孟浩然五律為盛唐之最

姚鼐論王維、孟浩然五律曰：

> 盛唐人詩固無體不妙，而尤以五言律為最，此體中又當以**王、孟為最**，以**禪家妙悟論詩**者，正在此耳。（《今體詩鈔》，卷前〈序目〉，頁 1）

不論盛唐詩哪種體裁，均是高妙卓絕，又以五律是盛唐人創作最精良的詩體。將此說法對應《今體詩鈔》選五律前十大詩家如下：

表 20：《今體詩鈔》收錄五律詩數前十大詩家表

1	2	3	4	5	6	7	8	9	10
杜甫	王維	李白	孟浩然	劉長卿	李商隱	岑參	宋之問	馬戴	錢起
160 首	**47 首**	**42 首**	**26 首**	25 首	17 首	16 首	10 首	9 首	8 首

可知前四名均由盛唐詩人囊括，且各以獨立卷次收錄在《今體詩鈔》。其中，杜詩被姚鼐評為「讀五言至此，始無餘憾」（《今體詩鈔》，五言卷 2，頁 2），並以多達 160 首獨占鰲頭，比起「盛唐之最」而居於第二的王維 47 首，當真是一騎絕塵。不過，這可能與姚鼐評杜甫七律「不可以盛唐限者」（《今體詩鈔》，卷前〈序目〉，頁 2）同一道理，杜詩在《今體詩鈔》是獨特的存在，王、孟五律之佳評仍可成立。

被視為盛唐頂標的王、孟五律具備「禪家妙悟」之特點，在《今體詩鈔》所選王詩，如〈山居秋暝〉之「隨意春芳歇，王孫自可留」（《今體詩鈔》，五言卷 2，頁 1）、〈終南別業〉之「行到水窮處，坐看雲起時」（《今體詩鈔》，五言卷 2，頁 1）、〈過香積寺〉之「薄暮空潭曲，安禪制毒龍」（《今體詩鈔》，五言卷 2，頁 2）等名句，確實體現澄淨隨緣的心境。

另一方面，姚鼐又論道：「孟公高華精警不逮右丞，而自然奇逸處則過之。」（《今體詩鈔》，五言卷2，頁7）將二人進行判分：「高華精警」之典雅而工巧精煉為王詩特有；「自然奇逸」之清真灑脫，則是孟詩風格。不過孟詩此風又與他和王維共有的「禪家妙悟」，均帶有天然清遠的韻味，對應於中唐詩僧皎然（730～799）之〈尋陸鴻漸不遇〉，得《今體詩鈔》評為「似孟公」（《今體詩鈔》，五言卷7，頁11），此詩又是被歷來詩評家指為「豈非無字禪」〔註32〕、「極澹極真，絕似孟襄陽筆意」〔註33〕，顯然姚鼐認為中唐五律像孟浩然之處，應取自這種天然飄逸、清真妙悟者。

王、孟五律雖被並舉為盛唐之最，但在實際選數上，王維的47首高出孟浩然的26首，當中應涉及姚鼐的審美旨趣。王維詩除了與孟浩然共有的妙悟之詩、他特有的高華精巧，姚鼐還選錄王維〈使至塞上〉、〈觀獵〉等遒勁有力之作。〔註34〕在《今體詩鈔》為數不多的評語中，姚鼐特意點明〈送劉司直赴安西〉為「雄渾」（《今體詩鈔》，五言卷2，頁3），評〈送平澹然判官〉則曰：

> 此首氣不逮「絕域」一首，而工與相埒。（《今體詩鈔》，五言卷2，頁3）

〔註32〕〔明〕黃周星：《唐詩快》，轉引自陳伯海主編：《唐詩彙評》，頁488。

〔註33〕〔清〕黃生：《唐詩摘抄》，收入〔清〕黃生著，諸偉奇主編：《黃生全集》，卷1，頁113。

〔註34〕有別於王、孟五律多以自然淡遠聞名，王維〈使至塞上〉、〈觀獵〉則被詩評家視為雄偉風格，如明代周珽於〈使至塞上〉引用宗臣所言「闊大悲壯」，清人張文蓀亦評「十二分力量」；又如清初黃生評〈觀獵〉為「雄警峭拔」，李因培則論曰：「氣象萬千。」第一條見〔明〕周珽：《刪補唐詩選脈箋釋會通評林》，收入《四庫全書存目叢書補編》，盛五律上，頁29。第二條評語見〔清〕張文蓀：《唐賢清雅集》，轉引自陳伯海主編：《唐詩彙評》，頁322。第三條見〔清〕黃生：《唐詩摘抄》，收入〔清〕黃生著，諸偉奇主編：《黃生全集》，卷1，頁26。第四條見〔清〕李因培選評，凌應曾編注：《唐詩觀瀾集》（清乾隆二十四年〔1759〕江蘇學署本衙藏版，美國哈佛大學燕京圖書館數位典藏），卷21，頁14。

讚揚王維詩之工巧，呼應姚鼐予以「精警」的佳評，不過此詩之「氣」卻不及被譽為「雄渾」的〈送劉司直赴安西〉（首句即「絕域陽關道」）。換言之，姚鼐認為〈送平澹然判官〉「氣不逮」，乃指其不夠渾厚陽剛。相應於姚鼐〈海愚詩鈔序〉所云：

> 吾嘗以謂文章之原，本乎天地，天地之道，**陰陽剛柔**而已。……夫古今為詩人者多矣，為詩而善者亦多矣，而卓然足稱為**雄才**者，千餘年中數人焉耳。〔註35〕

此處的「陰陽剛柔」之分雖就文章而言，但既然寫入詩鈔序文，應可適用於詩論，加以姚鼐將詩人之雄才視為千古罕有，一如學者賀嚴所說：「雖然陰陽剛柔二者兼濟，但在兩者中間也會有偏勝，姚鼐認為這是天地之道的自然體現。……**對陽剛之美的崇尚**就是與天地之用相符合。」〔註36〕李圍圍進一步統整道：「姚鼐的選詩及詩作，陽剛與陰柔之美兼備，但**偏重於剛中帶柔**。」〔註37〕因此，當《今體詩鈔》把王、孟五律評為「禪家妙悟」這種溫和平緩之氣，又另外選評了王維〈觀獵〉、〈送劉司直赴安西〉等作，以凸顯其雄健的一面，亦可謂「剛中帶柔」的表現。

至此可知，姚鼐以王維、孟浩然五律為盛唐冠冕，其中，除了王、孟詩共同具備的禪家妙悟，王維詩之精警與雄渾，又格外受到姚鼐青睞。

二、大曆詩人刻意於五律

姚鼐論中唐之大曆詩人曰：「中唐大歷諸賢，尤刻意於五律，其體實宗王、孟，氣則弱矣，而韻猶存。」（《今體詩鈔》，卷前〈序目〉，頁2）點出大曆五律承自盛唐王、孟，但相較於王維詩之雄健氣勢，大曆詩已然衰弱，所幸尚有韻味可言。其中，姚鼐指出大曆詩人具有「刻

〔註35〕〔清〕姚鼐：《惜抱軒詩文集》（上海：上海古籍出版社，1992年），文集卷4，頁48。
〔註36〕賀嚴：《清代唐詩選本研究》，頁206。
〔註37〕李圍圍：《姚鼐「五七言今體詩鈔」研究》，頁31。

意於五律」(《今體詩鈔》，卷前〈序目〉，頁2）的特色，既然是刻意而為，自然不如王、孟詩之妙悟渾成，但「刻意」作詩，也說明大曆詩人善於雕琢字句，一如名列《今體詩鈔》五律前十大詩家的中唐詩人錢起（710～782)，《今體詩鈔》對其詩雖然有選無評，不易窺見姚鼐的確切看法，但透過其他詩評家所言：

> 員外（錢起，曾任司勛員外郎）詩，……理致**清贍**。(高仲武《中興間氣集》)〔註38〕
>
> 錢詩精出處，……有**秀**於文房者。(鍾惺、譚元春《唐詩歸》)〔註39〕
>
> 中唐之初，一時雄俊，無過錢、劉，然五言**秀絕**，固足接武。(翁方綱《石洲詩話》)〔註40〕

姑且不論錢起是否真如鍾惺所說的「精出處」能「秀於文房」，至少在《今體詩鈔》是劉詩遠多於錢詩。但鍾惺所謂的「秀」，卻同於高仲武之「清贍」、翁方綱之「五言秀絕」，可知將詩句雕琢得精巧秀麗，是錢起之作的特長。

從《今體詩鈔》收錄多首秀麗的錢起詩，顯然姚鼐所謂大曆詩人「刻意於五律」，倒也不全然是負面之意，像清人沈德潛亦以「選言取勝」為中唐五律的優勢。〔註41〕再者，姚鼐在《今體詩鈔》中，也點出大曆五律的精巧佳句，例如：

> 司空曙〈喜外弟盧綸見宿〉：三、四句**佳**，以與右丞「雨中山果落」聯同四字，則減品矣。(《今體詩鈔》，五言卷7，頁8)

〔註38〕〔唐〕高仲武：《中興間氣集》，收入《唐人選唐詩》，卷上，頁265。

〔註39〕〔明〕鍾惺、譚元春：《唐詩歸》，卷25，中唐1，頁17。

〔註40〕〔清〕翁方綱：《石洲詩話》，收入郭紹虞編選，富壽蓀校點：《清詩話續編》，卷2，頁1384。

〔註41〕沈德潛《唐詩別裁集》於劉長卿五律底下評曰：「中唐詩近收斂，選言取勝。」以中唐詩整體格局較小，但勝在字詞修飾。參見〔清〕沈德潛：《唐詩別裁集》重訂本，卷11，頁363。

> 章八元〈新安江行〉：中二聯果為**佳句**，起結乃似輳成，凡才力不足者易有此病。(《今體詩鈔》，五言卷 7，頁 10)

司空曙（720～790）〈喜外弟盧綸見宿〉之「雨中黃葉樹，燈下白頭人」不但被姚鼐肯定，更是歷來名句，如明人謝榛（1499～1579）評曰：「善狀目前之景。」〔註 42〕清代孫洙亦言：「十字八層。」〔註 43〕展現詩人描摹景物的細膩與堆疊意象的功力。只是相較於王維〈秋夜獨坐〉之「雨中山果落，燈下草蟲鳴」，司空曙之句重複了四字，便顯得不夠靈巧。章八元（～771～）〈新安江行〉之「古戍懸魚網，空林露鳥巢」，同樣被姚鼐視為佳句，明人陸時雍亦評此二句「清出」，〔註 44〕但此詩前後皆拼湊成句，顯示詩人的才力不足。

因此，可以說姚鼐指出大曆詩人「刻意於五律」，一方面將這種凝鍊詩句的用心，視為大曆五律的特色；但另一方面，這種「刻意」顯得有痕而不甚精巧，或是僅有此處佳，但其餘強湊而成，也成為大曆五律不及盛唐之處。

三、貞元以後更等而下之

《今體詩鈔》將中唐五律分為「大曆」和「貞元以下」，前者「氣則弱矣」，尚且「韻猶存」；貞元、元和、長慶等時期之五律卻是「又失其韻，其有警拔，蓋亦希矣」，大曆詩氣已不壯盛，貞元以後更等而下之，連韻味一併喪失，也很難尋得精簡特出的佳句。再者，姚鼐又論及長慶的元稹、白居易曰：

> 元微之首推子美**長律**，然與香山皆以多為貴，**精警缺焉**，余盡不取。(《今體詩鈔》，卷前〈序目〉，頁 2)

《今體詩鈔》僅取律詩，並將全書分為「五言卷」與「七言卷」，且五言律詩亦包含五言排律在內，如杜甫排律即在《今體詩鈔》以單獨一卷

〔註 42〕〔明〕謝榛：《四溟詩話》，收入《叢書集成初編》，卷 1，頁 6。

〔註 43〕〔清〕孫洙著，陳婉俊補註：《唐詩三百首》，卷 5，頁 27。

〔註 44〕〔明〕陸時雍：《唐詩鏡》，收入《景印文淵閣四庫全書》集部第 350 冊，卷 33，中唐第 5，頁 12。

收錄，可見姚鼐對杜詩之重視。元稹曾稱許杜詩：「大或千言，次猶數百，詞氣豪邁，而風調清深，屬對律切，而脫棄凡近。」〔註 45〕如此推崇杜甫排律之論，更是詩壇上首見。元稹對於杜詩的首推，亦獲得姚鼐肯定，〔註 46〕但反觀元稹、白居易自己創作的排律，卻被姚鼐批評為只圖堆疊而毫無精巧。固然姚鼐對元、白的貶斥，可能只屬於《今體詩鈔》的個別看法，因為在乾隆帝御選《唐宋詩醇》就論道：「居易集中百韻詩……，法律井然，條暢流美，實可為後來之法。」〔註 47〕趙翼（1727～1814）也指出：「近體中五言排律，……皆研煉精切，語工而詞贍，……當時元、白唱和，雄視百代者正在此。」〔註 48〕以元、白排律之精善，足為後人景仰。

不過從《今體詩鈔》否定元、白排律，還可揭示該選本另一項選詩標準。姚鼐是就「以多為貴，精警缺焉」而不取元、白，對應他選錄最多的中唐排律，即大曆的錢起，其入選的 8 首有 3 首皆為排律，這比中唐第一名的劉長卿 25 首五律僅有 2 首為排律，錢起排律的比例相對是高的。將這 3 首有選無評的錢詩，對照收錄錢起作品高達 72 首的喬億《大曆詩略》，正好有 2 首排律同於《今體詩鈔》所選，觀喬億評曰：

〈題玉山村叟屋壁〉：五六秀絕，結亦工於著色。〔註 49〕

〔註 45〕〔唐〕元稹：〈唐故工部員外郎杜君墓系銘並序〉，《新刊元微之文集》，收入《宋蜀刻本唐人集叢刊》（上海：上海古籍出版社，1994 年），卷 56，頁 4。

〔註 46〕不只如姚鼐所云之「首推」，據張忠綱指出：「元稹於元和八年（813）撰寫的〈唐故工部員外郎杜君墓系銘並序〉。這是第一篇全面而系統地評價杜甫及其詩歌的歷史文獻。……元稹對杜甫的律詩特別是**排律**，給予了格外的關注。」可知元稹之文奠定杜詩地位，且此文又特別推崇了杜甫五言排律。參見張忠綱：〈杜甫與元白詩派〉，《杜甫研究學刊》2016 年第 3 期（2016 年 9 月），頁 5。

〔註 47〕〔清〕清高宗御選：《唐宋詩醇》，卷 22，頁 23。

〔註 48〕〔清〕趙翼：《甌北詩話》，收入郭紹虞編選，富壽蓀校點：《清詩話續編》，卷 4，頁 1174～1175。

〔註 49〕〔清〕喬億選編，雷恩海箋注：《大曆詩略箋釋輯評》，卷 2，頁 145。

〈奉和宣城張太守南亭秋夕懷友〉：字字**清絕**，誦之冷然。〔註50〕

均是讚揚詩人的精煉功夫，將詩中字字打磨得工巧秀美，清麗卓絕，乃至喬億總論：「**竊見五言長律**，開、寶以前格制渾淪，難學杜，又茫然無所津涯，伐柯取則，惟在大曆諸子，而**仲文其最優者**也，故采入獨富。」〔註51〕最為推崇錢起排律。再對應《今體詩鈔》排除元、白的關鍵也正是缺乏「精警」，同時，被其他詩評家認為精巧的錢起排律又得到姚鼐青睞，可以說「精警」即姚鼐挑選五言排律的標準之一，這也再次印證中唐大曆被評為「刻意於五律」，其精巧即是他們的優勢。反之，貞元以後的中唐五律不僅「失其韻」、「警拔亦希」，如今著名的元、白排律也不被看好，顯然姚鼐對此時期評價不高，再對應《今體詩鈔》所選，自然沒有能位列前十大詩家者。

四、論中唐詩不以時代為限

姚鼐雖以「中唐大曆，……實宗王、孟，氣則弱矣，而韻猶存；貞元以下又失其韻，其有警拔，蓋亦希矣」（《今體詩鈔》，卷前〈序目〉，頁2），總論中唐詩之弊病，但並不妨礙姚鼐對個別優秀詩作的嘉許，一如其《今體詩鈔》評晚唐五律所云：

> 晚唐之才固愈衰，然五律有望見前人妙境者，轉**賢於長慶諸公**，此**不可以時代限**也。（《今體詩鈔》，卷前〈序目〉，頁2）

姚鼐基於文學流變，認為詩至晚唐更形衰退，但晚唐五律警拔者，連長慶詩人也不能相比。其中所說的「不可以時代限」，正巧揭示《今體詩鈔》所選並不是單就時代而定，這在姚鼐評中唐五律時亦是如此。

姚鼐的「不可以時代限」，除了指他對氣弱的大曆詩，仍能點出其中的佳句予以肯定，更明顯的是姚鼐對大曆詩人劉長卿的選評。從選數來看，劉長卿不但是《今體詩鈔》五律前十大詩家的中唐第一人，其

〔註50〕〔清〕喬億選編，雷恩海箋注：《大曆詩略箋釋輯評》，卷2，頁148。
〔註51〕〔清〕喬億選編，雷恩海箋注：《大曆詩略箋釋輯評》，卷2，頁154。

入選的 25 首已大幅超越第二名的錢起 8 首。再者，劉長卿的詩數僅僅少於盛唐孟浩然 1 首，顯示劉詩深得姚鼐青睞。更甚者在於姚鼐評劉長卿詩一再強調：

> 〈逢郴州使因寄鄭協律〉：何減**右丞**。(《今體詩鈔》，五言卷7，頁2)

> 〈碧澗別墅喜皇甫侍御相訪〉：何減**摩詰**。(《今體詩鈔》，五言卷7，頁4)

若說其他大曆詩人只是承繼盛唐，劉長卿則是堪與獨冠盛唐的王維比肩。劉詩如此優秀的關鍵，可參考姚鼐評〈逢郴州使因寄鄭協律〉曰：

> 第三句用《淮南子》「木葉落，長年悲」；四句用〈招魂〉「湛湛江水上有楓，目極千里傷春心」。然**又是即目，如非用古**。(《今體詩鈔》，五言卷7，頁2)

此詩第三、四句「更落淮南葉，難為江上心」分別引自《淮南子》與《楚辭‧招魂》之句，姚鼐指出劉長卿將古文轉用於眼前之景，且結合得巧妙無痕，這種精煉而渾成，可謂與王維之精警與渾融自在相應。再者，姚鼐評劉長卿〈碧澗別墅喜皇甫侍御相訪〉雖只「何減摩詰」四字，不過前人評此詩則有「敘得雅」〔註52〕、「起四句有灝氣」〔註53〕等，可知劉詩典雅，一如王維詩之高華，且此詩浩氣充盈而能振起，沒有大曆詩普遍氣勢不足的問題，正是姚鼐偏好的剛中帶柔，可謂具有王維五律之特點，又符合評選家的審美取向，故而劉長卿能在大曆詩人中鶴立雞群。這也說明姚鼐縱然認為大曆五律總體不如盛唐，也不吝於稱許如劉長卿這般可比肩盛唐的中唐詩家。

此外，《今體詩鈔》雖對貞元以後的五律總評價不高，但是在具體評點作品時，除了註釋詩作，〔註54〕姚鼐分別於二處說明：

〔註52〕〔清〕黃生：《唐詩矩》，收入〔清〕黃生著，諸偉奇主編：《黃生全集》，五言律詩3集，頁128。

〔註53〕〔元〕方回選評，李慶甲集評校點：《瀛奎律髓彙評》，卷13，頁473。

〔註54〕《今體詩鈔》評於貞元以下之五律者極少，除了正文所批點的二詩，

> 柳宗元〈北還登漢陽北原題臨川驛〉：此詩三、四句以**譏秉政者**，又言己昔在朝時**不能豫消其患**也。(《今體詩鈔》，五言卷8，頁1)

> 張祜〈題金山寺〉：**蒙叟嘗鄙此詩**，以斥其結句可耳，**中聯詎謂非佳**。(《今體詩鈔》，五言卷8，頁4)

姚鼐在品評柳宗元〈北還登漢陽北原題臨川驛〉，看起來只是解說句意，但在本就罕有批語的《今體詩鈔》裡，姚鼐在中唐此卷的評語更是極少，故這裡的題解應有獨特用意。細究姚鼐所言，柳宗元的譏刺與追悔，均凸顯詩人的一片忠誠，從《今體詩鈔》序文所謂：

> 存古人之正軌以**正雅祛邪**，則吾說有必不可易者。(《今體詩鈔》，卷前〈序目〉，頁1)

姚鼐明言編選《今體詩鈔》旨在維護儒家的雅正詩觀，盡忠效國自然也是儒家重要的道德信念之一，是以姚鼐於柳宗元〈北還登漢陽北原題臨川驛〉，特意挑明詩人的創作心理，隱然肯定了其赤誠之心。再看到姚鼐批點的另一首張祜〈題金山寺〉，細究原文曰：

> 一宿金山寺，微茫水國分。僧歸夜船月，龍出曉堂雲。
> 樹影中流見，鐘聲兩岸聞。因悲在城市，終日醉醺醺。(《今體詩鈔》，五言卷8，頁4)

此詩不但如姚鼐所謂「蒙叟嘗鄙此詩」，曾遭到清初錢謙益（1582～1664，號蒙叟）的批評，又如毛先舒指為「**村鄙乃爾，不脫善和坊題帕手段**」〔註55〕，沈德潛亦斥「何村俗也」，〔註56〕認為此詩堪比流連教

補充註釋者也只有兩處，一者於張籍〈宿溪中驛〉註明其他題名「一作『臨江驛』」；一者則在秦系〈山中贈張正則評事〉說明此詩乃「系時被奏左衛，以疾不就」，故而作之。分別參見〔清〕姚鼐：《今體詩鈔》，收入《四部備要》集部第584冊，五言卷8，頁1、3。

〔註55〕〔清〕毛先舒：《詩辯坻》，收入郭紹虞編選，富壽蓀校點：《清詩話續編》，卷3，頁52。

〔註56〕〔清〕沈德潛：《說詩晬語》，收入〔清〕丁福保編：《清詩話》，卷下，頁556。

坊的庸俗戲作。不過，姚鼐既秉持「正雅祛邪」而選評，《今體詩鈔》收錄張祜〈題金山寺〉，便是不以其詩旨邪曲，只是若要挑出此詩的缺失，尾聯的用詞確實不夠文雅，但另一方面，姚鼐也強調中間兩聯是精美佳句，這說明姚鼐所持的雅正詩觀是一個比較寬容的立場，而且對於張祜詩句的稱許，也再次印證姚鼐縱然認為貞元以後「其有警拔，蓋亦希矣」(《今體詩鈔》，卷前〈序目〉，頁 2)，卻不為時代所限，客觀讚揚個別詩作專精之處。

第二節　姚鼐《今體詩鈔》選評中唐七律

對於中唐七律，姚鼐在序文總論：

> **大歷**十子以**隨州為最**，其餘諸賢亦各有風調。至於**長慶香山**，以流易之體，極富贍之思，非獨俗士奪魄，亦使勝流傾心。然滑俗之病，遂至濫惡，後皆以太傅為藉口矣。非慎取之，何以維雅正哉？鈔中唐詩一卷。(《今體詩鈔》，卷前〈序目〉，頁 3)

《今體詩鈔》將中唐五律分為「大曆」與「貞元以下」；在七律的部分，則各別於「大曆」和「長慶」點名重要的詩家。可以發現，相比於中唐五律分為 2 卷收錄，七律則併成 1 卷。然而，這並不代表姚鼐忽略了中唐七律。進一步對照《今體詩鈔》每卷所選時代或詩家，及其詩數如下：

表 21：《今體詩鈔》各卷收錄詩數表

	卷 1	卷 2	卷 3	卷 4	卷 5	卷 6	卷 7	卷 8	卷 9
五律	初唐	王、孟	盛唐	李白	杜甫	杜甫	大曆	貞元	晚唐
詩數	52	**73**	**59**	**42**	**123**	**37**	72	34	60
七律	初唐	盛唐	杜甫	中唐	溫、李	晚唐	宋初	蘇、黃	南宋
詩數	10	**29**	**60**	54	37	36	26	66	91

可知《今體詩鈔》收錄的五、七律均為 9 卷，但在七律加入了宋詩，選取範圍大幅提升，卷次分配勢必要有所調整。中唐七律雖然只分配到 1 卷，入選數量還僅有五律的一半左右，但變動最大者，當屬盛唐之作。專選杜甫的卷次被縮減，數量也遠不及五律的一半；其餘盛唐七律少了 2 卷，詩數更只有五律的兩成。不過，這也不能直觀地歸結為姚鼐否定盛唐七律，乃至質疑《今體詩鈔》秉持的盛唐本位，一來在於姚鼐明言的「盛唐人詩固無體不妙」，二來李圍圍分析姚鼐所作七律也說：「姚鼐的七律尤能顯示其藝術特色，具有一種陽剛之美，……增添了一種最能代表唐詩特色的『盛唐氣象』。」〔註 57〕姚鼐既於創作上追求盛唐氣象，盛唐七律可謂其詩學理想。那麼《今體詩鈔》選盛唐七律比五律更低，恐是因盛唐人創作五律多達 1651 首，七律僅有 300 首，〔註 58〕姚鼐能選的基數本就不高。因此，當姚鼐依然遵循盛唐詩本位的觀點，從《今體詩鈔》五律到七律的卷次與詩數落差，可知姚鼐仍對中唐詩維持一定的關注度。

進一步比對《今體詩鈔》選五、七律之前十大詩家，能更明顯體現姚鼐對中唐七律的重視，其表如下：

表 22：《今體詩鈔》收錄五、七律詩數前十大詩家表

名次	1	2	3	4	5	6	7	8	9	10
五律前十	杜甫	王維	李白	孟浩然	劉長卿	李商隱	岑參	宋之問	馬戴	錢起
	160 首	47 首	42 首	26 首	25 首	17 首	16 首	10 首	9 首	8 首
七律前十	陸游	杜甫	李商隱	蘇軾	黃庭堅	劉長卿	王維	白居易	韋莊	許渾
	87 首	60 首	32 首	30 首	25 首	12 首	11 首	10 首	8 首	7 首

七律在加入宋人之作後，席次進行了全新的排列組合。盛唐詩家於五律穩坐前四名，到了七律則只剩 2 席；反觀中唐七律與五律一樣，維

〔註 57〕李圍圍：《姚鼐「五七言今體詩鈔」研究》，頁 31。

〔註 58〕詩作數量參見施子愉：〈唐代科舉制度與五言詩的關係〉，《東方雜志》第 40 卷第 8 號（1944 年 4 月），頁 39。

持 2 位名列前十。若說姚鼐對盛唐詩始終持以肯定的態度，那麼從多出王維 1 首的中唐劉長卿，以及緊追在後的白居易，應可視為《今體詩鈔》所選中唐七律的代表。

一、以劉長卿為中唐大曆之最

姚鼐曾以「何減右丞」(《今體詩鈔》，五言卷 7，頁 2）稱許劉長卿五律，但其入選量仍與王維相差 22 首。至於在評價劉長卿七律時，姚鼐曰：「大歷十子以隨州為最。」(《今體詩鈔》，卷前〈序目〉，頁 3）雖是僅就中唐而論，不過在實際入選量，劉長卿則高出王維 1 首。固然姚鼐評王維詩云：「右丞七律，能備三十二相，……宜獨冠盛唐諸公。」(《今體詩鈔》，卷前〈序目〉，頁 2）置於極高的定位，且其中的「三十二相」，若引明人胡應麟所言：「七言律，如果位菩薩三十二相，百寶瓔珞，莊嚴妙麗，……乃為最上一乘。」〔註 59〕華麗莊嚴如菩薩之「三十二相」，乃七律最高表現，更加印證王維七律的巔峰成就。進階對照《今體詩鈔》所選劉長卿七律高出王維的情況，姚鼐對劉詩的肯定同樣不在話下。可是《今體詩鈔》評論劉詩七律只有〈序目〉之「大歷十子以隨州為最」一句，實際詩作點評僅止於背景解說，〔註 60〕姚鼐對劉長卿具體的觀感如何，筆者試就《今體詩鈔》的其他批語結合劉長卿的歷來評價加以推敲。

〔註 59〕〔明〕胡應麟：《詩藪》，內編卷 5，頁 80。

〔註 60〕《今體詩鈔》評劉長卿七律者有 5 處，分別是〈獻淮寧軍節度使李相公〉題下之「大歷十一年，加淮西節度使李忠臣同平章事；十四年，忠臣被逐於李希烈後，乃改淮西軍號曰淮寧。題是編詩時追改，及忠臣從朱泚為逆，文房不及知矣」、詩末之「文房刺隨州，乃淮西屬」；〈送耿拾遺歸上都〉題下之「寶應元年，以京兆府為上都，此為睦州司馬時作，文房由潘州貶回，故云『窮海別離』也。潘州，今高州；睦州，今嚴州」；〈送柳使君赴袁州〉詩中之「袁州宜春郡，東晉時，以避諱稱宜陽」；〈使次安陸寄友人〉題下之「肅、代之時，江淮間有劉展袁晁之亂，木陵以東，光、黃、舒、廬蓋苦兵擾，不識春和矣，其西則差安靜，故有第四句」，可知姚鼐僅說明劉詩的創作背景，並未對作品進行文學點評。參見〔清〕姚鼐：《今體詩鈔》，收入《四部備要》集部第 584 冊，七言卷 4，頁 1～2。

劉長卿作詩有其慣用的題材與風格，即如明人李東陽（1447～1516）所云：

> 《劉長卿集》悽婉清切，**盡羈人怨士之思**，蓋其情性固然，非但以遷謫故，譬之琴有**商調**，自成一格。〔註61〕

不但常於詩中悲嘆貶謫，又加上作者本身特有的愁緒，故其詩多瀰漫淒楚哀情。在《今體詩鈔》所選中唐七律，亦有對這類愁緒的評點。姚鼐評柳宗元〈柳州城西北隅種甘樹〉曰：

> 結句自傷遷謫之久，恐見甘之成林也，而**託詞反平緩**，故佳。（《今體詩鈔》，七言卷4，頁7～8）

尾聯之「若教坐待成林日，滋味還堪養老夫」，幼苗長成樹乃至結果，亦即柳宗元謫居柳州的歲月，本該是度日如年的煎熬，詩人卻轉為淺淺道出對未來的遙想，更引人感慨不已，這種溫柔敦厚的表達可謂深得詩教精髓，無怪乎謹守雅正的《今體詩鈔》視之為佳作。

在同樣多「自傷遷謫」的劉長卿七律，姚鼐所著眼者亦以體現其哀而不傷為主，例如劉詩云：

> 〈將赴嶺外留題蕭寺遠公院〉：此去播遷明主意，白雲何事欲相留？（《今體詩鈔》，七言卷4，頁1）
>
> 〈長沙過賈誼宅〉：寂寂江山搖落處，憐君何事到天涯。（《今體詩鈔》，七言卷4，頁1）

〈將赴嶺外留題蕭寺遠公院〉描寫的明明是被貶官而不得不離開此地，劉長卿卻說君主聖明，又把不願離去的心情寄於白雲，而後反問對方為何挽留自己，將不得不然的苦楚藉由提問呈現，確實是「託詞反平緩」。在〈長沙過賈誼宅〉中，劉長卿面對同遭遇貶謫的賈誼（前200～前169），感同身受的詩人在「憐君」亦自憐時，卻透過提問以深藏沉重的苦痛。此詩更得前人評為「深悲極怨，乃復妍秀溫和」〔註62〕、

〔註61〕〔明〕李東陽：《麓堂詩話》，收入《叢書集成初編》，頁10。
〔註62〕〔明〕邢昉：《唐風定》，轉引自陳伯海主編：《唐詩彙評》，頁488。

「極沉摯，以澹緩出之」〔註 63〕等，淺淺著筆反讓人無限低迴。

除了選取將傷痛吐露得平緩的劉長卿七律，《今體詩鈔》也關注劉詩的另一種風格，這同時涉及姚鼐推崇陽剛之氣的審美傾向，其曰：

> 夫文以氣為主，**七言今體**，句引字賒，尤貴**氣健**，如齊、梁人古色古韻，夫豈不貴？然氣則蹶矣。(《今體詩鈔》，卷前〈序目〉，頁 2)

姚鼐認為詩文之氣至關重要，七律比五律的字句更長，若沒有強健之氣充斥其間，便容易拖沓疲軟，姚鼐還引雍容華貴的齊、梁詩為例，這類作品之所以被視為徒具華美詞藻，關鍵就在其內裡缺乏雄健之氣。反觀被姚鼐定為大曆詩人〔註 64〕之最的劉長卿，其七律也是中唐入選最多者，其中有不少便是雄豪之作，像是〈獻淮寧軍節度李相公〉，就被前人評曰：

> 「家散萬金酬士死，身留一劍答君恩」，自是**壯語**。(王世貞《藝苑卮言》)〔註 65〕

> 周敬曰：**豪健**閒雅，中唐第一首，王、李、少陵何能多讓！

〔註 63〕〔清〕喬億選編，雷恩海箋注：《大曆詩略箋釋輯評》，卷 1，頁 56。

〔註 64〕此處姚鼐原文為「大歷十子以隨州為最」，但據蔣寅所論：「大曆詩壇的詩人詩風並非都相同，……第一是元結、顧況、孟雲卿代表的古風派……。第二是**十才子**、郎士元代表的臺閣詩人……。第三是**劉長卿**、李嘉祐、戴叔倫代表的地方官詩人……。真正代表大曆詩風的是臺閣詩人和地方官詩人。」可知大曆十子實則與劉長卿並不屬同一詩風。不過，蔣寅也指出：「**表裡王維、孟浩然**的田園派，……以**研練字句**、工秀幽俊、借**五七言律絕**稱長的小詩派，……才真正是體現（大曆）時代風氣的代表。」姚鼐對大曆七律評語不多，但以其評五律所云：「中唐大歷諸賢，尤刻意於五律，其體實宗王、孟。」正合乎蔣寅提出「表裡王、孟」與「研練五律」的綜合論述，在考量評選家定位詩人的自由意志與實際情況，此處改用「劉長卿為大曆詩人之最」，應是比較融通的說法。蔣寅論述見氏著：《大曆詩風》，〈導言〉，頁 7、4。姚鼐評語見氏著：《今體詩鈔》，收入《四部備要》集部第 584 冊，卷前〈五七言今體詩鈔序目〉，頁 2。

〔註 65〕〔明〕王世貞：《藝苑卮言》，收入周維德集校：《全明詩話》第 3 冊，卷 4，頁 1923。

（周珽《刪補唐詩選脈箋釋會通評林》）〔註66〕

不僅如明人王世貞以詩中頷聯甚是雄壯，周珽更記載此詩之豪壯，堪與王維、李頎，乃至杜甫等盛唐能手並峙。此外，許學夷認為劉長卿〈送李錄事兄歸襄陽〉、〈送耿拾遺歸上都〉等詩，可謂「在中唐聲氣為雄」〔註67〕；清代吳瑞榮（約乾隆年間）則曰：「文房……如『賈誼上書憂漢室』、『飛鳥不知陵谷變』，有盛唐之雄偉而化其嶙峋。」〔註68〕以劉長卿〈自夏口至鸚鵡洲望岳陽寄阮中丞〉、〈登餘干古縣城〉如盛唐雄偉而骨氣剛正。上述之劉詩均為《今體詩鈔》所選，顯然是姚鼐在「七律貴氣健」的主張下，著重於劉長卿雄健的表現。

二、白居易七律瑕不掩瑜

白居易與劉長卿同為唯二入選《今體詩鈔》七律前十名的中唐詩家。姚鼐在序文總論大曆以後的中唐七律，亦聚焦於白居易一人，其曰：「至於長慶香山，以流易之體，極富贍之思，非獨俗士奪魄，亦使勝流傾心。」（《今體詩鈔》，卷前〈序目〉，頁3）白居易詩以淺顯通暢的筆法，顯現其富麗的文才，在名流雅士和世俗階層均深受擁戴。不過對姚鼐而言，白居易七律並非十全十美，其云：

> 然滑俗之病，遂至濫惡，後皆以太傅為藉口矣。非慎取之，何以維雅正哉？（《今體詩鈔》，卷前〈序目〉，頁3）

以《今體詩鈔》體現雅正詩觀的姚鼐，特意告誡後學不可任意效仿白居易詩之平易，以免流於膚淺庸俗。

〔註66〕〔明〕周珽：《刪補唐詩選脈箋釋會通評林》，收入《四庫全書存目叢書補編》，中七律上，頁2。

〔註67〕明人許學夷曰：「劉如『建牙吹角』、『征西諸將』、『十年多難』、『若為天畔』等篇，在中唐聲氣為雄。」以劉長卿〈獻淮寧軍節度李相公〉、〈送李將軍〉、〈送李錄事兄歸襄陽〉、〈送耿拾遺歸上都〉，皆為中唐雄健之作。其中除了〈送李將軍〉，其餘三首均為姚鼐《今體詩鈔》收錄。參見〔明〕許學夷著，杜維沫校點：《詩源辯體》，卷20，頁225。

〔註68〕〔清〕吳瑞榮：《唐詩箋要》，轉引自陳伯海主編：《唐詩彙評》，頁489。

不過姚鼐在序文所謂的「滑俗之病，遂至濫惡」，尚止於提醒學白詩者須加以警惕，在實際批點白居易七律時，姚鼐則直言：

> 白傅**俚俗**不可耐，其**佳處**自不相掩。（《今體詩鈔》，七言卷4，頁9）

相較於前面僅申明模擬白居易詩者易流於俚俗，此處姚鼐不諱言白居易本身有俗不可耐之處。然而姚鼐既提出「非慎取之，何以維雅正」，主張「正雅袪邪」的《今體詩鈔》所選白居易詩，理應是可為典範之作。比如姚鼐此處所謂「佳處自不相掩」者，乃評白居易〈江樓夕望招客〉而言，細究此詩曰：

> 海天東望夕茫茫，山勢川形闊復長。燈火萬家城四畔，星河一道水中央。風吹古木晴天雨，月照平沙夏夜霜。能就江樓銷暑否，比君茅屋較清涼。（《今體詩鈔》，七言卷4，頁9）

這首詩甚為可觀，據宋代趙令畤（1051～1134）所載，蘇軾在論及「白公晚年詩極高妙」，即以此〈江樓夕望招客〉之頸聯為例。〔註69〕就連御選《唐宋詩醇》也讚譽此詩：「高瞻遠矚，坐馳可以役萬景也，他人有此眼力，無此筆力。」〔註70〕登高遠眺的經驗人皆有之，卻罕有如白居易這般精準摹寫眼前的人間燈火與自然夜色，可見詩人無與倫比的筆力。無怪乎姚鼐在點明白詩俚俗之弊，仍強調其中亦有值得宣揚之佳處。

除了這首〈江樓夕望招客〉體現出白居易之詩才，姚鼐在其〈西湖晚歸回望孤山寺贈諸客〉亦評道：

> 非至西湖，不知此**寫景之工**。（《今體詩鈔》，卷前〈序目〉，頁3）

點出白居易描摹西湖景致的工巧逼真。至於何者可謂善於寫景？明代

〔註69〕依據趙令畤《侯鯖錄》所載：「東坡云：『白公晚年詩極高妙。』余請其妙處。坡云：『如「風生古木晴天雨，月照平沙夏夜霜」，此少時不到也。』」參見〔宋〕趙令畤：《侯鯖錄》，收入《歷代史料筆記叢刊》（北京：中華書局，2002年），卷7，頁182。

〔註70〕〔清〕清高宗御選：《唐宋詩醇》，卷25，頁18。

胡震亨曾論道：「作詩不過情、景二端，如五言律體，……格調莊嚴，氣象閎麗，最為可法。**第中四句大率言景，不善學者湊砌堆疊**，多無足觀。」〔註 71〕此處雖是就五律而言，但七律比五律字數多，理應更講究層次的鋪排變化。胡震亨指出律詩專以中間兩聯敘景，且必須寫出恢弘的氣象，這也合乎姚鼐論七律「尤貴氣健」（《今體詩鈔》，卷前〈序目〉，頁 2）的主張。

然而細究這首被姚鼐稱許「寫景之工」的〈西湖晚歸回望孤山寺贈諸客〉，此詩云：

> 柳湖松島蓮花寺，晚動歸橈出道場。盧橘子低山雨**重**，棕櫚葉戰水風**涼**。煙波淡蕩搖空碧，樓殿參差倚夕陽。到岸請君回首望，蓬萊宮在水中央。（《今體詩鈔》，七言卷前 4，頁 9）

首聯交代時空，連帶置入具象的植物景致，頷聯更以「重」、「涼」體現眼下風雨的觸感，頸聯則推盪出遼闊視野，詩末以對話口語入詩，將湖上全景拓印在讀者腦中。可以發現，白居易此詩顯然是徹頭徹尾地純粹寫景，超越所謂的「第中四句大率言景」，僅中間對仗寫景之常態，卻不見湊砌堆疊之弊，反而體現出詩人對細節的刻畫入微，推展全貌的方式也相當壯闊，其中的巧思有之，健氣亦有之，姚鼐所謂的「寫景之工」確實當之無愧。

也因此，在採錄中唐七律時，姚鼐雖直指白居易詩俚俗，學白詩者更常傾向膚廓淺薄，但姚鼐仍認為白詩有不可抹滅之佳處，乃至於白居易與劉長卿同位列《今體詩鈔》七律前十大詩家，白詩入選量亦僅少於盛唐王維 1 首，顯示姚鼐對白居易七律之肯定。

三、中唐詩之佳處與缺失並存

在《今體詩鈔》所選評的中唐七律，除了有像劉長卿那般，不僅是中唐入選量最高的詩家，其作品亦未被姚鼐指摘有何缺失。不過更常見者，則是如姚鼐評白居易詩時，並舉其「俚俗不可耐」與「佳處自

〔註 71〕〔明〕胡震亨：《唐音癸籤》，卷 3，頁 20。

不相掩」兩種面向，這種評法與姚鼐在普遍不佳的中唐五律裡點出佳句，可謂異曲同工，均揭示《今體詩鈔》選評的客觀性：姚鼐既能明指詩中佳處何在，同時又有什麼缺失。這樣的批點模式在其他中唐七律亦可見得。

首先，對於中唐大曆詩作，姚鼐總評其七律曰：「其餘諸賢亦各有風調。」（《今體詩鈔》，卷前〈序目〉，頁 3）讚賞大曆七律各自有風采特色。但在《今體詩鈔》所評，有一條批語很是特別，即論韓翃（719～788）〈送鄭員外〉曰：

> 唐人多干乞之辭，而此等語尤**猥陋**。（《今體詩鈔》，七言卷 4，頁 3）

姚鼐既然以「正雅祛邪」為編選宗旨，為何又將《今體詩鈔》所錄韓翃詩評為「猥陋」？似乎有些自相矛盾。實則這同樣是姚鼐理性評詩之表現。

先對照另外兩首入選的韓翃七律，姚鼐並未有任何指摘之語，參考其他詩評家所論，亦可見其備受好評，例如〈送客歸江州〉得清初黃生稱譽：「**用筆儁妙，真屬中唐第一人**。」〔註 72〕陸次雲則曰：「**字字雋永**。」〔註 73〕又如〈送冷朝陽還上元〉，陸次雲亦評道：「**意致高閑**。」〔註 74〕宋宗元也說：「**風神搖曳**。」〔註 75〕著重在此詩之情致高雅且有風神韻味，呼應姚鼐以「各有風調」評大曆七律，可知《今體詩鈔》所選應未違反其雅正之旨。

再細究姚鼐評韓翃〈送鄭員外〉提及「唐人多干乞之辭」，說明此首是唐人以詩干謁而謀求晉身的時代產物，本身並沒有什麼問題，但其用語之「猥陋」或指此詩尾聯之「要路眼看知己在，不應窮巷久低

〔註 72〕〔清〕黃生：《唐詩摘鈔》，卷 3，頁 247。

〔註 73〕〔清〕陸次雲：《五朝詩善鳴集》，轉引自陳伯海主編：《唐詩彙評》，頁 1323。

〔註 74〕〔清〕陸次雲：《唐詩善鳴集》，轉引自陳伯海主編：《唐詩彙評》，頁 1325。

〔註 75〕〔清〕宋宗元：《網詩園唐詩箋註》，卷 11，頁 14。

眉」，太過顯露地向位居要職的友人索求提攜。這比起被《今體詩鈔》評為「自然奇逸」（《今體詩鈔》，五言卷2，頁7）的孟浩然，其干謁名作〈望洞庭湖贈張丞相〉僅以「欲濟無舟楫，端居恥聖明。坐觀垂釣者，徒有羨魚情」（《今體詩鈔》，五言卷2，頁8），含蓄而自然地用垂釣申明渴望作為，韓詩之過分直率就顯然就沒這般巧妙高明，乃至有些鄙陋。因此，可以說姚鼐所選韓翃詩，同樣是視之為「各有風調」的大曆詩歌，只是姚鼐也不避諱地點明韓翃〈送鄭員外〉結尾粗鄙，提醒後學應當注意。這也揭示《今體詩鈔》選評七律時，一樣具有挑明其中優、缺點之客觀性。

除了大曆詩人韓翃之作，《今體詩鈔》選評其他中唐七律，亦有這種優劣並存的現象，例如柳宗元〈別舍弟宗一〉一詩云：

> 零落殘魂倍黯然，雙垂別淚越**江邊**。一身去國六千里，萬死投荒十二年。桂嶺瘴來雲似墨，洞庭春盡水如天。欲知此後相思夢，長在荊門郢**樹煙**。（《今體詩鈔》，七言卷4，頁7）

柳宗元在宦途顛沛之際，又不得不與手足道別，詩中既可見兄弟情深，更體現詩人滿心的悲苦。此詩被前人譽為「妙絕一世」〔註76〕、「最為可法」〔註77〕，明顯是備受佳評。《今體詩鈔》雖也採錄此詩，可知其肯定的態度，只是姚鼐仍舊點出當中的不足：

> 結句自應用「邊」字，避上而用「煙」字，不免湊韻。（《今體詩鈔》，七言卷4，頁7）

依上下文意，此詩尾聯理應以「樹邊」指明位置，不在於以「樹煙」呈現雲煙繚繞之貌，但因首聯已有「江邊」，詩人為了錯開而不得不然。這種將就的寫法在姚鼐看來便不夠巧妙，是以在選評《今體詩鈔》時，

〔註76〕〔宋〕周紫芝：《竹坡詩話》，收入〔清〕何煥編：《歷代詩話》，頁356～357。

〔註77〕清代薛雪評此詩曰：「別手足詩，辭直而意哀，最為可法。觀此一首，無出其右。」見〔清〕薛雪：《一瓢詩話》，〔清〕丁福保編：《清詩話》，頁680。

姚鼐特意將其指出，以提醒後學謹慎觀摩，這也再次印證姚鼐乃抱持客觀理性而論詩。

第三節　方東樹與《今體詩鈔》論中唐七律之比較

姚鼐的學生方東樹著有《昭昧詹言》，其中所評七律即出自《今體詩鈔》選錄的作品。〔註 78〕方東樹對於姚鼐所選七律，通常採取如下的解詩方式：

> 蘇頲〈奉和春日幸望春宮應制〉：**起**實破「望春」名義與事，奇。**三四**實寫望春之景，奇警切實。**五六**帶說「幸」字。**收**頌美。**歸愚所謂**「有頌無規」也。(《方東樹評》，七言卷 1，頁 186)

> 李頎〈寄綦毋三〉：此詩**姚先生**解最詳，而曰：「往復頓挫，章法殊妙。」當思其語乃有得。**起二句**敘事已頓挫入妙，**三四**復繞回首句，更加頓挫，第四句含蓄不說出更妙，**五六**大斷離開，遙接第二句，**七八**又從題後繞出。(《方東樹評》，七言卷 2，頁 195)

方東樹解詩通常如這兩首的情況：詳述每句的主旨或筆法，有時會出現像評蘇頲〈奉和春日幸望春宮應制〉之「歸愚所謂」云云，引前人看法強化此詩的重點；或是像評李頎〈寄綦毋三〉，則是就《今體詩鈔》之語再深入分析，可說是為姚鼐的選評進行題解或補充。

方東樹是根據姚鼐所選而評，文本並非取決於他的個人意志，故評語上免不了會另外摻入他自己的觀點，例如姚鼐曾論及「白傅俚俗不可耐」(《今體詩鈔》，七言卷 4，頁 9)，方東樹亦認為白居易詩「句

〔註 78〕即《昭昧詹言》卷 18 至卷 20 的部分。再者，《昭昧詹言》的今人校點者汪紹楹也說：「《昭昧詹言》是東樹晚年著作。他所根據的選本，主要是王士禛《古詩選》(聞人倓箋本)、姚鼐《今體詩鈔》。」可知方東樹評論的七律乃依據姚鼐所選。詩評參見〔清〕方東樹著，汪紹楹校點：《昭昧詹言》，卷 18～20，頁 419～469。校點說明參見該書卷後〈校點後記〉，頁 539。

格卑俗」(《方東樹評》,七言卷 4,頁 232),二人均指出白詩有淺俗之弊,但對於具體哪首詩為俗,方、姚的見解分歧如下:

> 〈江樓夕望招客〉:**姚先生**摘末句云:「**俚俗不可耐**。」愚謂此尚**無妨清切有真趣**。(《方東樹評》,七言卷 4,頁 252)
>
> 〈庾樓曉望〉:此詩筆路誠開**俗人作俗詩**一派,**不可入選**。(《方東樹評》,七言卷 4,頁 253)

姚鼐以白居易〈江樓夕望招客〉之末句為俗,方東樹則辯駁其清切而有真趣;反觀白居易〈庾樓曉望〉,姚鼐並未認為有何缺失,方東樹卻認為鄙俗而不當選入。這說明方東樹雖依據《今體詩鈔》而評,仍保有自己的審美感受。

一、劉長卿七律之宗派歸屬

方東樹對《今體詩鈔》之中唐七律的解說,最大的矛盾體現於劉長卿詩。首先,方東樹提出:「李(頎)輔輞川為一派,而文房又所以輔東川者也。」(《方東樹評》,七言卷 4,頁 231)將中唐劉長卿歸屬於王維之下。但同時方東樹也說:「今定七律以杜七律為宗,而輔以文房、大歷十子。」(《方東樹評》,七言卷 4,頁 232)以劉長卿與大曆詩人為杜甫之羽翼,劉長卿七律的定位可謂搖擺不定。欲梳理這些問題,就須從方東樹以盛唐詩劃分的七律宗派開始釐清。

方東樹曾於〈通論七律〉提出:

> 盛唐而厥有二派,……一曰**杜子美**,如太史公文,以疏氣為主……;一曰**王摩詰**,如班孟堅文,以密字為主。(《方東樹評》,〈通論七律〉,頁 179)

將盛唐七律分為兩派,一者杜詩像司馬遷(前 145～前 86)《史記》之豪氣揮灑;一者王維詩如班固(32～92)《漢書》著重組織鋪排。對照《今體詩鈔》將「不可以盛唐限」的杜甫七律獨為一卷,又把王維譽為「獨冠盛唐諸公」,方東樹的七律宗派顯然也呼應姚鼐的說法。

進一步細究方東樹對王維七律的看法,其曰:

> **輞川**於詩亦稱一祖，然比之杜公，真如維摩之於如來，確然**別為一派**。尋其所至，只是以**興象超遠**，渾然元氣，為後人所莫及。**高華精警**，極聲色之宗，而不落人間聲色，所以可貴。(《方東樹評》，七言卷2，頁189)

論及七言律詩，杜甫固然是大宗師，王維則與之有別，可另立為一派。其中，方東樹以王維七律的特點在於意境高遠渾成，詞藻聲色精美，對照《今體詩鈔》所論：「右丞七律，……**意興超遠**，有雖對榮觀，燕處超然之意。」(《今體詩鈔》，卷前〈序目〉，頁2)姚鼐引《老子》之「雖有榮觀，燕處超然」，認為王維詩縱然形貌宏麗，心境上澄淨而超然物外，可謂名符其實的盛唐之冠。

然而，細部比對姚、方二人之論可知，方東樹所謂的「興象超遠」看似近於姚鼐之「意興超遠」，均稱許王維塑造詩境的功力，但相比於姚鼐以「燕處超然」稱許詩人的心境高遠，方東樹並未特別著墨其內在修養，而是更強調王維詩之聲色精煉，並進一步提出：

> 輞川敘題細密不漏，又能設色取景，虛實布置，一一如畫，**如今科舉作墨卷相似**，誠**萬選之技**也。歷觀古今陋才，皆坐不能敘題從順，故率不通。(《方東樹評》，七言卷2，頁189)

以王維詩敘述和煉字之工巧，宛如最高規格的精緻工藝，方東樹更進一步將這般對字詞、章節架構等形式層面的用心，比擬於講求切題、布局的制義詩文。

方東樹以「萬選之技」評價王維七律在詩法技巧上的追求，看似是加以稱揚，然而詩作被比附於應試文章這種無法、也無須融入個人情感之作，實則對應方東樹對王維七律之貶斥，其曰：

> 高華精警，極聲色之宗，而不落人間聲色，所以可貴。然**愚乃不喜之**，以其**無血氣、無性情**也。譬如絳闕仙官，非不尊貴，而於世無益；又如畫工圖寫逼肖，終非實物，何以用之？稱詩而無當於興觀羣怨，**失《風》《騷》之旨**，遠聖人之

教，亦何取乎？……使**世間無此，殊無所損**。（《方東樹評》，七言卷2，頁189）

方東樹基於詩教立場，認為華貴的王維七律未能以詩言志，也缺乏引人共鳴之情，直斥其無存在價值。

抨擊王維詩缺乏血氣性情，乃至質疑其存在，方東樹的說法固然不一定合理，〔註79〕但方東樹既已明言否定王維詩，那麼當他又以王維七律為首而論道：

七律宗派，**李東川**色相華美，所以李輔**輞川**為一派，而**文房**又所以輔東川者也。（《方東樹評》，七言卷2，頁189）

在王維一宗又加上盛唐李頎、中唐劉長卿輔佐之，但宗主已被方東樹視為「世間無此，殊無所損」，是否代表方東樹也認為李詩與劉詩亦無可取？實則不盡然。這可從方東樹與姚鼐評論上的微妙落差加以分析。

姚鼐為了凸顯王維七律的絕無僅有，特意補充：

于鱗**以東川配之**，此一人私好，**非公論**也。（《今體詩鈔》，卷前〈序目〉，頁2）

這是依明人李攀龍（字于鱗）所謂的「七言律體，諸家所難，王維、李

〔註79〕王維七律歷來深受評論家肯定，如明人胡應麟曰：「七言律……**王**、岑、高、李世稱**正鵠**。」將王維與岑參、高適、李頎等人的七律視為正宗。又如清代沈德潛云：「七言律，……**摩詰**、東川，**舂容大雅**。」認為王維、李頎七律雍容典雅。此外，方東樹對王維詩的貶斥，也受到後世質疑，如桐城派後輩吳闓生說：「先大夫曰『杜公稱右丞為高人，植翁（方東樹，字植之）此等橫議殊**無知人論世之識**，……皆謬**說**也。」近代學者郭青林也指出：「（方東樹）戴著『詩教』的眼鏡來評王維的詩歌，自然也**難以有公允之論**。」可見方東樹之說頗具爭議性。胡應麟評語見氏著：《詩藪》，內編卷5，頁80。沈德潛評語見氏著：《唐詩別裁集》重訂本，卷前〈凡例〉，頁3。吳闓生之評出自《昭昧詹言》民國七年（1918）補定本，筆者未能得見，轉引自郭青林：〈方東樹《昭昧詹言》存在的問題及根源〉，《中國詩學研究》第17期（2019年12月），頁84。郭青林評語見氏著：〈方東樹《昭昧詹言》存在的問題及根源〉，《中國詩學研究》第17期（2019年12月），頁87～88。

頎，頗臻其妙」，〔註 80〕在難以施展的七律一體，唯獨王維、李頎能駕馭之，不過李攀龍僅是基於格調而推崇李頎詩，〔註 81〕姚鼐為了避免論詩只求合律，也不願王維獨冠盛唐的崇高光輝被分散，是以格外申明李攀龍之論並非詩壇共識。反觀方東樹卻重申：

> 于鱗以東川配輞川，姚先生以為不允。**東川視輞川**，氣體渾厚，微不及之，而意興超遠，**則固相近**。(《方東樹評》，七言卷 2，頁 194)

方東樹固然沒有要為只求格律的七子派發聲，但從意境興味而言，「姚先生以為不允」者其實也沒那麼絕對。至此可以發現，在七律詩觀裡，姚鼐對王維的稱譽，方東樹並不完全認同；姚鼐對李頎的不以為然，方東樹也從另一角度重新詮釋，師生間的看法明顯有出入。論及中唐劉長卿時，如此情況更形顯著。

姚鼐於劉長卿七律，固然沒什麼負評，選數上還比王維多出 1 首，理應是對劉詩之肯定。再看到方東樹建立起王維——李頎——劉長卿之七律宗派，並對照方東樹所評劉長卿詩如下：

> 〈獻淮寧軍節度李相公〉：**高華偉麗**，……以此**較右丞〈出塞〉**，則氣遠不及之，覺此仍不免**經營地上語**。(《方東樹評》，七言卷 4，頁 234)

> 〈送李錄事兄歸襄陽〉：三四**圓警精美**。(《方東樹評》，七言卷 4，頁 234)

> 〈青谿口送人歸岳州〉：**理脈之細**如此，……非率意淺直而出者。(《方東樹評》，七言卷 4，頁 236)

〔註 80〕〔明〕李攀龍：〈選唐詩序〉，《古今詩刪》，收入《景印文淵閣四庫全書》集部第 557 冊，卷 10，頁 1。

〔註 81〕據蘇曉辰研究指出：「李攀龍正是看中了李頎七律的『合律』，所以及（極）其推崇他的七律，甚至在自己的創作中也進行學習模仿。」可知主張法度格調的李攀龍，正因李頎七律合於格律而尤為推舉。參見蘇曉辰：《試論李攀龍的「唐詩刪」》，頁 48。

〈使次安陸寄友人〉：**一絲不漏**。（《方東樹評》，七言卷 4，頁 237）

一再點出劉長卿的「高華偉麗」、「圓警精美」，對比方東樹稱譽王維詩「高華精警，極聲色之宗」（《方東樹評》，七言卷 2，頁 189），王、劉二人同樣善於將字句雕琢得精警華美，只是相較於王維的巧奪天工，方東樹認為劉長卿僅是「經營地上語」，未如王詩之渾然天成。再者，方東樹稱許劉長卿〈青谿口送人歸岳州〉之章法細膩、〈使次安陸寄友人〉之緊扣詩題，又呼應了方東樹評王維之「敘題細密不漏，……如今科舉作墨卷相似」（《方東樹評》，七言卷 2，頁 189），均肯定其布局與切題，故而方東樹將劉長卿七律歸於王維一宗不無道理。

可是當方東樹總論劉長卿七律，卻著重在王維詩缺乏的「血氣」、「性情」，其曰：

> **大歷十子以文房為最**，詩重比興，……言在於此而義寄於彼，如〈關雎〉、〈桃夭〉、〈兔罝〉、〈樛木〉，……**興最詩之要用也，文房詩多興在象外**，專以此求之，則成句皆有餘味不盡之妙矣！較宋人入議論、涉理趣，以文以語錄為詩者，有靈蠢仙凡之別。（《方東樹評》，七言卷 4，頁 231）

方東樹將劉長卿視為大曆詩人之最，這點與姚鼐之「大歷十子，以隨州為最」（《今體詩鈔》，卷前〈序目〉，頁 3）看法一致；但方東樹以大量篇幅稱許劉長卿，則是《今體詩鈔》沒有的。方東樹認為詩歌講求興象，如「關關雎鳩」之〈關雎〉、「桃之夭夭」之〈桃夭〉，都是《詩經》中寄託物象的名篇，蓋因這種委婉陳述更能塑造無窮的餘韻，符合溫柔蘊藉的詩教觀。方東樹認為劉長卿七律與涉入議論的宋詩有天壤之別，正因劉詩具備《詩經》「興在象外」之特點。這便迥異於方東樹對王維七律「失《風》《騷》之旨，遠聖人之教」（《方東樹評》，七言卷 2，頁 189）之批評。

而後，方東樹又以這種興象寄託，引出「魂氣」的概念，其曰：

> 若李義山多使故事裝貼藻飾，掩其性情面目，則但見魄氣而

無魂氣。**魂氣多則成生活相，魄氣多則為死滯**，然若無魂，則雄傑更成惡魄，……秖是有魄無魂，言外無餘味，**取象而無興**也。(《方東樹評》，七言卷 2，頁 232)

詩有「魂氣」，即代表具備作者真實的情感，能展現自身的獨特風貌；反之，像李商隱過度以「故事裝貼藻飾」，掩蓋了性情，就只剩魄氣而已。後者是形式精煉，不僅因缺乏真情而易流於千人一面，也脫離詩歌言志的宗旨，是以主張詩教的方東樹進一步提出：

千古一人推杜子美，只是**純以魂氣**為用，……**文房之詩可以通津杜公**，但氣味夷猶優柔，不及杜公雄傑耳。(《方東樹評》，七言卷 2，頁 232)

方東樹認為杜甫七律之所以登峰造極，即在全然地發自肺腑之言，能於字裡行間見詩人志趣。縱然劉長卿之氣勢不如杜詩之雄豪，但劉詩具備的「興在象外」，如潘殊閑說：「『興在象外』——在所擷取的意象背後寄託著詩人深遠的人生感悟。這意象背後的所得，正是方東樹所說的『餘味不盡之妙』。」〔註 82〕興象不只是溫婉的抒情，於其中寄託感悟更是以詩言志的體現，故方東樹將劉長卿七律接軌於杜詩，也就相當合理。

既然劉詩善於興象，那麼方東樹所謂的王維——李頎——劉長卿之七律宗派，王維亦被評為「**興象超遠**」(《方東樹評》，七言卷 2，頁 189)、李頎詩也是「**意興超遠**」(《方東樹評》，七言卷 2，頁 194)，是否二人之作同有性情寄託而餘韻不盡？實則並非如此。從前文可知，方東樹已明確提出對王維詩之批評，正因其「無血氣、無性情」，不具備社會實用性。再對應方東樹評劉長卿〈過賈誼宅〉曰：

全是言外有作詩人在，過宅人在。所謂魂者，皆用我為主，則自然有興有味，否則**有詩無人，如應試之作**。(《方東樹

〔註 82〕潘殊閑：〈方東樹的「魂魄」論詩與中國詩學的「象喻」傳統〉，《中南民族大學學報（人文社會科學版）》第 25 卷第 3 期（2005 年 5 月），頁 180。

評》，七言卷4，頁232）

又一次強調劉詩有興寄而饒富韻味，反之，若詩缺乏寓意，則如應試文之體面語。對照方東樹評王維詩「如今科舉作墨卷相似」(《方東樹評》，七言卷 2，頁 189)，亦即稱其「有詩無人」，那麼方東樹為何又說王維詩「興象超遠」？細究方東樹對王、劉二人之評，相比於稱揚劉長卿詩深有寄託，方東樹對於王維詩往往著重在聲色高華精警，是以所謂王詩「興象超遠」，更傾向詩人擅長烘托宏偉壯麗的意境氛圍，而非有極欲傾訴的志向或情感，就像張健所說：

> 方東樹承認王維詩在審美上的價值，「**興象超遠**，渾然元氣」云云，都是**審美方面的評價**，……但是在內容上，方東樹卻認為其「無血氣無性情」，「於世無益」，……王維詩與政教無關，因而認為其沒有價值。〔註83〕

顯然方東樹評王維詩之「興象超遠」，僅止於審美上的肯定，並不涉及其思想內容。同理可論，方東樹所謂：「東川視輞川，……意興超遠，則固相近。」(《方東樹評》，七言卷2，頁194）李頎詩與王維相近，理應也是基於形式審美而評，呼應了方東樹所云：「李東川色相華美，所以李輔輞川為一派。」(《方東樹評》，七言卷 2，頁 189）從聲色上的高貴富麗聯繫王、李二人。

因此，當姚鼐評王維〈出塞作〉曰：「正其中年才氣極盛之時，此作聲出金石，有麾斥八極之概矣。」(《今體詩鈔》，七言卷 2，頁 1～2）稱許其氣勢恢弘、聲調凝鍊嘹亮，方東樹則說：

> 此是古今第一絕唱，只是聲調響入雲霄。……不及杜公者，以**用意浮而無物**也。(《方東樹評》，七言卷 2，頁 191～192)

雖以此詩聲調宏亮，可謂絕唱，方東樹卻又強調王詩缺乏寓意，比不上杜詩。反觀劉長卿詩高華精警的形式，雖與王維、李頎相承，但是劉詩有王維所缺少的興象寄託，「可以通津杜公」(《方東樹評》，七言

〔註83〕張健：《清代詩學研究》，頁652。

卷 2，頁 232），是以方東樹提出：

> 今定七律**以杜七律為宗，而輔以文房、大歷十子**。（《方東樹評》，七言卷 2，頁 232）

以中唐的劉長卿、乃至大曆十才子〔註 84〕之七律，足以接軌於杜詩。

二、以「興在象外」論中唐七律

除了強調劉長卿詩之寄託，方東樹亦以是否有「興在象外」為品評中唐七律的標準。首先，在劉長卿之餘，被方東樹點名可承接杜詩的大曆十才子，方東樹亦著重其「興在象外」的表現，例如：

> 盧綸〈晚次鄂州〉：三四**興在象外**，卓然名句。（《方東樹評》，七言卷 4，頁 243）
>
> 李嘉祐〈自蘇臺至望亭驛人家盡空春物增思悵然有作因寄從弟紓〉：三四春物、人空之意交融，**興在象外**，卓然名句，……**收句已竭，不佳**。（《方東樹評》，七言卷 4，頁 244）

盧綸（739～799）〈晚次鄂州〉之「估客晝眠知浪靜，舟人夜語覺潮生」，描寫出舟行的風平浪靜與潮水翻湧，這不僅是詩人觀察入微，能如此即時感知，正說明詩作背後含藏欲速歸而晝夜難眠的心理，得方東樹評為「興在象外」的佳句。李嘉祐（～748～）詩曰：「南浦菰蔣覆白蘋，東吳黎庶逐黃巾。**野棠自發空流水，江燕初飛不見人**。遠樹依依如送客，平田渺渺獨傷春。**那堪回首長洲苑，烽火年年報虜塵**。」其頷聯透過花草萌發、燕鳥初飛等春回大地的榮景，烘托出不見人煙的滿

〔註 84〕關於「大曆十才子」的確切名單眾說紛紜，經傅璇琮考證：「大曆十才子的具體名載，還是應以《極玄集》和《新唐書．盧綸傳》所載為準。」亦即「李端、盧綸、吉中孚、韓翃、錢起、司空曙、苗發、崔峒、耿湋、夏侯審」等十人，但姚鼐《今體詩鈔》既曰：「大歷十子，以**隨州**為最。」有將劉長卿列為其中一人之意，傅璇琮也提到有像清代管世銘以「盧綸、韓翃、**劉長卿**、錢起、郎士元、皇甫冉、李嘉祐、李益、李端、司空曙」為十才子之說。因此方東樹的「大曆十子」亦從廣義角度，以前人所列者皆為討論對象。參見傅璇琮：《唐代詩人叢考》（北京：中華書局，2003 年），頁 491～492。

目寥落，將喪亂的淒涼寄於景物，讓方東樹大為讚賞；反之，此詩尾聯直陳烽火年復一年的實況，這種言盡意止的寫法，在方東樹看來便是「不佳」。

此外，在其他大曆七律中，興象寄託更儼然成為方東樹評判其價值的標準，像是：

> 君平（韓翃，字君平）三詩，不過秀句足供諷詠，流傳不泯，篇法宛轉諧適而已，**無奇特興象**足以取法，今皆**不錄**。（《方東樹評》，七言卷 4，頁 239）
>
> 茂政（皇甫冉，字茂政）**境象與韓君平同**，亦只秀適宛轉而已，獨〈**春思**〉一首，不減「盧家少婦」，但氣格不逮耳！（《方東樹評》，七言卷 4，頁 241）

《今體詩鈔》所選 3 首韓翃詩：〈送鄭員外〉、〈送冷朝陽還上元〉、〈送客歸江州〉，姚鼐雖以「語尤猥陋」批評〈送鄭員外〉的結尾說辭鄙俗，不過姚鼐對《今體詩鈔》所選大曆詩，仍以「各有風調」（《今體詩鈔》，卷前〈序目〉，頁 3）肯定之。反觀方東樹認為這 3 首韓詩徒有秀句而無興象，沒有收錄價值，又以同一標準否定皇甫冉（714～767）之作，唯獨〈春思〉稍遜於沈佺期（656～714）〈古意贈補闕喬知之〉之氣格。細究皇甫冉〈春思〉曰：

> 鶯啼燕語報新年，馬邑龍堆路幾千。家住層城鄰漢苑，心隨明月到胡天。機中錦字論長恨，樓上花枝笑獨眠。為問元戎竇車騎，何時返旆勒燕然。（《方東樹評》，七言卷 4，頁 241～242）

方東樹雖以其氣韻、品格尚不及沈佺期詩，但當他個別評〈春思〉時，則又說：

> 〈春思〉：屬對奇麗而又關生有情，……**勝沈雲卿**矣！此等詩色相不出齊梁，而意用則**去《三百篇》不遠**，所謂哀而不傷，怨而不怒，溫柔和平，可以怨者也。……有**遠韻遙情**矣！（《方東樹評》，七言卷 4，頁 242）

方東樹前面說皇甫冉詩「氣格不逮」沈詩，或許是考量到姚鼐已將沈佺期〈古意贈補闕喬知之〉譽為「高振唐音，遠包古韻，此是神到之作，當取冠一朝」(《今體詩鈔》，卷前〈序目〉，頁 2)，是初唐人超越齊、梁靡弱詩風的顛峰佳作。可是當皇甫冉〈春思〉同樣具備沈詩之奇麗色相時，方東樹以皇甫詩勝出的關鍵，在於近似《詩經》之溫柔敦厚，其婉轉的表述營造出留白的空間，更引人低迴共鳴，顯然是基於詩教而肯定皇甫冉〈春思〉的價值。

可以發現，姚鼐在秉持「正雅祛邪」的儒家義理之下，亦能客觀稱許中唐詩之優美佳句，可謂是詩教與審美兩不相妨。然而，方東樹僅以是否符合《詩經》之精神，或能否體現詩教觀之興象寄託，作為評判詩作價值的絕對準則，呼應方東樹評李益〈鹽州過五原至飲馬泉〉所云：

> 三四言此是戰場，戍卒思鄉者多，以引起下文自家，則**亦是興**也。……此等詩有過此地之人，有命此題之人，有作此題詩之人之性情，**面目流露**。……此死活之分，**王阮亭輩乃不能悟**。(《方東樹評》，七言卷 4，頁 240)

詩中的「幾處吹笳明月夜，何人倚劍白雲天」到「莫遣行人照容鬢，恐經憔悴入新年」，藉由戰場的邊塞景物觸動戍守將士的思鄉情懷，如今滿面憔悴仍見邊防未固，詩人的悲涼溢於字句之間。對此，方東樹強調這必是親身經歷者才能譜成的字字血淚；接著，他又批評「王阮亭輩乃不能悟」，亦如陳曉紅所說：「方東樹的基本價值立場是**正統儒家價值觀**，關注社會現實，講經世濟民、衛道守教，而王士禛推崇的是**隱逸超遠**的王、孟一派，與世教、社會現實沒什麼直接的關係，自然得不到方東樹的認同。」〔註 85〕雖然《昭昧詹言》的古詩評點主要依據王士禛《古詩箋》所選，但對於神韻說推崇的山水清音，方東樹也不諱言其缺乏實用性，此處更是直接批評標舉神韻的王士禛無法領會

〔註 85〕陳曉紅：《方東樹詩學研究》，頁 116。

詩人性情。

詩有興象者能託物言志，對於重視詩教的方東樹是極為重要的評詩標準，故而除了劉長卿、大曆十才子，興象寄託也被方東樹用來檢視其他中唐詩，例如：

> 王建〈李處士故居〉：三四**興在象外，悽然耐想**。(《方東樹評》，七言卷 4，頁 249～250)
>
> 白居易〈錢塘湖春行〉：佳處在**象中有興**，〔註 86〕有人在，不比死句。(《方東樹評》，七言卷 4，頁 251)

方東樹讚揚王建〈李處士故居〉以「一院落花無客醉，半窗殘月有鶯啼」，將人去樓空的淒涼哀感，寄託於筆下的庭院故居。在白居易〈錢塘湖春行〉中，方東樹亦指其佳處即在以興寄彰顯詩人性情，這也呼應方東樹評白居易〈與夢得沽酒閒飲且約後期〉曰：「後半平衍而已，卻本色。」(《方東樹評》，七言卷 4，頁 242) 縱然此詩後半之「閑徵雅令窮經史，醉聽清吟勝管弦。更待菊黃家醞熟，共君一醉一陶然」，僅是鋪寫與友人怡情養性的閒適生活，相對平淺單調，並不符合方東樹曾強調七律「敘述又須變化，切忌正說實說」(《方東樹評》,〈七律通論〉，頁 178)，但方東樹「卻本色」的轉折語氣，正說明方東樹因其能呈現詩家的風采情調，可彌補敘述平直的短處。

白居易詩有作者本色，故當方東樹以杜甫七律為宗，並論及其他重要詩家：

> 今定七律以杜七律為宗，……益以蘇、黃之出塵奇警，**白傅卻有魂但句格卑俗**，然**東坡學之則雄傑入妙**。(《方東樹評》，七言卷 4，頁 232)

在以杜甫為領袖的七律一派，方東樹點名中唐白居易、宋代蘇軾、黃庭堅可為接武。其中，方東樹以蘇軾學白詩，但比白居易更雄健之說，呼

〔註 86〕此處原文為「佳處在**處在眾中有興**」，然語焉不詳，改以《昭昧詹言》的「佳處在**象中有興**」，方可讀之。參見〔清〕方東樹著，汪紹楹校點：《昭昧詹言》，卷 18，頁 430。

應姚鼐所謂：「東坡天才，有不可思議處，其七律只用夢得、香山格調，其妙處豈劉、白所能望哉？」（《今體詩鈔》，卷前〈序目〉，頁3）稱許蘇軾七律較白居易、劉禹錫更青出於藍。此處姚鼐所謂的「豈劉、白所能望哉」，意在凸顯蘇軾之天才，對應《今體詩鈔》所論，也並未特別強調劉、白之高下。反觀方東樹延續姚鼐的觀點，提出「東坡學白詩則雄傑入妙」，又指出淺俗的白居易詩，尚有性情血肉之特色，而且方東樹還以「白傅卻有魂」，進一步提出：

> 夢得才人，一直說去，不見艱難喫力，是其勝於諸家處。然少頓挫沉鬱，又**無自己**在詩內，所以不及杜公。愚以為**此無可學處，不及樂天**有面目格調，猶足為後人取法也。（《方東樹評》，七言卷4，頁245～246）

劉禹錫詩之流暢，固然可見其才情，但方東樹更傾向七律「敘述又須變化，切忌正說實說」（《方東樹評》，〈七律通論〉，頁178），強調七律應有變化起伏。再者，劉詩無自身性情，不僅不如杜詩，就連白居易之作因有個人特色，比劉詩更值得後學效仿。顯然方東樹不但以是否「興在象外」，決定大曆詩之價值，還因有興象者能彰顯詩家樣貌，進而評判劉禹錫與白居易詩之高下。

另外，方東樹曾批評李商隱七律「多使故事裝貼藻飾」，致使詩人本色被掩蓋，且評中唐李端（743～782）〈贈郭駙馬〉亦曰：「此與義山相近，詩無足取。」（《方東樹評》，七言卷4，頁245）可是當個別論及李商隱時，方東樹卻說：

> 玉溪七律，前人謂能嗣響杜公，則誠未可輕視。愚謂七律除杜公、輞川兩正宗外，**大歷十子劉文房及白傅亦足稱宗，尚皆不及義山**，義山別為一派，不可不精擇明辨。（《方東樹評》，七言卷5，頁255）

方東樹曾因劉長卿七律「興在象外」之言志寄託，故「可以通津杜公」。如今方東樹又認為晚唐李商隱亦有杜詩遺響，且更勝中唐劉長卿、白居易，那麼究竟方東樹是如何定位這些中、晚唐詩人？首先，參考姚鼐所論：

> 玉谿生雖晚出，而才力實為卓絕，七律佳音幾欲**遠追拾遺**，其次者猶足**近掩劉、白**。第以矯敝滑易，用思太過，而僻晦之敝又生，要不可不謂之詩中豪傑士矣。(《今體詩鈔》，卷前〈序目〉，頁3)

顯然方東樹所說的「『前人』謂能嗣響杜公」，正呼應姚鼐評李詩可「遠追拾遺」。再對照姚鼐說李商隱「近掩劉、白」，也同於方東樹指劉長卿、白居易詩皆不及李詩。雖然姚鼐認為李商隱七律的問題在於對俗詩矯枉過正，反使詩旨複雜化，不過他點出李詩晦澀不明，與方東樹評李詩過度裝貼而面目模糊的看法相通。故而若欲視李商隱七律為杜甫、王維以外第一人，還必須加上一項但書，亦即「以杜七律為宗，而輔以文房、大歷十子，並取義山之**有魂者而去其魄多者**」(《方東樹評》，七言卷2，頁232)，但此處的「並取」尚無高下判分，應再綜合劉長卿、白居易皆不及李商隱之說，唯有當李詩除去缺乏個人感悟的「魄多者」，才能展現其承繼杜詩而超越中唐詩家的樣貌。

第四節　姚、方之中唐七律觀與當時的唐、宋詩融合

姚鼐《今體詩鈔》完成於清嘉慶三年(1798)，是一部被評為「精當」的重要選本。〔註87〕姚鼐的學生方東樹約於道光二十年(1840)完成詩話《昭昧詹言》，且其七律詩評，主要是根據《今體詩鈔》所選而論。在具體評價上，方東樹大多是繼承師說，但是當姚鼐秉持「正雅祛邪」選評《今體詩鈔》，又能稱許有藝術美感的佳作，方東樹則嚴守儒家詩教，並在〈通論七律〉申明：

> 一題有一題本意本事，所謂**安身立命處**也，須交代點逗分

〔註87〕據《重修安徽通志》所載：「姚鼐，……倣王士正《古體選》為《今體選》，世皆以為**精當**。」可知此選本在當時已備受好評。參見〔清〕沈葆楨、吳坤修修，〔清〕何紹基、楊沂孫纂：《(光緒)重修安徽通志》，收入《續修四庫全書》史部第653冊，卷218，頁10。

明。大家冠絕古今，所以能**嗣《風》、《騷》、比於經**者，全在此處。(《方東樹評》，〈通論七律〉，頁 177)

要求創作七律須將詩旨交代清楚，這個旨趣的志向所趨、精神寄託，又當以儒家經典為依歸，方為千古佳作。方東樹對於儒家詩教的堅持，已然成為他評判詩作價值的最大原則，藝術鑑賞則顯得可有可無。

何以方東樹論詩僅依循詩教，較不關心藝術性？這可能是比起姚鼐處於乾、嘉時期的昇平盛世，方東樹《昭昧詹言》成書時，鴉片戰爭即將爆發。據王啟芳所言：

在方東樹的詩文創作中，亦體現著**憂國憂民**的情懷。方東樹有〈化民正俗對〉及〈病榻罪言〉，**論及禁煙與制夷的策略**，雖不能為當局者所採用，但可見方東樹的愛國之心。〔註 88〕

方東樹不斷以文學作品傳達憂患意識，以期有助於經世濟民。再者，王啟芳又指出：「方東樹的詩歌之中，多展現了方東樹窮困的謀館遊幕生活，抒發了詩人壯志未酬的悲哀心境。」〔註 89〕自身的不遇更使方東樹迫切渴望為世所用，故而相比於具有社會功能的詩教意涵，藝術形式就流於附加價值。

雖然方東樹僅以詩教為品評的唯一準則，不同於姚鼐尚且欣賞精美佳句，可見方東樹論詩之決絕。不過在同樣以盛唐詩為核心，方東樹倒是與姚鼐一致，不吝於對中唐七律予以肯定，這不僅顯示姚、方論詩之客觀，這種理性態度，也可進一步說明《今體詩鈔》的唐、宋詩兼取，以及姚、方二人與其他兼容唐、宋者的不同。

《今體詩鈔》兼採唐、宋的選法，對應當時的時代背景是：

乾隆時期，詩壇風氣發生了很大的變化，各種詩學流派在經過論爭後出現了融合，其中很突出的一點則是**兼重唐**

〔註 88〕王啟芳：《晚清桐城詩派研究》(濟南：山東大學文學院博士論文，2014 年)，頁 58。

〔註 89〕王啟芳：《晚清桐城詩派研究》，頁 58。

> 宋。……**翁方綱、姚鼐**等人則直接以詩選的形式平衡唐宋。〔註 90〕

《今體詩鈔》編訂於嘉慶初期，與乾隆朝仍相去不遠，在時代風氣的影響下，不只姚鼐的選法契合當時「兼重唐宋」之趨向，翁方綱也是當時強調宋詩價值的重要詩評家。然而，姚鼐與方東樹的論詩主張，與傾向宗宋的翁方綱還是有很大的不同。

翁方綱的肌理說以詩歌通於宇宙萬物之理，〔註 91〕來消解宋詩涉及議論的命題；反觀方東樹卻直言：

> 宋人入議論、涉理趣，以文、以語錄為詩者，……若更無奇警出塵之妙，則**入庸鄙下劣魔道**也。(《方東樹評》，七言卷 4，頁 231)

將流於議論、語錄的宋詩貶斥為邪魔外道，這便與翁方綱的說法背道而馳。再據姚鼐總論宋人七律曰：

> **東坡**天才，有不可思議處，其七律只**用夢得、香山格調**，其妙處豈劉、白所能望哉！**山谷刻意少陵**，雖不能到，然其兀傲磊落之氣，足與古今作俗詩者澡濯胸胃。……**放翁**激發忠憤，橫極才力，**上法子美**，下攬子瞻，裁制既富，變境亦多，其七律固為南渡後一人。(《今體詩鈔》，卷前〈序目〉，頁 3)

不論是稱揚蘇軾更勝於劉禹錫、白居易，還是肯定黃庭堅詩學杜甫而兀傲磊落，抑或是將繼承杜詩的陸游舉為南宋第一，姚鼐對宋詩的讚賞，不僅不涉及議論或語錄之作，且明顯是以唐詩為核心而論之。

從方東樹貶斥宋人以議論為詩，以及姚鼐基於唐詩而論宋詩，姚、方二人之詩論，明顯異於將宋詩議論合理化的翁方綱。再者，像

〔註 90〕李圜圜：《姚鼐「五七言今體詩鈔」研究》，頁 6。

〔註 91〕此處引張健所說：「他（翁方綱）說義理之理即文理之理即肌理之理，則詩歌之理與宇宙萬物之理原是一理，詩歌在這方面沒有什麼特殊性。」參見張健：《清代詩學研究》，頁 667。

姚鼐這種從唐詩評價宋詩的角度，似乎更貼近張健所說：

> 清初人肯定宋詩的審美價值時，還是要**肯定宋詩對於唐詩的繼承關係**，強調宋詩的合傳統性，而不是強調他對傳統的變異。〔註92〕

從「肯定宋詩對唐詩的繼承」來看，姚鼐評價宋詩的立場確實近似清初文人。不過清初人對宋詩的認可，還演變為康熙年間興起的宋詩熱，而且「清初宋詩熱的形成與**錢謙益**的影響有直接的關係」，據趙娜分析錢謙益的詩學觀：

> 錢謙益受明末湯顯祖、程孟陽等人的影響，詩論鮮明地針對七子派，主張轉益多師、**唐宋兼宗**，不以時代為限的師法策略。〔註93〕

錢謙益不侷限於有唐一代而「唐宋兼宗」，並藉由《詩經》之「詩言志」本色，「從理論上確立議論說理是詩歌的固有特徵」，〔註94〕進而肯定宋詩說理的特徵。另外，根據賀嚴所說：

> （錢謙益）在詩法策略上，則打破四唐之說，**反對以「時」分界**。詩史是一個自然發展的過程，唐不必不如漢魏，中晚唐不必不如盛唐。宋詩也是這一詩史鏈條上的一個環節，因此，**宋詩也自然不必不如唐**。〔註95〕

像錢謙益這般將各時期之作都放在同一水平線上，蓋因其詩論意在矯正明代七子派，是以消弭唐、宋詩的界線，方能有效反駁明人獨尊盛唐的極端看法。一如羅時進指出：「牧齋（錢謙益，號牧齋）是深知明人惟唐是法，法唐而贋，自狹詩道之弊，並清醒地認識到要拓寬詩途則應當接納宋詩的。而宋人好以文為詩，重義理表達，……體現

〔註92〕張健：《清代詩學研究》，頁362。

〔註93〕趙娜：《清代順康雍時期唐宋詩之爭流變研究》（蘇州：蘇州大學文學院博士論文，2009年），頁67。

〔註94〕張健：《清代詩學研究》，頁675。

〔註95〕賀嚴：〈清初唐宋詩選本與唐宋詩之爭——對順治至康熙十年前後唐宋詩選情況的考察〉，《芒種》2012年第1期（2012年1月），頁107。

出鮮明的學人素質。」〔註 96〕可知錢謙益對於宋詩的接受，不但是基於對明代過分宗唐的反思，他本身也很認同宋人以議論為詩的廣博學問。

反觀姚、方二人，方東樹論詩雖亦以《詩經》為本，但他主張：「詩重比興，……如〈關雎〉、〈桃夭〉、〈兔罝〉、〈樛木〉，解此則言外有餘味，而不盡於句中。」(《方東樹評》，七言卷 4，頁 231）強調作詩須如《詩經》有所寄託，以耐人尋味的興象傳達心之所向，而非逕以議論入詩，這也是他批評：「文房詩多興在象外，專以此求之，則成句皆有餘味不盡之妙矣！較宋人入議論、涉理趣，以文以語錄為詩者，有靈蠢仙凡之別。」(《方東樹評》，七言卷 4，頁 231）以劉長卿七律富含興寄為例，指斥義理類的宋詩抽離了詩歌應有的雋永韻味，堪比邪魔歪道。這顯然便與錢謙益主張詩歌本出於立論，乃至於推舉宋詩說理背道而馳。

再者，姚鼐「不可以時代限」(《今體詩鈔》，卷前〈序目〉，頁 2）之論調，雖與錢謙益「反對以『時』分界」的態度近似，但相較於錢謙益詩論針對七子派，姚鼐的立場則如王啟芳指出：

> 姚鼐對錢謙益評論前後七子提出了自己的異議，……姚鼐**從明七子詩歌的聲音入手**，學習唐音的氣勢，從而使得其詩歌表現出氣勢雄健、闊達高昂的藝術風格。〔註 97〕

明代七子派對詩歌聲調格律的講究，致使姚鼐以之學習唐音，而且七子派崇尚的盛唐雄渾風格，〔註 98〕也與姚鼐創作七律追求的盛唐氣象

〔註 96〕羅時進：《明清詩文研究新視野》(臺北：文史哲出版社，2004 年)，頁 113。

〔註 97〕王啟芳：《晚清桐城詩派研究》，頁 42。

〔註 98〕如查清華所言：「前七子欣賞的唐詩，大都呈現出厚實穩健、卓立遒舉的精神態勢。」且後七子「與前七子聲應氣求，基本觀點一致」，以為首的李攀龍來說，「屠隆即指出其『取悲壯而去清遠』」，也是更青睞雄壯詩風。參見查清華：《明代唐詩接受史》(上海：上海古籍出版社，2006 年)，頁 74、108、110。

很是契合。〔註 99〕在推舉盛唐詩之氣健，方東樹亦提出：「文房之詩可以通津杜公，但氣味夷猶優柔，不及杜公雄傑耳！」（《方東樹評》，七言卷 2，頁 232）認為中唐劉長卿七律之所以遜於盛唐杜甫，即在氣勢不夠強健。此外，《今體詩鈔》雖為唐、宋詩兼選，但其收錄唐詩 778 首、宋詩 183 首，兩者落差懸殊，顯然姚鼐對唐詩，尤其對盛唐詩之重視，遠在宋詩之上。這種以盛唐為尊的詩學觀，同樣體現於方東樹論七律所云：「盛唐而後厥有二派，演為七家。」（《方東樹評》，〈通論七律〉，頁 179）明顯是抱持盛唐詩本位而推衍出七律之流派。

因此，若說錢謙益認為佳作不限時代，各朝詩作都應該平等而論；姚、方二人則是以盛唐為頂標，後人不論如何承繼，仍不出其囿。故而《今體詩鈔》兼採唐、宋，是由於姚鼐既推尊盛唐，又認為論詩不能單為時代所限，是以選錄繼承唐詩的優秀宋詩。也因為這種「不可以時代限」的觀點，導致姚、方二人在以盛唐詩為指標的同時，姚鼐又稱許可上比盛唐詩家的劉長卿、點出中唐詩之佳句，或是像方東樹評白居易詩之「先斂後放，變化沉約，浮聲切響，此等足取法」（《方東樹評》，七言卷 4，頁 251）、「有面目格調，猶足為後人取法」（《方東樹評》，七言卷 8，頁 246），對於白詩之章法變化、響亮聲調，乃至顯現詩人本色者，方東樹均一一指點，以供後人學習。姚、方二人可謂是藉由評點不斷地提醒後學：在盛唐詩之餘，亦有不少可觀的中唐佳作。

像姚鼐這種佳者不限於盛唐詩的理性態度，亦反映在《今體詩鈔》的選詩上，如姚鼐取南宋陸游七律 87 首，超越盛唐杜甫 60 首，但考量到姚鼐評陸游之「上法子美」（《今體詩鈔》，卷前〈序目〉，頁 3）、「通首皆取用杜集」（《今體詩鈔》，七言卷 9，頁 7），乃以杜詩而選評陸游詩，加上《今體詩鈔》中，只有杜詩擁有獨立卷次，說明姚鼐將杜

〔註 99〕如李圍圍分析：「姚鼐的七律尤能顯示其藝術特色，具有一種陽剛之美，……增添了一種最能代表唐詩特色的『盛唐氣象』。」參見李圍圍：《姚鼐「五七言今體詩鈔」研究》，頁 31。

甫置於至高無上的地位，故杜甫與陸游的選數落差，更可能僅因陸游的創作量遠多於杜甫，寫出佳作的頻率自然也比較高，這也說明姚鼐一見優秀詩作即予以採錄的客觀心態，誠如郭洪麗所說：「（姚鼐）用一個文論家的批評眼光去審視每一位作家作品。」〔註 100〕《今體詩鈔》是為了「正雅祛邪」而刊定，姚鼐亦抱持盛唐本位而評詩，不過對於優美佳作，縱然不是出自盛唐詩家，姚鼐也不吝於選錄與讚揚。

結語

清人姚鼐的《今體詩鈔》是僅收錄五律、七律兩種體裁的詩歌選本，並且秉持盛唐詩本位進行選評。以五律來看，比起盛唐之最的王維、孟浩然，姚鼐以中唐大曆與貞元以後兩時期表現逐漸下降，不過仍有可取之處。像是大曆詩人劉長卿在選數上僅次於孟浩然，更有何減王維的佳評。其餘繼承王、孟詩韻的大曆詩人，雖因刻意雕琢五律字句，顯得不夠大氣，也不如盛唐詩渾然天成，但這種煉字精警的特色，既成為錢起排律獲得青睞的關鍵，也是以堆疊成篇的元、白所缺乏者。加上貞元以後的中唐五律缺乏韻味，整體表現尚且不及晚唐精妙之作，但姚鼐還是從雅正詩教與形式審美兩個角度，肯定這時期的中唐詩。

姚鼐於七律加入宋人詩作，卻仍對中唐詩維持較多的選數，說明他對中唐七律的關注度提高。在大曆時期，姚鼐基於詩教之溫柔敦厚，肯定劉長卿的哀而不傷；亦以七律尤貴雄健之氣，選取較為陽剛的劉詩。對於長慶白居易，其七律既淺顯流暢，又含藏富麗詩才，描摹寫景更是工巧生動，無疑是精良作品。但姚鼐評價中唐七律同樣秉持客觀性，認為時人交口稱讚的白詩，仍須審慎精擇，方能使佳處不被掩蓋，也能避免其俚俗者誤導後學。另外，姚鼐在各有風調的大曆詩作中，點出了韓翃說詞過於鄙陋之處，可謂明確提點佳作何以為佳，又應

〔註 100〕郭洪麗：〈《今體詩鈔》編選特點及姚鼐的詩歌理論〉，《語文學刊》2011 年第 11 期（2011 年 11 月），頁 13。

注意那些缺失，這都說明《今體詩鈔》在選評上的理性公正。

姚鼐的學生方東樹在《昭昧詹言》批點的七律作品，乃依據《今體詩鈔》的選評。雖有大部分評語與其師看法近似，但方東樹抱持比姚鼐更強烈的詩教觀，以缺乏實用性否定王維七律的存在，這也導致了方東樹在七律宗派的劃分上，雖將高華精巧的王維、李頎歸為一派，但其下的中唐劉長卿僅承繼此宗派的形式裝點與章法鋪排，在關乎內容的託物言志，則上通於大家杜甫。又因這種興象寄託體現了詩教觀之溫婉餘韻與感悟言志，被方東樹延伸至評斷大曆七律的標準，且有所寄託之作往往能彰顯詩人的性情與風采，白居易詩便是因本色呈現，被視為比劉禹錫更有可取性的重要詩家。

雖因國勢危急與自身困窘遭遇，致使方東樹比姚鼐更嚴守詩教立場，不過只要不違背詩教觀，方東樹仍能基於文學流變，讚揚各家後起之秀。所以當姚、方二人均視盛唐為詩作的頂標，又不固守時代界線，肯定其他時期詩作的優秀表現。也因此，縱然他們的評選兼及唐、宋，卻不同於翁方綱在唐、宋詩融合裡認同宋詩說理，也異於錢謙益為解除唐、宋詩辯爭而消弭盛唐詩的絕對地位。姚、方則是基於盛唐詩本位，指出中唐、晚唐、宋詩之不足，同時又稱許他們的獨特價值。

第六章　結　論

本論文題為「清代唐詩選本的中唐詩觀研究」，分別透過專選中、晚唐詩之杜詔、杜庭珠《中晚唐詩叩彈集》、李懷民《重訂中晚唐詩主客圖》；四唐皆選之沈德潛《唐詩別裁集》；選唐詩為主而兼及其他時代之姚鼐《今體詩鈔》。以下即總結各家選本論中唐詩之要點、各自與所處時代的連結，以及四家選本之中唐詩觀的共相，並由此而延伸的相關議題。

第一節　四家唐詩選本各自對中唐詩之獨特選評

一、《中晚唐詩叩彈集》的選評特點

杜詔、杜庭珠兄弟認為明代高棅《唐詩品彙》雖是蔚為大觀的選本，但該選本「詳初、盛而略中、晚」〔註1〕的選評方式，影響了後人亦僅聚焦於初、盛唐詩，忽略了中、晚唐詩的價值。是以杜氏兄弟提出：「詩有正有變，正唯一格，變出多岐，觀其盡態以極妍，勢必兼收而並采。」〔註2〕認為中、晚唐詩是在前人基礎上踵事增華，能呈現繽紛多元的各家樣貌，並編纂《中晚唐詩叩彈集》。此選本是以「不拘蹊

〔註1〕〔清〕杜詔、杜庭珠：《中晚唐詩叩彈集》，收入《四庫全書存目叢書》集部第406冊，卷前〈例言〉，頁1。

〔註2〕〔清〕杜詔、杜庭珠：《中晚唐詩叩彈集》，收入《四庫全書存目叢書》集部第406冊，卷前〈例言〉，頁1。

徑，直抒胸臆」〔註3〕為選詩標準，強調詩家的真情流露，故同樣重視「因時感憤」或「緣情綺靡」這些相異的情感表現。

在《中晚唐詩叩彈集》收錄的37位詩人裡，晚唐詩人雖有27位，但如韓琮、崔珏、羅鄴等人只入選十幾首，相對零星而分散；反觀10位中唐詩人，不僅有半數位列全本前十大詩家，白居易更是《中晚唐詩叩彈集》入選詩數最高者，並被杜氏兄弟譽為「於諸家中最為浩瀚」〔註4〕，可知杜氏兄弟更加關注中唐詩。細究《中晚唐詩叩彈集》收錄的中唐詩作，所體現的詩情正可分為「關懷時事」與「明麗豔情」兩種類型。前者尤以白居易新樂府為代表，白詩運以沉著痛快之筆針砭時事，被杜氏兄弟譽為橫絕古今，可與以時事創新題的杜詩相比擬。張籍、王建之作擅長曲盡人情，具有諷喻意涵，同樣是因時感憤的一環；尤其是王建〈宮詞〉百首委婉深摯，有多達半數為杜氏兄弟所選。對於李賀抒發自身困蹇或揭示民瘼之作，杜氏兄弟也格外關注，以凸顯李詩除了瑰奇詭異風格，亦有感憤悲鳴的一面。

杜氏兄弟因重視詩家真實性情，故對於往往被歸為豔俗的綺靡之詩，同樣予以矚目。在《中晚唐詩叩彈集》當中，杜氏兄弟不僅特別關注李賀「總賦豔情」〔註5〕之作，並反對過度解讀李詩之用典，強調純粹品味詩人的真情即可。再者，杜氏兄弟明言：「玉川寒苦，長吉則獨發新豔，故錄長吉而不及玉川。」〔註6〕除了以新奇豔麗評價李賀詩，還可發現比起苦寒灰暗，杜氏兄弟更青睞明豔色彩。也因此，《中晚唐詩叩彈集》選錄多首張祜描繪女子嬌弱病態的豔詩，姚合詩中爽亮明媚的風格，也得到杜氏兄弟的肯定。

〔註3〕〔清〕杜詔、杜庭珠：《中晚唐詩叩彈集》，收入《四庫全書存目叢書》集部第406冊，卷前〈自序〉，頁2。

〔註4〕〔清〕杜詔、杜庭珠：《中晚唐詩叩彈集》，收入《四庫全書存目叢書》集部第406冊，卷前〈例言〉，頁1。

〔註5〕〔清〕杜詔、杜庭珠：《中晚唐詩叩彈集》，收入《四庫全書存目叢書》集部第406冊，卷4，頁20。

〔註6〕〔清〕杜詔、杜庭珠：《中晚唐詩叩彈集》，收入《四庫全書存目叢書》集部第406冊，卷4，頁22。

二、《唐詩別裁集》的選評特點

沈德潛《唐詩別裁集》是四唐皆錄的知名選本。該選本雖有初刻本與重訂本的差異，卻始終堅持以嚴謹的儒家詩教觀選評中唐詩，也一直是以盛唐詩為衡量指標，點出中唐詩足以比擬盛唐的藝術特點，或不足盛唐詩之處。

在《唐詩別裁集》重訂本中，變動最大者在於中唐詩。首先，沈德潛依循御選《唐宋詩醇》對中唐詩人的高度關注，將原先在初刻本中被視為歧途的白居易、李賀、張籍、王建等人重新增錄，尤其是同樣入選《唐宋詩醇》的白居易，其詩作從 4 首被提升至 60 首，成為重訂本中變化最劇烈的詩人，白居易更被沈德潛改譽為繼承杜甫的大家。

再者，因為《唐宋詩醇》對忠孝觀的大力宣揚，導致沈德潛將初刻本已選的詩作，從藝術層面的討論，轉向強調詩旨之政教意涵，例如同為《唐宋詩醇》所選六位詩家之一的韓愈，沈德潛即由聊備一格的態度，轉視為根源於《雅》、《頌》的大家，又刪去韓愈筆法不如杜甫的析評，改以揭示韓詩典重和平之旨趣。對於其他中唐詩作，沈德潛也紛紛從藝術審美的評點，變成闡發其中的忠君思想。可知《唐宋詩醇》的官方詩學意志，深深影響沈德潛對《唐詩別裁集》的重訂。

三、《重訂中晚唐詩主客圖》的選評特點

李懷民《重訂中晚唐詩主客圖》是專選中、晚唐人五律的選本。該選本依據唐代張為《詩人主客圖》之「主」、「客」體例，重新立定以中唐詩人張籍為「清真雅正主」、賈島為「清真僻苦主」，並將與張、賈二人風格相關的詩家，分別列為二位宗主底下之「客」。李懷民對於諸位門客的詩作批點，也往往是基於該門宗主而論。

《重訂中晚唐詩主客圖》看似將張籍、賈島並列為宗主，實則二主之間隱然有高下之別。首先對於張籍的詩作，李懷民近乎全選，且相比於歷來詩評家以膚淺易盡總論中唐詩，李懷民則特別強調張籍為人

深具涵養，其詩看似尋常淺淡者，實則深遠而耐人尋味。李懷民更進一步把張籍的天然筆法與綿延詩韻，媲美盛唐詩之渾成境界，可謂將中唐詩人張籍提升至盛唐之列。

反觀李懷民雖然也稱許賈島堅守正道的品性，但在以「僻苦」定義賈島詩風的同時，不僅將賈詩過於苦吟者汰除不選，又批評其刻意煉造不如盛唐詩之渾然精妙，與可比肩盛唐的張籍分判出高下。更甚者在於李懷民一再稱許賈詩近似張籍之平淡風格，並指出賈島一門源自於張籍，如此一來，不但將張、賈二門合而為一，且是以張籍「清真雅正」一派為正宗主流。這也說明在二主之中，李懷民更加推崇張籍。

四、《今體詩鈔》的選評特點

姚鼐《今體詩鈔》以「正雅祛邪」為旨，〔註 7〕專門選錄五律與七律，並在唐詩之外，其中的 9 卷七律有 3 卷為宋人之作，形成以唐詩為主而兼及宋詩的通代選本。姚鼐論詩以盛唐為本位，並將王維、孟浩然五律視為盛唐之最。中唐大曆五律雖然承自王、孟，但氣勢已然衰弱；貞元以後則更等而下之。不過在姚鼐認為中唐詩整體不如盛唐詩的看法中，《今體詩鈔》選錄的劉長卿五律僅次於孟浩然 1 首，又稱許劉詩有堪比王維之處，也點出中唐五律善於雕刻之藝術特長。

至於在七律的部分，《今體詩鈔》所選劉長卿、白居易詩數，與獨冠盛唐的王維不相上下，又稱許其他中唐詩作各有風調。對於白居易七律，姚鼐雖然指出學白詩者易流於滑俗，甚至連白詩本身也有俚俗之弊，不過姚鼐也不吝於讚揚白居易筆力工巧精湛。這也反映出《今體詩鈔》縱然以盛唐詩為選評指標，但不妨礙姚鼐對優秀的中唐詩家另眼相待，加以姚鼐讚賞中唐詩的藝術技巧之餘，也挑明其中不足之處，說明姚鼐是秉持較合理客觀的態度評價中唐詩。

〔註 7〕〔清〕姚鼐：《今體詩鈔》，收入《四部備要》集部第 584 冊，卷前〈五七言今體詩鈔序目〉，頁 1。

姚鼐的學生方東樹考量五律篇幅較短，不利於章句說解，故在其詩話《昭昧詹言》中，僅針對《今體詩鈔》所選七律析論。對於大部分只選不評，所評者亦精簡的《今體詩鈔》，具有闡發選評要點之助益。方東樹大致上的說解延續了姚鼐的詩論觀，但在中唐詩的部分則有較明顯的落差。首先，方東樹將《今體詩鈔》選盛唐七律最多的杜甫與王維，分別定為七律宗主，並以盛唐李頎、中唐劉長卿為王維一派。但因為王維詩徒有精巧聲色，缺乏血氣性情，不為方東樹所喜，將劉長卿依附於王維，也僅是因劉詩有近似王維的筆法技巧。另一方面，劉長卿詩善於興在象外，能體現詩人的真實情感與心志，被方東樹推舉為通津杜甫的優秀詩家，其餘的大曆詩人同樣因詩作有興象寄託，亦被視為杜甫一宗。白居易詩雖然被方東樹批評其句格卑俗，不過方東樹也指出白詩有個人本色，相較於無自家性情的劉禹錫之作，更值得後人學習。

從七律宗派的劃分，可知方東樹與姚鼐一樣，均是以盛唐詩為標準而論及中唐詩，而且方東樹也在指明中唐詩尚不足之處，又一一點出中唐詩的特色所在，乃至引為後學取法的對象，說明方東樹對於中唐詩，亦抱持較客觀的角度而論。不過從方東樹以缺乏性情寄託而否定王維、劉禹錫之作，也反映出方東樹比姚鼐更加恪守「詩言志」的教化意涵。

第二節　四家唐詩選本與清代中唐詩觀的演變

本論文所選的四家唐詩選本，除了各別是專選中唐與晚唐、四唐皆選，以及通代選本，有相異的選詩範疇，此四家唐詩選本刊定的年代也各自不同，將之加以串聯，可窺見唐詩選本反映出清代各時期的中唐詩觀。

一、清初康熙年間

杜氏兄弟《中晚唐詩叩彈集》刊訂於康熙四十二年（1703），與初刻於康熙五十六年（1717）的沈德潛《唐詩別裁集》同屬於清代初期。這時期是孫琴安所說的唐詩選本的第三次高潮，〔註 8〕不僅是一個選本多產的時代，而且是：

> 以錢謙益為首的清初詩人，對明高棅、李攀龍等人的論唐詩態度甚為不滿，故極力抨擊，除著書立說外，另一個重要途徑就是選唐詩。你專選初、盛，我偏選中、晚，針鋒相對。〔註 9〕

高棅《唐詩品彙》幾乎把「正宗」、「大家」、「名家」的席次留予盛唐詩人，中唐僅是「接武」，晚唐更只有「正變」、「餘響」等末流，〔註 10〕可見高棅推尊盛唐詩的態度。更明顯者在於李攀龍《古今詩刪》之「唐詩選」，收錄的盛唐詩多達全本六成，尊盛唐之說無庸置疑。另外，結合明代選本選四唐詩之比例如下：

表 23：明代唐詩選本收錄四唐詩比例表

唐詩選本	初唐	盛唐	中唐	晚唐	其他
高棅《唐詩品彙》	14%	**32%**	35%	12%	7%
高棅《唐詩正聲》	10%	**51%**	34%	5%	1%
李攀龍《古今詩刪》之「唐詩選」	17%	**60%**	16%	2%	4%
鍾惺、譚元春《唐詩歸》	15%	**52%**	22%	12%	
唐汝詢《唐詩解》	12%	**54%**	27%	5%	2%
陸時雍《唐詩鏡》	10%	**35%**	39%	15%	

可以發現：除了高棅《唐詩品彙》、陸時雍《唐詩鏡》為選詩多達三千

〔註 8〕據孫琴安整理唐詩選本的發展所說：「第三次高潮是在清初的康熙年間。」參見氏著：《唐詩選本提要》，〈自序〉，頁 7。

〔註 9〕孫琴安：《唐詩選本提要》，〈自序〉，頁 8。

〔註 10〕此據高棅對其選本分類所云：「大略以初唐為正始，盛唐為正宗、大家、名家、羽翼，中唐為接武，晚唐為正變、餘響，方外異人等詩為旁流。」可知高棅以盛唐詩為正格、為大家，中、晚唐則只是接續或變格而已。參見〔明〕高棅：《唐詩品彙》，卷前〈凡例〉，頁 1～2。

首以上的大部選本，〔註 11〕故盛唐詩的比例被稀釋，並補入四唐時期創作總數最高的中唐詩，〔註 12〕其他唐詩選本均選錄盛唐詩達全本半數以上，可見明代詩評家們推尊盛唐詩的傾向。

因此，到了明末清初，錢謙益等人逐漸反思「詩必盛唐」的偏頗論調，轉向關注盛唐以外的中、晚唐詩，甚至是宋詩。康熙年間，杜氏兄弟考量到「《品彙》庶稱大觀，然詳初、盛而略中、晚」，〔註 13〕是以特別針對被《唐詩品彙》忽略的中、晚唐詩，編訂《中晚唐詩叩彈集》，顯然杜氏兄弟也是受到這波反動思潮的影響。

清初除了有關注中、晚唐詩的熱潮，還有另一派是延續明人的看法，一如陳伯海所說：

> 清朝初年，上承晚明格調論唐詩學的解體，詩歌理論失去了統一的中心，人們紛紛趨向不同的方面去作新的探索，一時便呈現為各種見解雜出而爭鳴的活躍景象。**有承受「明七子」餘緒**，繼續推宗李、杜為代表的盛唐詩者，……**有力圖打破格調論的束縛**，傾向於提倡宋詩以開拓詩路者。〔註 14〕

若把杜氏兄弟的《中晚唐詩叩彈集》視為對明代格調派的反動，明言「是集以李、杜為宗」〔註 15〕的沈德潛《唐詩別裁集》，則是「承受『明七子』餘緒」這一類。

〔註 11〕據陳國球統計，高棅《唐詩品彙》選詩共有 5802 首。陸時雍《唐詩鏡》則收錄 3190 首詩。兩者皆為選數超過三千首的大部唐詩選本。《唐詩品彙》數據參見陳國球：《明代復古派唐詩論研究》，頁 204。

〔註 12〕據施子愉統計《全唐詩》之詩作數量：初唐詩 2053 首、盛唐詩 5355 首、中唐詩 13322 首、晚唐詩 13202 首。可知大部選本在收錄量極多的情況下，既不可能將盛唐詩均視為佳作而全選，勢必要補入其他時期的唐詩，考量初唐詩尚未發展成熟，故補入去盛唐未遠且創作量最高的中唐詩。數據參見氏著：〈唐代科舉制度與五言詩的關係〉，《東方雜志》第 40 卷第 8 號（1944 年 4 月），頁 39。

〔註 13〕〔清〕杜詔、杜庭珠：《中晚唐詩叩彈集》，收入《四庫全書存目叢書》集部第 406 冊，卷前〈例言〉，頁 1。

〔註 14〕陳伯海：《唐詩學引論》，頁 198。

〔註 15〕〔清〕沈德潛：《唐詩別裁集》初刻本，卷前〈凡例〉，頁 2。

從《唐詩別裁集》初刻本選盛唐詩達全本 50%，可知沈德潛的選法更傾向明代李攀龍等人。不過，即使主張格調說的沈德潛繼承明代格調派對盛唐詩的推崇，但《唐詩別裁集》初刻本選中唐詩達 29%，仍比李攀龍選本的 16%更高一些，顯然沈德潛在「尊盛唐而抑中唐」的看法上，〔註 16〕並未如李攀龍那麼極端。一來，根據上文羅列明代選本的四唐詩比例可知，李攀龍選本收錄盛、中唐詩比例的落差，明顯比其他明代選本更大，本就是一種格外推尊盛唐詩的特殊選法。二來，沈德潛的老師葉燮曾提出：「號之曰中唐，……不知此『中』也者，乃古今百代之中。」將中唐脫離有唐一代之侷限，改視為詩史上承先啟後的重要關鍵，這種說法多少也讓沈德潛關注到中唐詩，是以《唐詩別裁集》初刻本仍選錄中唐詩近乎三成。

在清初反思前朝詩學觀的風氣中，馮舒、馮班批點《才調集》，引發了師法中、晚唐詩的熱潮。不過二馮關注中、晚唐詩是為了最終能學習盛唐杜甫，而且二馮對於詩中性情亦往往以詩教觀詮釋，企圖將詩情導向政教用途。杜氏兄弟《中晚唐詩叩彈集》同樣是這波反動思潮的產物。但與二馮不同的是，杜氏兄弟強調詩人的真情流露，故將「緣情綺靡」之作也視為至性的彰顯，不需要攀比於儒家詩教。杜氏兄弟的觀點與晚明陸時雍之「不惟其詞而惟其情」〔註 17〕、公安派之「獨抒性靈」等，均是對於真摯詩情的追求。

要之，《中晚唐詩叩彈集》可謂是揉雜了清初的反動思想與晚明對情真的關注；《唐詩別裁集》初刻本則是依循明代格調派而宗尚盛唐。顯然在這些清代初期的唐詩選本裡，都還能看到前朝四唐詩觀的影子。

〔註 16〕該說法引自韓勝所謂：「沈德潛前期論詩主格調，明顯受明七子『格調說』的影響，於唐詩**尊初盛而抑中晚**。」此處為能聚焦於盛唐詩與中唐詩之選數差距，故改為「尊盛唐而抑中唐」。參見韓勝：〈從《唐詩別裁集》的重訂看沈德潛詩學的發展〉，《山東文學》2008 年第 8 期（2008 年 8 月），頁 107。

〔註 17〕〔明〕陸時雍：《唐詩鏡》，收入《景印文淵閣四庫全書》集部第 350 冊，卷前〈詩鏡原序〉，頁 2。

二、盛清乾隆年間

唐詩選本的發展在盛清乾隆年間又一次達到高峰。〔註 18〕刊訂於乾隆二十八年（1763）的沈德潛《唐詩別裁集》重訂本，以及乾隆三十九年（1774）的李懷民《重訂中晚唐詩主客圖》，同是此時期的選本，而且兩者正好體現了受官方詩學意志影響與民間文人論詩這兩種面向。

清初的《唐詩別裁集》初刻本延續了明代格調派的唐詩觀，而後沈德潛因其進呈的《清詩別裁集》中，將乾隆帝眼中不忠不孝的錢謙益置於詩人首位，引發皇帝大怒。為了挽回這項失誤，沈德潛急忙依循御選《唐宋詩醇》重新修訂《唐詩別裁集》，尤其是《唐宋詩醇》所選六位詩家之二為中唐的白居易與韓愈，導致沈德潛將二人升格為大家，並提高對中唐詩人的關注度。進一步對照《唐詩別裁集》選盛、中唐詩的比例：

表 24：《唐詩別裁集》初刻本與重訂本收錄四唐詩比例表

	初　唐	盛　唐	中　唐	晚　唐	其　它
初刻本	11%	50%	**29%**	8%	1%
重訂本	10%	41%	**32%**	13%	4%

在同樣選錄盛唐詩最多的情況下，盛、中唐詩的比例從原本兩成以上的差距，縮小到相距不足一成。另外，一樣是刊定於乾隆年間，由沈德潛為之作序的黃叔燦《唐詩箋註》，以及與《唐詩別裁集》重訂本所選大致重疊的宋宗元《網師園唐詩箋註》，二者同是選盛唐詩最多的選本，收錄中唐詩的比例也有三成以上。可以說沈德潛對選本的重新修訂，深受《唐宋詩醇》的影響，而且《唐詩別裁集》重訂本彰顯的官方詩學意志，也體現在相關的唐詩選本上。

〔註 18〕此據孫琴安整理唐詩選本的發展所說：「第四次高潮出現在清乾隆年間。」參見氏著：《唐詩選本提要》，〈自序〉，頁 8。

另一方面，李懷民《重訂中晚唐詩主客圖》亦聚焦於中、晚唐詩，而且據李懷民所謂的「又恐晚唐風趨日下，而取晚之近於中者」，〔註 19〕揭示此選本尤以中唐詩為主，顯然中唐詩的重要性已體現在詩壇上。不過，相較於《唐宋詩醇》與《唐詩別裁集》重訂本青睞白居易，李懷民卻反而將白居易從唐代原版的《詩人主客圖》中移除，改為鎖定於張籍、賈島的五律，形成較獨特的中唐詩觀。

可以發現，就唐詩觀的發展變化來看，比起清初時期尚可見明代詩學觀的影響，在盛清乾隆年間，因御選《唐宋詩醇》使中唐詩更受矚目時，有像《唐詩別裁集》重訂本延續官方意志的選本，也有像《重訂中晚唐詩主客圖》注意到其他中唐詩家，說明了明人的影響力已下降，清人逐漸發展出關注中唐詩的不同視角。

三、嘉慶以後

姚鼐《今體詩鈔》刊定於嘉慶三年（1798），雖已過了唐詩選本的編纂熱潮，但以姚鼐所屬的桐城派而言，如孫琴安所說：

> 以劉大櫆、**姚鼐**為首的桐城派作家，雖然以研究和倡導古文為主，詩歌上主張**唐、宋詩兼取**，但他們對唐詩也甚有研究，……特別是唐詩選本方面對**清代中後期**所產生的影響，是應該引起我們重視的。〔註 20〕

可知桐城派的唐詩選本在清代中後期，具有不應小覷的影響力。而且在乾隆朝以後，唐、宋詩融合的思潮中，姚鼐《今體詩鈔》是典型的「唐、宋詩兼取」之例。但有別於翁方綱的肌理說主張宗宋詩，《今體詩鈔》選唐詩 15 卷、宋詩僅有 3 卷，唐詩的比重明顯更高，加以姚鼐的批點往往是基於盛唐詩而論，顯然姚鼐的選本仍是以唐詩為主。

姚鼐在唐、宋詩兼取的《今體詩鈔》中，更偏重於唐詩，而且是

〔註 19〕〔清〕李懷民輯評，張耕點校：《重訂中晚唐詩主客圖》，卷前〈重訂中晚唐詩主客圖說〉，頁 4～5。

〔註 20〕孫琴安：《唐詩選本提要》，〈自序〉，頁 10。

抱持著盛唐本位的立場論詩。對於中唐詩作，姚鼐雖以其整體不如盛唐，仍個別點出堪比於盛唐的優秀中唐詩家，也能欣賞中唐詩的獨特價值，可見姚鼐是秉持較為客觀合理的評論態度。

姚鼐的學生方東樹以分析章句、筆法的方式批點《今體詩鈔》，將桐城派的古文章法運用於說詩。方東樹的詩學觀也與姚鼐一樣偏重唐詩，故對涉及議論或語錄的宋詩加以批評，並稱許宋詩繼承唐詩之處。另外，方東樹基於盛唐詩本位，提出以杜甫、王維為宗主的七律派別，並將善於興在象外的中唐詩人接軌於杜甫，也讚揚寄託言志的中唐詩作，可以說方東樹同樣不吝於嘉許中唐詩之特點。但因為方東樹所處的時代即將爆發鴉片戰爭，在危急存亡的晚清，方東樹有更強烈的經世需求，故而對《今體詩鈔》所選的中唐詩，便持以更嚴苛的詩教觀審核。

第三節　四家唐詩選本的中唐詩觀

各具評選特色的四家唐詩選本，除了可以結合清代的詩學發展，綜合討論其與當時思潮相應之處，四家唐詩選本所揭示的中唐詩觀，也有著共同的特徵。

一、中唐詩之詩教觀

詩教觀可謂千古文人根深蒂固的概念，這在以科舉取士的清代，經學的重要性更是毋庸贅言。對於詩教之重視，同樣也體現在清代唐詩選本中。不論是溫柔敦厚的樸實情真，還是興觀群怨的社會教化，或是闡明詩旨之儒家道德等，詩教都是這四家唐詩選本論中唐詩的共同議題。

杜氏兄弟雖然上承晚明文人對情真的追求，重視中、晚唐詩人的真情流露，而且杜氏兄弟還特別強調：「別體裁、扶風雅，則俟當世之知言者。」〔註 21〕申明《中晚唐詩叩彈集》的評選宗旨並不在於維護

〔註21〕〔清〕杜詔、杜庭珠：《中晚唐詩叩彈集》，收入《四庫全書存目叢書》集部第406冊，卷前〈自序〉，頁2。

雅正傳統。然而，這並不是說杜氏兄弟的詩學觀就全然不涉及詩教。一來，《中晚唐詩叩彈集》收錄的中唐詩除了包含「緣情綺靡」之至性，也有「因時感憤」的一面，例如白居易規切時事的新樂府、張籍與王建針砭時弊的詩作，均被杜氏兄弟大量選錄，甚至是以瑰奇風格聞名的李賀，杜氏兄弟也特別剖析其諷諭疾呼之作，顯然《中晚唐詩叩彈集》的選評，也很重視詩歌的社會寫實意涵。二來，杜氏兄弟也指出：

> 或疑世之選詩者，皆以盛唐為宗，茲顧錄其所棄，何也？夫語詩之病曰：**好盡而易俚**。……然吾觀**《三百篇》**中一唱三歎，詞繁不殺，而**人不慮其盡**也，男女贈答、行路歌謠、草木蟲魚、嬉戲號怒，無所不備，而**人不病其俚**也，是其中有本焉。〔註22〕

歷來中、晚唐詩被指為不如盛唐詩者，在於其言盡意止與流於俚俗之弊，然而杜氏兄弟卻舉《詩經》為例，認為句中之重章復沓，並未被後人斥為繁冗盡言；且《詩經》亦常以生活型態入詩，也不會被說是庸俗鄙陋，故而中、晚唐詩之「好盡而易俚」，其實早在《詩經》即有這樣的表現。另外，詩教之「溫柔敦厚」，講求的便是淺淺道出的真情，是以杜氏兄弟主張的真摯詩情，也可謂源自於《詩經》。

李懷民在《重訂中晚唐詩主客圖》序文曰：「書情，即正心之學也。其言匠物，即格物之學也。」〔註23〕借用理學格物致知的修養功夫，指出詩人的抒情與寫物，均是心性涵養的體現。對於在《重訂中晚唐詩主客圖》位列宗主的張籍、賈島，李懷民也以孔門「狷之流也」相比擬，〔註24〕稱許張、賈二人有所為而有所不為的持正操守，而且當

〔註22〕〔清〕杜詔、杜庭珠：《中晚唐詩叩彈集》，收入《四庫全書存目叢書》集部第406冊，卷前〈自序〉，頁1。

〔註23〕〔清〕李懷民輯評，張耕點校：《重訂中晚唐詩主客圖》，卷前〈重訂中晚唐詩主客圖說〉，頁9。

〔註24〕〔清〕李懷民輯評，張耕點校：《重訂中晚唐詩主客圖》，卷前〈重訂中晚唐詩主客圖說〉，頁4。

李懷民提出賈島一門根源於「清真雅正主」張籍，意圖將兩派合而為一，「清真雅正」之名又是取自典雅純正的儒家規範。更甚者在於李懷民所說：「吾定《主客圖》，竊見張、賈門下諸賢，微論其才識高遠，要之氣骨稜稜，俱有不可一世、壁立萬仞之概。」〔註 25〕明言《重訂中晚唐詩主客圖》收錄的詩人，均有威嚴不阿的雄健氣概，再三印證了李懷民所持的儒家詩教立場。

以《唐詩別裁集》來說，早在初刻本中，沈德潛的序文即云：「審其宗旨，……以歸雅正。」〔註 26〕申明其選評以符合雅正詩教觀為要旨，並讚揚中唐詩委婉含蓄、怨而不怨的溫厚抒情。在重訂本中，沈德潛又一次強調：「先審宗指（旨）……歸於中正和平。」〔註 27〕以合乎儒家正道為選詩的第一要務。再者，沈德潛主要依循御選《唐宋詩醇》而重新修訂《唐詩別裁集》，除了增錄白居易、張籍、王建等人具有《國風》諷諫精神的樂府詩，也將《唐宋詩醇》提倡的儒家忠君思想加以放大。可知不論在《唐詩別裁集》的初刻本或重訂本，詩教觀都是沈德潛選評詩歌的首重之旨。

桐城派提倡的義理、辭章、考據三者，其中的「義理」即講求詩文內容必須依循儒家道統。身為桐城派領袖的姚鼐，編纂《今體詩鈔》的動機也是有感於近體詩「風雅之道日衰」，故欲藉由選本「以正雅祛邪」。〔註 28〕對於中唐詩的選評，姚鼐也在白居易七律強調：「滑俗之病，遂至濫惡，……非慎取之，何以維雅正哉？」〔註 29〕點出學白詩者易有鄙俗之弊，因此《今體詩鈔》所採錄的白居易之作，皆是姚鼐精

〔註 25〕〔清〕李懷民輯評，張耕點校：《重訂中晚唐詩主客圖》，卷前〈重訂中晚唐詩主客圖說〉，頁 9。

〔註 26〕〔清〕沈德潛：《唐詩別裁集》初刻本，卷前〈序〉，頁 1～2。

〔註 27〕〔清〕沈德潛：《唐詩別裁集》重訂本，卷前〈重訂唐詩別裁集序〉，頁 4。

〔註 28〕〔清〕姚鼐：《今體詩鈔》，收入《四部備要》集部第 584 冊，卷前〈五七言今體詩鈔序目〉，頁 1。

〔註 29〕〔清〕姚鼐：《今體詩鈔》，收入《四部備要》集部第 584 冊，卷前〈五七言今體詩鈔序目〉，頁 3。

挑細選，以期建立雅正的詩教觀。另外，姚鼐評點中唐詩是基於盛唐詩本位，指出中唐詩或可比於盛唐、或不足盛唐之處。其中，姚鼐對中唐詩的批評亦顯現其詩教立場，例如評韓翃〈送鄭員外〉曰：「此等語尤猥陋。」〔註 30〕便是就詩人用語不夠莊重而加以貶斥。

可以發現，在這四家選本當中，有像是《國風》那般，講求詩人的真摯性情，也有依循《詩經》的教化意涵，重視儒家道德規範，顯然四家選本對於中唐詩的選評，都涉及了詩教觀。

二、基於盛唐本位而論及中唐詩

本論文以「清代唐詩選本的中唐詩觀」為研究議題，並非指清代選本在四唐詩裡特別推崇中唐詩，而是相較於明代選本選盛唐詩比例高達 50%以上，清代選本則在宗尚盛唐的情況下，亦收錄中唐詩三成左右，形成推尊盛唐而兼及中唐的詩學觀。

像這種「抱持盛唐詩本位而兼論中唐詩」的現象，在四唐皆錄的選本當中，尤為明顯。首先來看沈德潛的《唐詩別裁集》，不論是在初刻本或重訂本，沈德潛皆明言「是集以李、杜為宗」，〔註 31〕而且對於中唐詩作的評論，沈德潛也是以盛唐詩為指標，點出中唐詩可與之相比擬者。另外，《唐詩別裁集》的初刻本與重訂本刊定於清初與盛清兩個時期，正好體現了明、清兩代選本選盛、中唐詩的比例差異。在清代初期，尚離前朝未遠，沈德潛仍受明代「詩必盛唐」的影響，故初刻本選盛唐詩的比例高達全本半數，中唐詩只佔二成多。到了乾隆年間，沈德潛則依循《唐宋詩醇》而增錄中唐詩，是以中唐詩的比例與盛唐詩相去不遠，形成宗尚盛唐而兼及中唐的選法。

《今體詩鈔》同樣是四唐皆選，而且兼採宋詩。姚鼐在《今體詩鈔》也是以盛唐為本位而論詩，例如在歸納中唐五律的整體表現，姚鼐

〔註 30〕〔清〕姚鼐：《今體詩鈔》，收入《四部備要》集部第 584 冊，七言卷 4，頁 3。

〔註 31〕分別參見〔清〕沈德潛：《唐詩別裁集》初刻本，卷前〈凡例〉，頁 2。〔清〕沈德潛：《唐詩別裁集》重訂本，卷前〈凡例〉，頁 2。

認為大曆詩人繼承盛唐的王維、孟浩然，但氣勢已弱；貞元以後則是氣勢、韻味俱失，形成以盛唐為核心、中唐以後逐漸衰退的脈絡。又如姚鼐嘉許個別中唐詩家，亦以「何減右丞」〔註32〕、「似孟公」〔註33〕等，以盛唐為基準而評價中唐詩人。

至於專選中、晚唐詩的《中晚唐詩叩彈集》、《重訂中晚唐詩主客圖》，是否代表杜氏兄弟或李懷民對中、晚唐的重視程度超越了盛唐？實則不然。

先從《中晚唐詩叩彈集》來看，雖然杜氏兄弟是考量「《品彙》庶稱大觀，然詳初、盛而略中、晚」，〔註34〕認為中、晚唐詩亦有值得關注的價值，是以編纂《中晚唐詩叩彈集》，然而杜氏兄弟也在凡例中說道：「此編者未必非初、盛之階梯，而《品彙》之鼓吹也。」〔註35〕申明他們選評《中晚唐詩叩彈集》，仍意在補充並宣揚高棅的《唐詩品彙》，而且杜氏兄弟之所以聚焦於中、晚唐詩，也是為了最終能進階至初、盛唐詩。再者，入選詩數最高的白居易，被杜氏兄弟賦予堪比於杜甫的極高讚譽，而這樣的佳評，同樣是基於盛唐杜甫而論。可知《中晚唐詩叩彈集》雖是專注於中、晚唐詩，杜氏兄弟的詩學觀依然是以盛唐詩為核心。

至於李懷民《重訂中晚唐詩主客圖》不僅將唐代原版的《詩人主客圖》，冠以「中晚唐詩」之名，又立定中唐的張籍、賈島為選本宗主，可知他對中唐詩極為關切。然而李懷民之所以重視中唐詩，並非是將之視為無以復加的詩學理想，而是如其序文所說：「學詩者誠莫如

〔註32〕〔清〕姚鼐：《今體詩鈔》，收入《四部備要》集部第584冊，五言卷7，頁2。

〔註33〕〔清〕姚鼐：《今體詩鈔》，收入《四部備要》集部第584冊，五言卷7，頁11。

〔註34〕〔清〕杜詔、杜庭珠：《中晚唐詩叩彈集》，收入《四庫全書存目叢書》集部第406冊，卷前〈例言〉，頁1。

〔註35〕〔清〕杜詔、杜庭珠：《中晚唐詩叩彈集》，收入《四庫全書存目叢書》集部第406冊，卷前〈例言〉，頁1。

中、晚，中、晚人得盛唐之精髓。」〔註36〕後學應以中、晚唐詩為典範，因為透過中、晚唐詩，方可探得盛唐詩之精髓，揭示《重訂中晚唐詩主客圖》聚焦在中、晚唐詩，是為了最後能走向盛唐詩這樣的終極殿堂。

可以發現，不論是四唐皆選的《唐詩別裁集》、《今體詩鈔》，或是專取中、晚唐詩的《中晚唐詩叩彈集》、《重訂中晚唐詩主客圖》，這些選本均抱持盛唐詩本位的立場而選評中唐詩。此外，因為四唐皆錄者已清楚明白地將詩學最高理想——盛唐詩，體現在選本中，也就不需要再透過中、晚唐詩，迂迴地向盛唐詩邁進，是以在《中晚唐詩叩彈集》、《重訂中晚唐詩主客圖》這類專取中、晚唐詩的選本裡，才會涉及「藉此達彼」這樣的學習路徑。

那麼該如何從中、晚唐詩邁向盛唐詩？杜氏兄弟雖然申明《中晚唐詩叩彈集》可作為「初、盛之階梯」，但他們也強調：「《品彙》以渾成含蓄為宗，是選以才調風情為主。」〔註37〕欲在關注盛唐詩的《唐詩品彙》之外，也顯現中、晚唐詩的多彩紛呈。是以杜氏兄弟著重在呈現中、晚唐的各家特色，並未論及如何由中、晚唐詩學習盛唐詩，筆者只能借助同樣專取中、晚唐詩的《重訂中晚唐詩主客圖》加以分析。

李懷民鼓吹學詩者從中、晚唐入門，至於為何不逕直學習盛唐詩？誠如李懷民指出：

> 自故明以來，學者非盛唐不言詩，於是乎**襲為渾淪宏闊之貌，飾為高華典冊之詞**，至前、後七子而其風益盛矣！余讀其詩，貌為高華，內實鄙陋，……然盛唐實不易學。〔註38〕

若直接學習盛唐詩，恐流於明代七子派那樣，只承襲到盛唐詩的雄渾

〔註36〕〔清〕李懷民輯評，張耕點校：《重訂中晚唐詩主客圖》，卷前〈重訂中晚唐詩主客圖說〉，頁4。

〔註37〕〔清〕杜詔、杜庭珠：《中晚唐詩叩彈集》，收入《四庫全書存目叢書》集部第406冊，卷前〈例言〉，頁1。

〔註38〕〔清〕李懷民輯評，張耕點校：《重訂中晚唐詩主客圖》，卷前〈重訂中晚唐詩主客圖說〉，頁4。

外貌與華美辭藻，無法掌握盛唐詩由內而外的渾成精妙。

既然盛唐詩不易學，是以李懷民建議：「學盛唐者看中、晚，……時相近，人相接，其心法相授。」中、晚唐人去盛唐未遠，對於盛唐人作詩的奧秘，應當是最為熟悉的，並且李懷民提醒道：

> 後學徒厭其淺卑顯露，而務為高深渾淪，是未下學而驟欲上達也。吾謂淺卑者實與人以可近，顯露者正與人以可尋。〔註 39〕

初學者通常會嚮往雄渾的盛唐詩，但也因為盛唐詩渾然天成而無跡可求，令人不得其門而入。反觀被斥為卑俗淺顯的中、晚唐詩，李懷民認為淺俗者讓人一目瞭然，正適合作為入門典範。

進一步結合《重訂中晚唐詩主客圖》立定的張籍、賈島二位宗主，李懷民評張籍詩「融結」〔註 40〕、「無跡象」〔註 41〕、「似常卻不常」〔註 42〕等，以其渾然一體，近似盛唐詩之不著痕跡，故欲從張籍詩入手，同樣是不易得的。至於被李懷民立為「清真僻苦主」的賈島，其苦吟之作雖然不如盛唐詩巧奪天工，但也因為賈島詩雕鏤有痕，讓後學有徑可循。再者，賈島詩的苦心煉造，相應於沈德潛評中唐詩「選言取勝」〔註 43〕、姚鼐論中唐詩人「刻意於五律」〔註 44〕，均顯現字句上精雕細琢的特徵，可以說中唐詩的琢磨功夫，即是引領後學通向盛唐詩的一條路徑。

三、中唐詩具備引導晚唐詩之作用

這四家唐詩選本選評中唐詩時，除了是基於盛唐本位的觀點，在另一方面，其對中唐詩的看法，亦常體現於晚唐詩之批點。

〔註 39〕〔清〕李懷民輯評，張耕點校：《重訂中晚唐詩主客圖》，卷前〈重訂中晚唐詩主客圖說〉，頁 4。

〔註 40〕〔清〕李懷民輯評，張耕點校：《重訂中晚唐詩主客圖》，上卷，頁 4。

〔註 41〕〔清〕李懷民輯評，張耕點校：《重訂中晚唐詩主客圖》，上卷，頁 26。

〔註 42〕〔清〕李懷民輯評，張耕點校：《重訂中晚唐詩主客圖》，上卷，頁 27。

〔註 43〕〔清〕沈德潛：《唐詩別裁集》重訂本，卷 11，頁 363。

〔註 44〕〔清〕姚鼐：《今體詩鈔》，收入《四部備要》集部第 584 冊，卷前〈五七言今體詩鈔序目〉，頁 2。

固然歷來將中、晚唐並論者屢見不鮮，例如宋代劉克莊（1187～1269）曰：「**張籍、王建輩稍束起書袋，剗去繁縟，趨於切近。世喜其簡便，競起效顰，遂為晚唐。**」〔註 45〕認為中唐張籍、王建的淺近詩風令晚唐人爭相效仿；又如元人郝經（1223～1275）云：「近世又儘為辭勝之詩，莫不惜李賀之奇，喜盧仝之怪，賞杜牧之警，趨元稹之豔。又下焉，則為**溫庭筠、李義山、許渾、王建。**」〔註 46〕論及當時詩學風尚傾向形式雕琢，郝經列舉時人競相效尤的對象，揉雜了中唐與晚唐詩家；再如明代胡應麟說道：「今人概以**中晚**束之高閣，若根腳堅牢，眼目精利，泛取讀之，亦足充擴心靈。」〔註 47〕李沂亦曰：「**中、晚**非無好詩，而嗜中晚者，但趨纖巧膚弱一路。」〔註 48〕指出明人對於唐詩之偏見，也是結合中唐與晚唐詩而論。

至於清代，如沈德潛《唐詩別裁集》所謂的「五六平平，**中晚**通病」〔註 49〕、「**中晚**五律，亦多佳制，然蒼莽之氣不存」〔註 50〕、「**中晚**律詩，每於頸聯振不起，往往索然興盡」〔註 51〕等，結合中唐與晚唐，論其律詩不足之處。不過就選詩比例來看，清代唐詩選本仍比明人更注意到中唐詩之價值，而且清人採錄晚唐詩的比例也從明代的不足一成，提升至近兩成，可以說中唐與晚唐在清代受到的關注度都是提高的。只是相較於清人選中唐詩數更接近於盛唐詩，晚唐詩的比例則相對偏低。本論文所探討的四家唐詩選本裡，還常出現以中唐詩評價

〔註 45〕〔宋〕劉克莊：《後村先生大全集》，收入《四部叢刊》集部第 62 冊（臺北：臺灣商務印書館，1979 年），卷 96，頁 2。

〔註 46〕〔元〕郝經：《陵川集》，收入《景印文淵閣四庫全書》集部第 131 冊（臺北：臺灣商務印書館，1983 年），卷 24，頁 9。

〔註 47〕〔明〕胡應麟：《詩藪》，外編卷 4，頁 180。

〔註 48〕〔明〕李沂：《唐詩援》，轉引自陳伯海主編：《唐詩論評類編》，頁 233。

〔註 49〕〔清〕沈德潛：《唐詩別裁集》重訂本，卷 12，評張籍〈薊北旅思〉，頁 397。

〔註 50〕〔清〕沈德潛：《唐詩別裁集》重訂本，卷 12，評賈島〈贈王將軍〉，頁 400。

〔註 51〕〔清〕沈德潛：《唐詩別裁集》重訂本，卷 12，評溫庭筠〈商山早行〉，頁 405。

晚唐詩的情況。

在四唐詩均收錄的選本中，《唐詩別裁集》、《今體詩鈔》雖然最為推舉盛唐詩，對中唐詩之選評，也往往基於盛唐而論，不過這並不妨礙編選者讚揚中唐佳作，乃至於就中唐詩而批點晚唐詩，例如沈德潛所評：

> 賈島〈暮過山村〉：後**李洞**全學此種。〔註 52〕
>
> 李頻〈湘中送友人〉：猶近**大曆十子**。〔註 53〕
>
> 鄭谷〈淮上與友人別〉：落句不言離情，卻從言外領取，與**韋左司**〈聞雁〉詩同一法也。〔註 54〕

在批點賈島〈暮過山村〉一詩，指出晚唐李洞均是仿之而作；又如評晚唐李頻（818～876）〈湘中送友人〉時，以其有近似大曆十才子之處；在鄭谷〈淮上與友人別〉，沈德潛也強調此詩之意在言外，可謂取法自韋應物詩。至於在《今體詩鈔》，姚鼐概述晚唐律詩則曰：「晚唐之才固愈衰，然五律有望見前人妙境者，轉賢於**長慶諸公**。」〔註 55〕以及「玉谿生雖晚出，而才力實為卓絕，七律佳音……猶足近掩**劉、白**。」〔註 56〕不論是褒揚晚唐五律佳者可勝過中唐長慶詩家，抑或以李商隱七律超越中唐白居易等人，〔註 57〕皆是取中唐詩為標準而衡量

〔註 52〕〔清〕沈德潛：《唐詩別裁集》重訂本，卷 12，頁 399。

〔註 53〕〔清〕沈德潛：《唐詩別裁集》重訂本，卷 16，頁 525。

〔註 54〕〔清〕沈德潛：《唐詩別裁集》重訂本，卷 20，頁 687。

〔註 55〕〔清〕姚鼐：《今體詩鈔》，收入《四部備要》集部第 584 冊，卷前〈五七言今體詩鈔序目〉，頁 2。

〔註 56〕〔清〕姚鼐：《今體詩鈔》，收入《四部備要》集部第 584 冊，卷前〈五七言今體詩鈔序目〉，頁 3。

〔註 57〕此處姚鼐所謂的「近掩劉、白」，以詩壇常見之並稱，理應指劉禹錫、白居易，但考量到姚鼐前文論中唐七律曰：「大歷（曆）十子，以**隨州**為最，……；至於長慶**香山**，以流易之體，極富贍之思。」僅涉及劉長卿、白居易二人，亦可能為姚鼐所謂的「劉、白」，不過並不影響姚鼐以李商隱七律更勝中唐詩家之論，是以此處僅以白居易概稱。姚鼐論中唐七律見氏著：《今體詩鈔》，收入《四部備要》集部第 584 冊，卷前〈五七言今體詩鈔序目〉，頁 3。

晚唐近體詩之成就。

在專選中、晚唐詩之選本，《中晚唐詩叩彈集》、《重訂中晚唐詩主客圖》在命題之初已然合併中唐與晚唐。其中，杜氏兄弟是因高棅《唐詩品彙》僅「詳初、盛而略中、晚」，〔註 58〕故著手刊定《中晚唐詩叩彈集》，強調中唐與晚唐詩均不應被忽略。在具體批點詩作時，亦可見杜氏兄弟由中唐詩論及晚唐的情況，像是：

李商隱〈韓碑〉：義山古詩奇麗有酷似**長吉**處，讀此篇直逼**退之**。〔註 59〕

陳陶〈小弄笛〉：此詩全摹**長吉**〈箜篌引〉，幽峭不及，而寄託近之。〔註 60〕

杜氏兄弟概述李商隱古詩之奇麗表現極似李賀，其〈韓碑〉一詩則有韓愈風格；又如評陳陶（812～885）〈小弄笛〉，杜氏兄弟以此詩之寄託近似李賀〈箜篌引〉，只是不如李詩幽深孤峭，這些都是基於中唐詩而評價晚唐之優劣。

至於李懷民在著手《重訂中晚唐詩主客圖》即主張：「又恐晚唐風趨日下，而**取晚之近於中者**。」〔註 61〕本就以中唐詩為採錄的核心指標。對於晚唐詩之批點，李懷民更是就該選本二位宗主張籍、賈島而論，比如：

項斯〈蠻家〉：從**水部**〈送蠻客〉、〈送南客〉、〈送南遷客〉、〈送海客〉數篇中翻轉而得。〔註 62〕

許渾〈游維山新興寺宿石屏村謝叟家〉：運題工絕，氣味亦純

〔註 58〕〔清〕杜詔、杜庭珠：《中晚唐詩叩彈集》，收入《四庫全書存目叢書》集部第 406 冊，卷前〈例言〉，頁 1。

〔註 59〕〔清〕杜詔、杜庭珠：《中晚唐詩叩彈集》，收入《四庫全書存目叢書》集部第 406 冊，卷 7，頁 6。

〔註 60〕〔清〕杜詔、杜庭珠：《中晚唐詩叩彈集》，收入《四庫全書存目叢書》集部第 406 冊，卷 11，頁 27。

〔註 61〕〔清〕李懷民輯評，張耕點校：《重訂中晚唐詩主客圖》，卷前〈重訂中晚唐詩主客圖說〉，頁 4。

〔註 62〕〔清〕李懷民輯評，張耕點校：《重訂中晚唐詩主客圖》，上卷，頁 93。

是**水部**。〔註63〕

曹松〈觀山寺僧穿井〉：極奇險卻極平實，學**賈**上乘。〔註64〕

鄭谷〈峨嵋山〉：苦澀全是**長江**。〔註65〕

李懷民認為項斯（～836～）〈蠻家〉乃汲取多首張籍詩之特色；在稱揚許渾（788～860）〈游維山新興寺宿石屏村謝叟家〉工絕之餘，亦指其能承繼張籍詩之韻味；又如評曹松（830～903）〈觀山寺僧穿井〉一詩奇險精煉卻出之以平實，可謂深得賈島詩之精髓；評鄭谷（849～911）〈峨嵋山〉之苦澀一如賈島詩。可以發現，李懷民經常著眼於晚唐詩作裡近似張籍、賈島之處，那麼反過來說，透過兩位中唐詩家，亦能更有效地解讀這些晚唐詩。因此，像四家選本在選評上結合中、晚唐而論，並著重指出晚唐詩對中唐之承繼關係，可說是體現了由中唐詩引導晚唐之意味。

第四節　清代唐詩選本的中唐詩觀之延伸議題

本論文以四部唐詩選本為例，探討清代唐詩選本的中唐詩觀，以下筆者就本論文的研究成果，概述可再行延伸的四項議題。

一、明、清兩代學詩風氣之差異

在清代專選中、晚唐詩的選本，如《中晚唐詩叩彈集》、《重訂中晚唐詩主客圖》欲以中、晚唐詩進階至盛唐詩，可說是迂迴地透過其他詩作趨近於詩學理想，如此作法不僅與明代文人大相逕庭，更可藉此觀照明、清兩代相異的學詩風尚。

明代選本收錄盛唐詩的比例高達該選本半數以上，在宗尚盛唐詩之餘，對初、中、晚唐詩則相對忽略。若說明代選本對盛唐詩的偏好，是為了顯現他們心中的詩歌理想，更是將盛唐詩視為學詩的最高範

〔註63〕〔清〕李懷民輯評，張耕點校：《重訂中晚唐詩主客圖》，上卷，頁106。
〔註64〕〔清〕李懷民輯評，張耕點校：《重訂中晚唐詩主客圖》，下卷，頁271。
〔註65〕〔清〕李懷民輯評，張耕點校：《重訂中晚唐詩主客圖》，下卷，頁332。

本，那麼明代編選者讓盛唐詩的比例遠高出其他時期的唐詩，可謂是編選者在彰顯個人好惡的同時，也揭示了他們表達詩學觀的極端態度，誠如鄔國平所說：「明代的詩文派系門牆漸嚴，各自的主張都以偏激為特徵。」〔註 66〕這種偏激源自於明代詩壇的百家爭鳴，為能脫穎而出，必須努力將自己的詩學理想舉至公認的神壇之上，一如明代有何者為某某詩體第一、何者為壓卷的各種辯爭。也因為明人不斷地探討「第一」、「壓卷」，只把焦點匯聚於頂峰佳作，至於頂峰之外的他者，則忽略不論。

再者，像是在「唐人七律第一之爭」，周勛初指出：「明人推重的近體詩是指那些技巧全然成熟而表現為精工的當的作品。」〔註 67〕例如李攀龍《古今詩刪》之「唐詩選」只收錄 740 首詩，卻將李頎僅存的 7 首七律全部選錄，並稱許：「七言律體諸家所難，王維、李頎頗臻其妙。」〔註 68〕周珽《刪補唐詩選脈箋釋會通評林》同樣全選李頎七律，且大力讚揚：「新鄉（李頎，曾為新鄉縣尉）七律，篇篇機宕神遠，盛唐妙品也。」〔註 69〕李頎七律之所以被譽為高出眾作，應如許學夷所說：「李篇什雖少，則篇篇合律矣。」〔註 70〕因為李頎詩合乎編選者們追求的格律技巧，是以獲得大力褒揚。如此全力推舉，也呼應明代詩壇相互傾軋的激烈情況。

反觀同樣是推崇盛唐詩的清人，沈德潛在詩體辯爭的議題則提出：

> **李滄溟**推王昌齡「秦時明月」為壓卷，**王鳳洲**推王翰「蒲萄

〔註 66〕鄔國平：《竟陵派與明代文學批評》（上海：上海古籍出版社，2004 年），頁 4。

〔註 67〕周勛初：〈從「唐人七律第一之爭」看文學觀念的演變〉，《文學評論》1985 年第 5 期（1985 年 10 月），頁 122。

〔註 68〕〔明〕李攀龍：〈選唐詩序〉，《古今詩刪》，收入《景印文淵閣四庫全書》集部第 557 冊，卷 10，頁 1。

〔註 69〕〔明〕周珽：《刪補唐詩選脈箋釋會通評林》，收入《四庫全書存目叢書補編》，盛七律上，頁 431。

〔註 70〕〔明〕許學夷著，杜維沫校點：《詩源辯體》，卷 17，頁 170。

> 美酒」為壓卷，本朝**王阮亭**則云：「必求壓卷，王維之『渭城』，李白之『白帝』，王昌齡之『奉帚平明』，王之渙之『黄河遠上』其庶幾乎？而終唐之世，亦無出四章之右者矣。」滄溟、鳳洲主氣，阮亭主神，**各自有見**。愚謂：**李益**之「回樂峰前」，**柳宗元**之「破額山前」，**劉禹錫**之「山圍故國」，**杜牧**之「煙籠寒水」，**鄭谷**之「揚子江頭」，氣象稍殊，亦堪接武。〔註71〕

明人李攀龍（號滄溟）、王世貞（號鳳洲），清初王士禛（號阮亭）所推尊者均為盛唐之作，其中，王士禛雖為清代人，不過從《唐賢三昧集》專選盛唐詩，可知王士禛尚離前朝不遠，其選詩心態亦傾向明代選本對盛唐的特別推崇。對於前輩們論爭七絕壓卷之作，沈德潛除了圓融地以「各自有見」作總結，又另外舉出數首可為接武的中唐詩，這不僅說明在盛唐詩之餘，沈德潛也注意到中唐詩的可觀性，而且中唐詩為何值得關注，應近似李懷民所謂的「顯露者正與人以可尋」，〔註72〕雖然中唐詩不太完美，只能是盛唐詩的「接武」，但正因其不夠渾成，有跡可循，反而能很好地引領後學入門。

再者，清人之所以會改由中、晚唐詩這樣的媒介向盛唐詩邁進，應是對於明人學習盛唐的方式提出反思，如同李懷民批評明代七子派末流擬作盛唐詩「貌為高華，內實鄙陋」，〔註73〕明人忽略自身與盛唐詩家的才華差異，誤以為模擬膚闊便可接近盛唐詩，一味地仿效盛唐詩雄渾高華的詞藻，流於樣板式地創作，不免讓人感嘆是妄以一步登天的方式直抵盛唐妙境。因此，清人轉向學習較淺顯易懂的中、晚唐詩，一如杜氏兄弟所謂的「遞相祖述，轉益多師，少陵緒言具

〔註71〕〔清〕沈德潛：《說詩晬語》，收入〔清〕丁福保編：《清詩話》，卷上，頁542～543。

〔註72〕〔清〕李懷民輯評，張耕點校：《重訂中晚唐詩主客圖》，卷前〈重訂中晚唐詩主客圖說〉，頁4。

〔註73〕〔清〕李懷民輯評，張耕點校：《重訂中晚唐詩主客圖》，卷前〈重訂中晚唐詩主客圖說〉，頁4。

在」，〔註 74〕取自杜詩之「轉益多師是汝師」，秉持多元學習的勤懇精神，這也如同蔣寅等人歸納的清代文學特色：「清人的學問基礎普遍勝於前代，諳熟傳統典籍，究心地域文化。」〔註 75〕清人往往是穩健勤懇地建立札實的研究基礎，從清代發展出的樸學、考據學等重視積累的學說，亦可印證清人講求按部就班的態度。

藉由本論文發掘清人有以中唐詩進階至盛唐詩的情況，應能進一步觀照明、清兩代的學詩態度：明人將盛唐詩視為典範，對盛唐詩的推崇，往往以一種偏頗，甚至偏激的方式，呼應明代詩派激烈爭執的情況；另一方面，清代文人同樣欲窺見盛唐詩之精髓，卻是採取多元而婉曲的前進方式，應是與清人做學問循序漸進的態度有關。

二、中唐詩人在選本與詩集的形象落差

本論文探討的四家唐詩選本，雖是相較於明代選本，對中唐詩有更高的關注度，然而唐詩選本呈現出的中唐詩形象，是否即為詩集的原始樣貌，還是已然經過評選家們重新塑造？例如主張「是選以才調風情為主」的《中晚唐詩叩彈集》，〔註 76〕重在揭示中、晚唐詩的各家風采。以李賀詩為例，前人多用「瑰奇譎怪」〔註 77〕、「調婉而詞豔，然詭幻多昧於理」〔註 78〕等，以瑰麗奇詭的風格論之，甚至如宋代嚴羽所云：「太白天仙之詞，長吉鬼仙之詞耳。」〔註 79〕相對於李白的天仙飄逸，李賀詩怪奇的「詩鬼」形象深入人心，可是在《中晚唐詩叩彈集》當中，杜氏兄弟除了明言李賀詩諷諭民瘼、慷慨忠貞的一面，又剖

〔註 74〕〔清〕杜詔、杜庭珠：《中晚唐詩叩彈集》，收入《四庫全書存目叢書》集部第 406 冊，卷前〈例言〉，頁 1。

〔註 75〕傅璇琮、蔣寅主編：《中國古代文學通論・清代卷》（瀋陽：遼寧人民出版社，2005 年），頁 17。

〔註 76〕〔清〕杜詔、杜庭珠：《中晚唐詩叩彈集》，收入《四庫全書存目叢書》集部第 406 冊，卷前〈例言〉，頁 1。

〔註 77〕〔宋〕張戒：《歲寒堂詩話》，卷上，頁 12。

〔註 78〕〔明〕胡應麟：《詩藪》，內編 3，頁 54。

〔註 79〕〔宋〕嚴羽：《滄浪詩話》，收入清・何文煥輯：《歷代詩話》，頁 695。

析：「玉川寒苦，長吉則獨發新豔，故錄長吉而不及玉川。」〔註80〕以豔麗論李賀詩，尚可謂符合詩人濃麗斑爛的用色，但若要說李賀詩因「新豔」的鮮明感，更勝盧仝詩的寒苦灰暗，這便與李賀「詩鬼」所為人熟知的詭譎幽冷詩風不太相合。因此，以「新豔」論李賀詩，其實是杜氏兄弟融入自身對明亮色調的偏好，形塑出帶有編選者審美取向的詩人形象。

在專選五律的《重訂中晚唐詩主客圖》，李懷民格外推崇張籍、賈島二位詩人。但就張籍而言，如前人所謂的「唐人作樂府者甚多，當以張文昌為第一」〔註81〕、「公於樂府古風，與王司馬自成機軸，絕世獨立」〔註82〕等，往往是就其與王建並稱的樂府，才是張籍為人稱道的詩體。甚至如宋代張戒（？～？）所說：「籍律詩雖有味而少文，遠不逮李義山、劉夢得、杜牧之。然籍之樂府，諸人未必能也。」〔註83〕在稱許張籍樂府超群卓越時，張籍的律詩反而不太出色。

反觀《重訂中晚唐詩主客圖》，李懷民以「不事雕鏤」〔註84〕、「平常而有至味」〔註85〕等語評價張籍詩，這與張戒指出的「有味而少文」看法相近。可是張戒認為律詩表現更加出色的劉禹錫、李商隱、杜牧等人，卻全然未見於專選五律的《重訂中晚唐詩主客圖》，顯然李懷民刻意拔高張籍律詩的成就。再者，李懷民以「氣骨稜稜，俱有不可一世、壁立萬仞之概」，〔註86〕讚頌《重訂中晚唐詩主客圖》所選詩家，賦予中、晚唐詩人偉岸雄健的形象。然而，其他詩論家們對中、晚唐的評

〔註80〕〔清〕杜詔、杜庭珠：《中晚唐詩叩彈集》，收入《四庫全書存目叢書》集部第406冊，卷4，頁22。
〔註81〕〔宋〕周紫芝：《竹坡詩話》，收入〔清〕何煥編：《歷代詩話》，頁354。
〔註82〕〔元〕辛文房撰，周本淳校正：《唐才子傳校正》，卷5，頁160。
〔註83〕〔宋〕張戒：《歲寒堂詩話》，收入《叢書集成初編》，卷上，頁10。
〔註84〕〔清〕李懷民輯評，張耕點校：《重訂中晚唐詩主客圖》，卷前〈重訂中晚唐詩主客圖說〉，頁2。
〔註85〕〔清〕李懷民輯評，張耕點校：《重訂中晚唐詩主客圖》，上卷，頁9。
〔註86〕〔清〕李懷民輯評，張耕點校：《重訂中晚唐詩主客圖》，卷前〈重訂中晚唐詩主客圖說〉，頁9。

價卻是「元氣不完，體格卑而聲氣亦降」〔註87〕、「詩至中晚，遞變遞衰」〔註88〕、「元和剝削一無生氣」〔註89〕等氣格卑弱之弊。可知李懷民乃以自身觀點重新詮釋了中、晚唐詩。

因此，本論文雖然揭示了清代唐詩選本對中唐詩的關注，但是選本所呈現的中唐詩人形象，是否相應於詩壇的普遍觀點？是否與詩家為人熟知的風格形象有別編選者與其他詩論家的看法，何者又更貼近詩集中的原始樣貌？這些議題還有待進一步探討。

三、清代唐詩選本的中唐詩人代表

清代選本對中唐詩的關注度提高，自然有不少中唐詩人獲得編選者的肯定，將這些肯定加以彙整，有哪些詩家是選本們同時涉及的對象，這樣的對象有沒有可能成為編選者們眼中的中唐詩人代表？以下即試論之。

首先，白居易是本論文四部選本裡，交集度最高的中唐詩家。例如在《中晚唐詩叩彈集》，白居易不僅是入選量最高的詩人，更被杜氏兄弟標舉為「於諸家中最為浩瀚」，〔註90〕無疑是《中晚唐詩叩彈集》的代表詩人。在《唐詩別裁集》重訂本中，白居易的入選詩數不但從初刻本的4首提升至60首，還被沈德潛譽為可與杜甫相提並論的重要詩人，其他如李賀、張籍、王建等人，也都因為與白居易有關而受到沈德潛的關注，白居易可謂是《唐詩別裁集》最具話題性的詩家。在《今體詩鈔》裡，姚鼐評白居易詩曰：「以流易之體，極富贍之思，非獨俗士

〔註87〕〔明〕陸時雍：《唐詩鏡》，收入《景印文淵閣四庫全書》集部第350冊，卷前〈詩鏡總論〉，頁24。

〔註88〕〔清〕賀貽孫：《詩筏》，收入郭紹虞編選，富壽蓀校點：《清詩話續編》，頁142。

〔註89〕〔清〕王夫之評選，王學太校點：《唐詩評選》（北京：文化藝術出版社，1997年），卷1，頁6。

〔註90〕〔清〕杜詔、杜庭珠：《中晚唐詩叩彈集》，收入《四庫全書存目叢書》集部第406冊，卷前〈例言〉，頁1。

奪魄，亦使勝流傾心。」〔註 91〕稱許白詩以淺近流暢之筆，蘊含宏麗之思，是雅俗共賞的佳作，可謂予以白居易極高的肯定。

至於《重訂中晚唐詩主客圖》雖然沒有收錄白居易之作，但也因為李懷民不選白詩，對比於乾隆時期的《唐宋詩醇》、《唐詩別裁集》等選本格外重視白居易，李懷民卻將白居易從唐代原版《詩人主客圖》剔除，如此刻意迴避之舉，反而可作為清代選本關注白居易詩的反向指標。

另一位頗具聲浪的中唐詩家則是劉長卿。例如在《唐詩別裁集》重訂本，劉長卿即是首位登場的中唐詩人，而且沈德潛所論之中唐各體詩特色，如五古之「中唐詩漸秀漸平」〔註 92〕、五律之「中唐詩近收斂，選言取勝」〔註 93〕等，指出中唐古體秀麗而平緩、近體格局小而善雕琢等整體評價，往往置於劉長卿之下，顯然沈德潛認為這些中唐特色，在劉長卿詩已可見一斑。更進一步地說，沈德潛認為劉長卿詩體現了盛、中唐詩的差異。又如《今體詩鈔》，姚鼐雖然基於盛唐詩本位，認為中唐詩相較於盛唐已漸趨衰弱，但是當姚鼐標舉「大歷十子以隨州為最」，〔註 94〕更稱許劉長卿詩可與盛唐王維比肩，這不僅是對劉長卿的高度肯定，也代表劉長卿詩兼具盛、中唐詩的特色。

劉長卿之作雖然沒有被收入《中晚唐詩叩彈集》，因為杜氏兄弟主張：「是選不及元和以上者，蓋以《品彙》所收。」認為大曆、貞元等中唐詩已可見於《唐詩品彙》，故不選錄，尤其劉長卿詩在《唐詩品彙》的入選量多達 171 首，高居全本第三名，僅次於李白、杜甫。〔註 95〕

〔註 91〕〔清〕姚鼐：《今體詩鈔》，收入《四部備要》集部第 584 冊，卷前〈五七言今體詩鈔序目〉，頁 3。

〔註 92〕〔清〕沈德潛：《唐詩別裁集》重訂本，卷 3，頁 87。

〔註 93〕〔清〕沈德潛：《唐詩別裁集》重訂本，卷 11，頁 363。

〔註 94〕〔清〕姚鼐：《今體詩鈔》，收入《四部備要》集部第 584 冊，卷前〈五七言今體詩鈔序目〉，頁 3。

〔註 95〕高棅《唐詩品彙》收錄詩數排名第一的是李白 398 首、第二是杜甫 299 首，其次則是劉長卿的 171 首，顯然劉長卿詩頗受高棅的關注。

《中晚唐詩叩彈集》既然意在補充《唐詩品彙》所忽略的中、晚唐詩，劉長卿自然不會是杜氏兄弟關注的對象。然而，若說劉長卿、乃至於整體大曆詩均因《唐詩品彙》已有選錄，是以《中晚唐詩叩彈集》略過不取，但是杜氏兄弟又說：「劉夢得亦與白齊名，在中唐最為挺拔，顧猶大曆之正音，而非長慶之同調，故闕之。」申明不採錄劉禹錫之作的原因，在於劉詩近似大曆風格，姑且不論劉禹錫詩是否真與大曆詩風相似，杜氏兄弟此論，明顯是將大曆詩排除在中唐之外，這是否代表大曆被杜氏兄弟歸屬於盛唐？若真是如此，杜氏兄弟對盛、中唐詩的區分，便迴異於其他清代選本的觀點，那麼其他選本又是如何界定中唐詩，也是可以進階探討的議題。

《重訂中晚唐詩主客圖》同樣沒有收錄劉長卿之作，若說這是因為李懷民更推舉張籍五律的淺淡詩風，劉長卿亦被其他詩評家譽為「五，七言律，劉體盡流暢，語半清空」，〔註 96〕甚至如清代賀裳所云：「隨州短律，始收斂氣力，歸於自然，……流為張籍一派，益事流走，景不越於目前。」〔註 97〕或是紀昀所謂：「隨州五言骨韻天然，非浪仙、文昌所可望。」〔註 98〕稱揚劉詩之天然韻味，更遠在李懷民所推崇的張籍、賈島之上，而且在其他唐詩選本裡，如沈德潛《唐詩別裁集》、姚鼐《今體詩鈔》對劉長卿五律亦讚譽有加，是以《重訂中晚唐詩主客圖》不選劉長卿詩，可能類似李懷民排除白居易詩的反逆心理。

可以發現，如白居易、劉長卿等中唐詩人，是本論文四家選本共同讚譽或刻意迴避的對象，而這背後還涉及編選者的唐詩觀，或是對盛、中唐詩的區分等議題。若再加以歸納其他清代唐詩選本，應能更全面觀照清人在中唐詩人代表上的共識，甚至能進一步梳理清人如何界定中唐詩風。

〔註 96〕〔明〕許學夷著，杜維沫校點：《詩源辯體》，卷 20，頁 226。

〔註 97〕〔清〕賀裳：《載酒園詩話》，收入郭紹虞編選，富壽蓀校點：《清詩話續編》，又編，頁 331。

〔註 98〕〔元〕方回輯，〔清〕紀昀刊誤：《瀛奎律髓刊誤》，收入《叢書集成續編》集部第 146 冊，卷 47，頁 23。

四、清代選本與今人對中唐詩的看法比較

清代唐詩選本雖然比明代更加關注中唐詩，清人依然是抱持盛唐本位而論及中唐。像清人這樣的中唐詩觀，尚不是直接肯定中唐詩人的開創性。中唐人經歷過政治與環境的劇變，詩作不再如盛唐詩那般充滿昂揚高張的熱情，自是在所難免。但清代詩評家論中唐詩，往往是「古體頓減渾厚之氣」〔註99〕、「體格卑而聲調亦降」〔註100〕、「實宗王、孟，氣則弱矣」〔註101〕等，強調中唐詩如何不如盛唐，縱然偶有認可中唐之處，也是以盛唐詩為核心，點出中唐詩近似盛唐的表現。可以說清代唐詩選本評價中唐詩的視角，並不是將中唐視為一個值得獨立關注的對象，而是把中唐當作盛唐的附庸而已。

反觀今人在評價中唐詩時，如吳相洲所說：

> 詩國裡需要的是多彩的花朵，並**不需要盛唐之音的復（複）製品**。如果沒有對盛之音的徹底突破，就不會真正形成自己的面目，中唐後期也不會出現那麼多有影響的詩人。〔註102〕

顯然其審視中唐詩的角度，不再是依附於盛唐詩，而是直面詩人的努力，肯定中唐詩各項獨特的價值。

今人對中唐詩的特色分析，像是宇文所安指出：「針對自然秩序所發出的疑問，使得中唐詩的自然景觀產生了巨大的分野。」〔註103〕中唐詩在寫景上出現前所未見的變化，這種轉變在川合康三論中唐詩人之終南山書寫，也有類似看法如下：

> 以往縈繞著終南山的象徵意義已無人顧及，尋找過去沒有寫過的、屬於自己捕捉到的特殊部分，成為中唐吟詠終南山詩

〔註99〕〔清〕沈德潛：《唐詩別裁集》重訂本，卷3，頁87。

〔註100〕〔清〕沈德潛：《唐詩別裁集》重訂本，卷11，頁363。

〔註101〕〔清〕姚鼐：《今體詩鈔》，收入《四部備要》集部第584冊，卷前〈五七言今體詩鈔序目〉，頁2。

〔註102〕吳相洲：《中唐詩文新變》（臺北：商鼎文化出版社，1996年），頁275。

〔註103〕〔美〕宇文所安：《中國「中世紀」的終結——中唐文學文化論集》，頁40。

歌的一個特徵。〔註 104〕

盛唐人往往以渾成的整體視角觀照自然景物，是因為「盛唐詩人對世界的存在所具有的不可動搖的信賴」，〔註 105〕是以他們能滿懷希望地歌詠終南山的神性。然而，中唐人經歷了世界觀的毀滅，轉而關注眼下所能掌握到的景象，並以自己的體會重新詮釋終南山。如川合康三分析韓愈〈南山詩〉之寫景所說：「韓愈在這裡寫的是以自己的個人體驗所捕捉到的，因場所、時間不同而變幻各異的終南山的全貌。……他纖毫無遺地記下了構成終南山的多樣的地形，描寫因季節、晨夕而發生的變化。」像韓詩如此細膩的筆觸，清人論中唐詩時也有發現，如李懷民評賈島詩「搜剔極細」〔註 106〕、「警聳處全是鍊功」〔註 107〕，或是像姚鼐論白居易詩「寫景之工」〔註 108〕等，不僅稱許其摹景刻畫入微，也注意到中唐詩人雕飾字句的特色。然而，清代詩評家們關心的仍是中唐詩的刻畫雕琢，尚不及盛唐詩之渾成精妙，今人則因為能平視盛、中唐詩各自的價值，故能關注到渾然一體與細部描繪的差異，代表盛、中唐詩觀看世界的迥異視角。

再者，盛、中唐詩寫物之所以不同，如孟二冬分析：「中唐詩歌意境及其藝術風貌的轉變，既是由於社會時代的客觀環境所致，同時也是中唐詩人刻意求新的結果。」〔註 109〕正因為今人注意到中唐的「刻意求新」，知道中唐詩人對於自己的詩人身分有所體認，因此今人能著眼於中唐的詩人意識，細部檢視中唐詩異於前人之處。像今人這樣專注於中唐詩的每一項創新，明顯不同於清人以盛唐詩觀照中唐詩，故而從本論文探討清代唐詩選本的中唐詩觀，應可加以延伸，進一步比

〔註 104〕〔日〕川合康三：《終南山的變容——中唐文學論集》，頁 77。

〔註 105〕〔日〕川合康三：《終南山的變容——中唐文學論集》，頁 76。

〔註 106〕〔清〕李懷民輯評，張耕點校：《重訂中晚唐詩主客圖》，下卷，頁 191。

〔註 107〕〔清〕李懷民輯評，張耕點校：《重訂中晚唐詩主客圖》，下卷，頁 184。

〔註 108〕〔清〕姚鼐：《今體詩鈔》，收入《四部備要》集部第 584 冊，卷前〈五七言今體詩鈔序目〉，頁 3。

〔註 109〕孟二冬：《中唐詩歌之開拓與新變》（北京：北京大學出版社，1998 年），頁 95。

較今人如何看待中唐詩。

對於清代唐詩選本的中唐詩觀，本論文從杜詔與杜庭珠兄弟、沈德潛、李懷民、姚鼐這四家選本探討。礙於研究能力與篇幅有限，其中仍有諸多不足，日後擬就上述所論者繼續深耕。也期待本論文的成果可為研究基礎，引起學者們延伸拓展。

參考文獻

一、傳統文獻

1. 唐・王定保：《唐摭言》，收入《筆記小說大觀》20 編，臺北：新興書局，1978 年。
2. 唐・元稹：《新刊元微之文集》，收入《宋蜀刻本唐人集叢刊》，上海：上海古籍出版社，1994 年。
3. 唐・白居易：《白居易集》，臺北：漢京文化事業有限公司，1984 年。
4. 唐・李賀撰，清・王琦彙解：《協律鈎玄》，收入《續修四庫全書》集部第 1311 冊，上海：上海古籍出版社，2002 年。
5. 唐・李賀著，吳企明箋注：《李長吉歌詩編年箋注》，北京：中華書局，2012 年。
6. 唐・柳宗元著，明・孫同峯評點：《唐柳柳州全集》，臺北：新文豐出版股份有限公司，1979 年。
7. 唐・高仲武：《中興間氣集》，收入《唐人選唐詩》，臺北：河洛圖書出版社，1975 年。
8. 唐・張為：《主客圖》，收入《續修四庫全書》集部第 1694 冊，上海：上海古籍出版社，2002 年。

9. 唐．陸龜蒙：《松陵集》，臺北：臺灣商務印書館，1981 年。
10. 唐．韓愈撰，清．馬其昶校注，馬茂元編次：《韓昌黎文集校注》，臺北：頂淵文化事業有限公司，2005 年。
11. 蜀．韋縠編，清．馮舒、馮班評點：《才調集》，收入《四庫全書存目叢書》集部第 288 冊，臺南：莊嚴文化事業有限公司，1997 年。
12. 宋．朱熹：《論語集注》，《四書章句集注》，臺北：大安出版社，1999 年。
13. 宋．李昉等奉敕編：《文苑英華》，收入《景印文淵閣四庫全書》集部第 278 冊，臺北：臺灣商務印書館，1983 年。
14. 宋．周紫芝：《竹坡詩話》，收入清．何煥編：《歷代詩話》，北京：中華書局，1981 年。
15. 宋．張戒：《歲寒堂詩話》，收入《叢書集成初編》，北京：中華書局，1985 年。
16. 宋．曾季貍：《艇齋詩話》，臺北：廣文書局，1971 年。
17. 宋．黃徹：《䂬溪詩話》，收入清．丁福保輯：《歷代詩話續編》，北京：中華書局，1983 年。
18. 宋．趙令畤：《侯鯖錄》，收入《歷代史料筆記叢刊》，北京：中華書局，2002 年。
19. 宋．劉克莊：《後村先生大全集》，收入《四部叢刊》集部第 62 冊，臺北：臺灣商務印書館，1979 年。
20. 宋．樂史：《楊太真外傳》，收入《續修四庫全書》第 1783 冊，上海：上海古籍出版社，2002 年。
21. 宋．歐陽脩、宋祁：《新唐書》，北京：中華書局，1975 年。
22. 宋．歐陽脩：《六一詩話》，收入清．何文煥輯：《歷代詩話》，北京：中華書局，1981 年。
23. 宋．蔡絛：《西清詩話》，收入《中國詩話珍本叢書》第 1 冊，北京：北京圖書館出版社，2004 年。
24. 宋．魏泰：《臨漢隱居詩話》，收入清．何文煥輯：《歷代詩話》，北京：中華書局，1981 年。
25. 宋．嚴羽：《滄浪詩話》，收入清．何文煥輯：《歷代詩話》，北京：中華書局，1981 年。
26. 元．方回：《瀛奎律髓》，收入《景印文淵閣四庫全書》集部第 305 冊，臺北：臺灣商務印書館，1983 年。
27. 元．方回輯，清．紀昀刊誤：《瀛奎律髓刊誤》，收入《叢書集成續編》集部第 146 冊，上海：上海書店，1994 年。
28. 元．方回選評，李慶甲集評校點：《瀛奎律髓彙評》，上海：上海古籍出版社，2005 年。
29. 元．辛文房撰，周本淳校正：《唐才子傳校正》，臺北：文津出版社，1988 年。
30. 元．郝經：《陵川集》，收入《景印文淵閣四庫全書》集部第 131 冊，臺北：臺灣商務印書館，1983 年。
31. 明．王世貞：《藝苑卮言》，收入周維德集校：《全明詩話》第 3 冊，濟南：齊魯書社，2005 年。
32. 明．李東陽：《麓堂詩話》，收入《叢書集成初編》，北京：中華書局，1985 年。
33. 明．李攀龍：《古今詩刪》，收入《景印文淵閣四庫全書》集部第 557 冊，臺北：臺灣商務印書館，1986 年。
34. 明．周珽：《刪補唐詩選脈箋釋會通評林》，收入《四庫全書存目叢書補編》，濟南：齊魯書社，2001 年。
35. 明．胡應麟：《詩藪》，臺北：文馨出版社，1973 年。
36. 明．胡震亨：《唐音癸籤》，臺北：木鐸出版社，1982 年。
37. 明．袁宏道：《袁中郎全集》，臺北：偉文圖書出版社，1976 年。
38. 明．徐增：《說唐詩》，鄭州：中州古籍出版社，1990 年。

39. 明・高棅編選，日・東聚箋注：《唐詩正聲箋注》，日天保 12 年（1841）刊本，日本早稻田大學圖書館數位典藏。
40. 明・高棅：《唐詩品彙》，臺北：學海出版社，1983 年。
41. 明・許學夷著，杜維沫校點：《詩源辯體》，北京：人民文學出版社，1998 年。
42. 明・陸時雍：《古詩鏡》，收入《景印文淵閣四庫全書》集部第 350 冊，臺北：臺灣商務印書館，1983 年。
43. 明・陸時雍：《唐詩鏡》，收入《景印文淵閣四庫全書》集部第 350 冊，臺北：臺灣商務印書館，1983 年。
44. 明・楊慎：《升庵集》，收入《景印文淵閣四庫全書》集部第 209 冊，臺北：臺灣商務印書館，1983 年。
45. 明・謝榛：《四溟詩話》，收入《叢書集成初編》，北京：中華書局，1985 年。
46. 明・鍾惺、譚元春：《唐詩歸》，明刻本，美國哈佛大學燕京圖書館數位典藏。
47. 清・毛先舒：《詩辯坻》，收入郭紹虞編選，富壽蓀校點：《清詩話續編》，臺北：木鐸出版社，1983 年。
48. 清・方東樹評，汪中編：《方東樹評今體詩鈔》，臺北：聯經出版事業股份有限公司，1975 年。
49. 清・方東樹著，汪紹楹校點：《昭昧詹言》，北京：人民文學出版社，1984 年。
50. 清・王堯衢：《古唐詩合解》，臺北：文政出版社，年分不詳。
51. 清・王闓運：《唐詩選》，上海：上海古籍出版社，1989 年。
52. 清・王夫之評選，王學太校點：《唐詩評選》，北京：文化藝術出版社，1997 年。
53. 清・牟愿相：《小澥草堂雜論詩》，收入郭紹虞編選，富壽蓀校點：《清詩話續編》，臺北：木鐸出版社，1983 年。

54. 清・宋宗元：《網師園唐詩箋註》，清尚絅堂藏版，美國哈佛大學燕京圖書館數位典藏。
55. 清・李因培選評，凌應曾編注：《唐詩觀瀾集》，清乾隆二十四年（1759）江蘇學署本衙藏版，美國哈佛大學燕京圖書館數位典藏。
56. 清・李懷民輯評，張耕點校：《重訂中晚唐詩主客圖》，北京：中華書局，2018 年。
57. 清・吳喬：《答萬季野詩問》，收入清・丁福保編：《清詩話》，臺北：明倫出版社，1971 年。
58. 清・吳喬：《圍爐詩話》，收入郭紹虞編選，富壽蓀校點：《清詩話續編》，臺北：木鐸出版社，1983 年。
59. 清・杜紹、杜庭珠：《中晚唐詩叩彈續集》，收入《四庫全書存目叢書》集部第 406 冊，臺南：莊嚴文化事業有限公司，1997 年。
60. 清・杜詔、杜庭珠：《中晚唐詩叩彈集》，收入《四庫全書存目叢書》集部第 406 冊，臺南：莊嚴文化事業有限公司，1997 年。
61. 清・沈葆楨、吳坤修修，清・何紹基、楊沂孫纂：《（光緒）重修安徽通志》，收入《續修四庫全書》史部第 653 冊，上海：上海古籍出版社，2002 年。
62. 清・沈德潛：《唐詩別裁集》初刻本，清康熙五十六年（1717）碧梧書屋藏版，中國國家圖書館數位典藏。
63. 清・沈德潛：《說詩晬語》，收入清・丁福保編：《清詩話》，臺北：明倫出版社，1971 年。
64. 清・沈德潛：《唐詩別裁集》重訂本，上海：上海古籍出版社，2013 年。
65. 清・姚鼐：《今體詩鈔》，收入《四部備要》集部第 584 冊，臺北：中華書局，1981 年。
66. 清・姚鼐：《惜抱軒詩文集》，上海：上海古籍出版社，1992 年。
67. 清・唐汝詢：《唐詩解》，清順治己亥年（1659）萬笈堂藏板，美國哈佛大學燕京圖書館數位典藏。

68. 清·孫洙著，陳婉俊補註：《唐詩三百首》，臺北：華正書局，1974年。
69. 清·翁方綱：《石洲詩話》，收入郭紹虞編選，富壽蓀校點：《清詩話續編》，臺北：木鐸出版社，1983 年。
70. 清·張維屏：《國朝詩人徵略初編》，臺北：明文書局，1985 年。
71. 清·清高宗御選：《唐宋詩醇》，臺北：臺灣中華書局，1971 年。
72. 清·梁章鉅：《退庵隨筆》，揚州：江蘇廣陵古籍刻印社，1997 年。
73. 清·喬億：《劍溪說詩》，收入郭紹虞編選，富壽蓀校點：《清詩話續編》，臺北：木鐸出版社，1983 年。
74. 清·喬億選編，雷恩海箋注：《大曆詩略箋釋輯評》，天津：天津古籍出版社，200 年。
75. 清·賀貽孫：《詩筏》，收入郭紹虞編選，富壽蓀校點：《清詩話續編》，臺北：木鐸出版社，1983 年。
76. 清·賀裳：《載酒園詩話》，收入郭紹虞編選，富壽蓀校點：《清詩話續編》，臺北：木鐸出版社，1983 年。
77. 清·馮班：《鈍吟雜錄》，收入《明清筆記史料叢刊》第 147 冊，北京：中國書店，2000 年。
78. 清·黃生：《唐詩矩》，收入清·黃生著，諸偉奇主編：《黃生全集》，合肥：安徽大學出版社，2009 年。
79. 清·黃生：《唐詩摘抄》，收入清·黃生著，諸偉奇主編：《黃生全集》，合肥：安徽大學出版社，2009 年。
80. 清·黃叔燦：《唐詩箋註》，清乾隆乙酉年（1765）松筠書屋藏板，美國哈佛大學燕京圖書館數位典藏。
81. 清·黃宗羲：《明文海》，收入《景印文淵閣四庫全書》集部第 394～395 冊，臺北：臺灣商務印書館，1983 年。
82. 清·楊逢春：《唐詩繹》，清乾隆甲午年（1774）無錫楊氏紉香書屋，美國哈佛大學燕京圖書館數位典藏。

83. 清．葉燮：《已畦集》，收入《四庫全書存目叢書》集部第 244 冊，臺南：莊嚴文化事業有限公司，1997 年。
84. 清．趙翼：《甌北詩話》，收入郭紹虞編選，富壽蓀校點：《清詩話續編》，臺北：木鐸出版社，1983 年。
85. 清．趙爾巽等撰：《清史稿》，北京：中華書局，1998 年。
86. 清．錢謙益：《列朝詩集》，收入《四庫禁燬書叢刊》集部第 95 冊，北京：北京出版社，2000 年。
87. 清．薛雪：《一瓢詩話》，收入清．丁福保編：《清詩話》，臺北：明倫出版社，1971 年。
88. 清．蘅塘退士手編，鴛湖散人撰輯：《唐詩三百首集釋》，臺北：藝文印書館，1991 年。
89. 清．顧宗泰：《月滿樓詩文集》，收入《清代詩文集彙編》第 425 冊，上海：上海古籍出版社，2010 年。

二、近人論著

1. 吳湘洲：《中唐詩文新變》，臺北：商鼎文化出版社，1996 年。
2. 吳振華：《韓愈詩歌藝術研究》，蕪湖：安徽師範大學出版社，2012 年。
3. 杜曉勤：《隋唐五代文學研究》，北京：北京出版社，2001 年。
4. 李貴：《中唐至北宋的典範選擇與詩歌因革》，上海：復旦大學出版社，2012 年。
5. 肖瑞峰：《劉禹錫詩研究》，杭州：浙江大學出版社，2016 年。
6. 孟二冬：《中唐詩歌之開拓與新變》，北京：北京大學出版社，1998 年。
7. 查清華：《明代唐詩接受史》，上海：上海古籍出版社，2006 年。
8. 唐曉敏：《中唐文學思想研究》，北京：北京師範大學出版社，2000 年。

9. 孫琴安：《唐詩選本提要》，上海：上海書店出版社，2005 年。
10. 孫春青：《明代唐詩學》，上海：上海古籍出版社，2006 年。
11. 徐復觀：《中國文學論集》，臺北：臺灣學生書局，1974 年。
12. 徐玉美：《姚合及其詩研究》，臺北：花木蘭文化出版社，2009 年。
13. 徐國能：《清代詩論與杜詩批評——以神韻、格調、肌理、性靈為論述中心》，臺北：里仁書局，2009 年。
14. 國立編譯館主編，李建崑校注：《張籍詩集校注》，臺北：華泰文化事業股份有限公司，2001 年。
15. 張健：《清代詩學研究》，北京：北京大學出版社，1999 年。
16. 張巍：《杜甫及中晚唐詩研究》，濟南：齊魯書社，2011 年。
17. 郭紹虞：《中國文學批評史》，臺北：明倫書局，1969 年。
18. 陳伯海：《唐詩學引論》，上海：東方出版中心，1988 年。
19. 陳伯海主編：《唐詩論評類編》，濟南：山東教育出版社，1993 年。
20. 陳伯海主編：《唐詩彙評》，杭州：浙江教育出版社，1995 年。
21. 陳伯海主編：《唐詩論評類編（增訂版）》，上海：上海古籍出版社，2015 年。
22. 陳伯海、李定廣編著：《唐詩總集纂要》，上海：上海古籍出版社，2016 年。
23. 陳國球：《明代復古派唐詩論研究》，北京：北京大學出版社，2007 年。
24. 陳美朱：《明清唐詩選本之杜詩選評比較》，臺北：臺灣學生書局，2015 年。
25. 傅璇琮：《唐代詩人叢考》，北京：中華書局，2003 年。
26. 傅璇琮、蔣寅主編：《中國古代文學通論．清代卷》，瀋陽：遼寧人民出版社，2005 年。

27. 賀嚴：《清代唐詩選本研究》，北京：人民出版社，2007 年。

28. 鄔國平：《竟陵派與明代文學批評》，上海：上海古籍出版社，2004 年。

29. 劉竹青：《孟郊、賈島詩比較研究》，臺北：文史哲出版社，2007 年。

30. 劉京臣：《盛唐中唐詩對宋詞影響研究》，北京：中國社會科學出版社，2014 年。

31. 蔣寅：《大曆詩風》，上海：上海古籍出版社，1992 年。

32. 蔣寅：《清詩話考》，北京：中華書局，2005 年。

33. 蔣寅：《百代之中：中唐的詩歌史意義》，北京：北京大學出版社，2013 年。

34. 蔡柏盈：《中晚唐綺豔詩中的「豔色」與「抒情」》，臺北：花木蘭文化出版社，2010 年。

35. 謝明輝：《王建詩歌研究》，臺北：花木蘭文化出版社，2008 年。

36. 日・川合康三：《終南山的變容——中唐文學論集》，上海：上海古籍出版社，2007 年。

37. 美・宇文所安：《中國「中世紀」的終結——中唐文學文化論集》，臺北：聯經出版事業股份有限公司，2007 年。

三、學位論文

1. 于海安：《沈德潛「唐詩別裁集」之「別裁」研究》，廣州：暨南大學文學院碩士論文，2011 年。

2. 毛文靜：《「唐賢三昧集」研究》，上海：上海師範大學人文學院碩士論文，2011 年。

3. 王啟芳：《晚清桐城詩派研究》，濟南：山東大學文學院博士論文，2014 年。

4. 田亞：《方東樹詩學的宋詩本位與桐城義法》，貴陽：貴州師範大學文學院碩士論文，2009 年。

5. 田明珍：《沈德潛視野中的唐詩典範——以「唐詩別裁集」選評李白、杜甫、王維為中心的考察》，武漢：華中師範大學文學院碩士論文，2014 年。
6. 史哲文：《論方東樹的唐詩觀》，泉州：華僑大學文學院碩士論文，2014 年。
7. 李圍圍：《姚鼐「五七言今體詩鈔」研究》，南京：南京師範大學文學院碩士論文，2011 年。
8. 沈菲：《「唐風定」研究》，南京：南京師範大學文學院碩士論文，2011 年。
9. 武菲：《沈德潛「唐詩別裁集」研究》，西安：陝西師範大學文學院碩士論文，2007 年。
10. 幸玉珊：《「中晚唐詩叩彈集」研究》，南昌：江西師範大學文學院碩士論文，2012 年。
11. 胡娛：《杜詔及「中晚唐詩叩彈集」研究》，杭州：杭州師範大學人文學院碩士論文，2013 年。
12. 張君華：《昭亮詩歌的昧見——「昭昧詹言」的詩學邏輯》，南寧：廣西民族大學文學院碩士論文，2017 年。
13. 梁創榮：《方東樹「昭昧詹言」中古詩歌批評研究》，廣州：暨南大學文學院碩士論文，2014 年。
14. 陳曉紅：《方東樹詩學研究》，上海：復旦大學中文系博士論文，2010 年。
15. 陳豔芬：《「唐詩歸」與「唐詩鏡」比較研究》，哈爾濱：黑龍江大學文學院碩士論文，2012 年。
16. 陳琦：《「重訂中晚唐詩主客圖」研究》，西寧：青海師範大學文學院碩士論文，2018 年。
17. 黄瓊：《「唐詩快」研究》，上海：上海師範大學人文學院碩士論文，2009 年。

18. 黃罷：《「唐詩選」與「唐詩三百首」對比研究》，烏魯木齊：新疆師範大學文學院碩士論文，2011 年。
19. 黃振新：《方東樹「昭昧詹言」詩學思想研究》，蕪湖：安徽師範大學文學院碩士論文，2012 年。
20. 楊淑華：《方東樹「昭昧詹言」及其詩學定位》，臺南：成功大學中文系博士論文，2004 年。
21. 趙娜：《清代順康雍時期唐宋詩之爭流變研究》，蘇州：蘇州大學文學院博士論文，2009 年。
22. 熊嘯：《明清豔詩初論》，上海：上海師範大學人文學院博士論文，2015 年。
23. 鄭佳倫：《沈德潛「唐詩別裁集」之詩觀研究》，桃園：中央大學中文系碩士論文，1999 年。
24. 韓勝：《清代唐詩選本研究》，天津：南開大學文學院博士論文，2005 年。
25. 鍾美玲：《論方東樹的六朝詩觀》，泉州：華僑大學文學院碩士論文，2016 年。
26. 蘇曉辰：《試論李攀龍的「唐詩刪」》，哈爾濱：黑龍江大學文學院碩士論文，2011 年。

四、單篇論文

1. 王水照：〈永遠的《唐詩三百首》〉，《中國韻文學刊》第 19 卷第 1 期（2005 年 3 月），頁 1～3。
2. 王宏林：〈論沈德潛對白居易的評價〉，《河南教育學院學報（哲學社會科學版）》2006 年第 5 期（2006 年 9 月），頁 52～55。
3. 王宏林：〈論《唐詩三百首》的經典觀〉，《文藝理論研究》2013 年第 5 期（2013 年 9 月），頁 112～118。

4. 王志清：〈「美不自美」：中唐詩美的人化自然特徵〉，《江淮論壇》2004 年第 6 期（2004 年 12 月），頁 131～134。
5. 田豐：〈方東樹韓詩論的理學特色——依據《昭昧詹言》的考察〉，《新世紀圖書館》2017 年第 2 期（2017 年 2 月），頁 82～87。
6. 江波、劉永紅：〈中晚唐詩歌氣象的流變探析〉，《文學界（理論版）》2011 年第 2 期（2011 年 2 月），頁 131～132。
7. 呂美生：〈方東樹《昭昧詹言》的價值取向〉，《學術月刊》2000 年第 10 期（2000 年 10 月），頁 88～93。
8. 李成晴：〈《唐詩別裁集》一個選集經典的確立〉，《文藝評論》2016 年第 2 期（2016 年 2 月），頁 72～78。
9. 李聰聰：〈沈德潛《唐詩別裁集》對韋應物的獨特定位〉，《陰山學刊》第 32 卷第 3 期（2019 年 6 月），頁 19～23。
10. 幸玉珊：〈《中晚唐詩叩彈集》編選宗旨探析〉，《大觀周刊》第 43 期（2011 年 11 月），頁 14。
11. 周勛初：〈從「唐人七律第一之爭」看文學觀念的演變〉，《文學評論》1985 年第 5 期（1985 年 10 月），頁 118～123。
12. 周劍之：〈從三分模式到兩重標準：《昭昧詹言》的詩歌敘事學〉，《勵耘學刊》2020 年第 1 輯（2020 年 8 月），頁 193～216。
13. 施子愉：〈唐代科舉制度與五言詩的關係〉，《東方雜志》第 40 卷第 8 號（1944 年 4 月），頁 37～40。
14. 柯萬成：〈韓愈「以詩為教」與張籍「以詩為報」〉，《漢學研究集刊》第 11 期（2010 年 12 月），頁 23～43。
15. 范昕：〈中唐詩風流變對盛唐風貌的突破與超越〉，《學理論》第 26 期（2010 年 9 月），頁 183～184。
16. 范建明：〈關於《唐詩別裁集》的修訂及其理由——「重訂本」與「初刻本」的比較〉，《逢甲人文社會學報》第 25 期（2012 年 12 月），頁 57～74。

17. 徐希平：〈方東樹《昭昧詹言》論杜甫述略〉，《杜甫研究學刊》2005 年第 4 期（2005 年 12 月），頁 52～58。
18. 徐禮節：〈清李懷民《重訂中晚唐詩主客圖》的流傳與版本考略〉，《大理大學學報》第 1 卷第 11 期（2016 年 11 月），頁 59～63。
19. 張弘韜：〈以文論韓詩——方東樹研究韓愈詩歌新貢獻〉，《聊城大學學報（社會科學版）》2015 年第 6 期（2015 年 12 月），頁 62～68。
20. 張忠綱：〈杜甫與元白詩派〉，《杜甫研究學刊》2016 年第 3 期（2016 年 9 月），頁 1～10。
21. 郭洪麗：〈《今體詩鈔》編選特點及姚鼐的詩歌理論〉，《語文學刊》2011 年第 11 期（2011 年 11 月），頁 12～13。
22. 郭艷麗：〈從《唐詩別裁集》看沈德潛對錢起詩歌的認可與推崇〉，《忻州師範學院學報》第 29 卷第 3 期（2013 年 6 月），頁 11～13。
23. 郭青林：〈方東樹《昭昧詹言》存在的問題及根源〉，《中國詩學研究》第 17 輯（2019 年 12 月），頁 83～95。
24. 陳家煌：〈論中唐「詩人概念」與「詩人身分」〉，《文與哲》第 17 卷（2010 年 12 月），頁 137～168。
25. 陳美朱：〈尊杜與貶杜——論陸時雍與王夫之的杜詩選評〉，《成大中文學報》第 37 期（2012 年 6 月），頁 81～106。
26. 陳美朱：〈《唐宋詩醇》與《唐詩別裁集》之「李杜並稱」比較〉，《成大中文學報》第 45 期（2014 年 6 月），頁 251～286。
27. 陳美朱：〈《唐詩別裁集》與《唐詩三百首》中的杜牧、李商隱形象——兼論兩部選本的選詩旨趣〉，《東海中文學報》第 37 期刊（2019 年 6 月），頁 49～82。
28. 賀嚴、孔敏：〈《唐詩別裁集》立足儒家文學觀的持守和突破〉，《山東大學學報（哲學社會科學版）》2009 年第 3 期（2009 年 5 月），頁 137～143。

29. 賀嚴：〈論清代唐詩選本之集大成特徵〉，《社科縱橫》第 25 卷（2010 年 11 月），頁 77～81。

30. 賀嚴：〈清初唐宋詩選本與唐宋詩之爭——對順治至康熙十年前後唐宋詩選情況的考察〉，《芒種》2012 年第 1 期（2012 年 1 月），頁 105～107。

31. 黄振新：〈「氣」：方東樹詩歌批評最重要的審美範疇〉，《喀什師範學院學報》第 34 卷第 5 期（2013 年 9 月），頁 78～85。

32. 溫成榮：〈中唐詩風的轉變及其對宋詩的影響〉，《山西經濟管理幹部學院學報》第 19 卷第 2 期（2011 年 6 月），頁 107～129。

33. 葉宸璐：〈中唐唱和詩新變探討——以詩歌主體、聲韻、角度為探討對象〉，《有鳳初鳴年刊》第 15 卷（2019 年 6 月），頁 143～164。

34. 楊明：〈如列子禦風而未嘗無法度——方東樹《昭昧詹言》評李白詩〉，《名作欣賞》2019 年第 12 期（2019 年 12 月），頁 23～31。

35. 廖宏昌：〈二馮詩學的折中思維與審美理想典範〉，《蘇州大學學報（哲學社會科學版）》2005 年第 5 期（2005 年 9 月），頁 38～43。

36. 廖美玉：〈後世變的詩人述作空間——同榜異軌的沈德潛與袁枚〉，《東海大學文學院學報》第 53 卷（2012 年 7 月），頁 33～64。

37. 熊璐璐：〈試論《唐詩別裁集》與《唐詩三百首》的異同〉，《文教資料》2018 年第 28 期（2018 年 10 月），頁 1～3。

38. 劉文忠：〈試論方東樹《昭昧詹言》的詩歌鑒賞〉，《江淮論壇》1983 年第 5 期（1983 年 10 月），頁 38～45。

39. 潘殊閑：〈方東樹的「魂魄」論詩與中國詩學的「象喻」傳統〉，《中南民族大學學報（人文社會科學版）》第 25 卷第 3 期（2005 年 5 月），頁 179～182。

40. 鄧新躍：〈《唐詩品彙》與四唐分期說的確立〉，《西安電子科技大學學報（社會科學版）》第 16 卷第 6 期（2006 年 11 月），頁 126～131。

41. 蔣寅：〈虞山二馮詩學的宗尚、特徵與歷史定位〉，《北京師範大學學報（社會科學版）》2008 年第 4 期（2008 年 8 月），頁 52～59。
42. 蔣寅：〈虞山二馮詩歌評點略論〉，《遼東學院學報（社會科學版）》第 10 卷第 6 期（2008 年 12 月），頁 81～87。
43. 蔣寅：〈科舉試詩對清代詩學的影響〉，《中國社會科學》2014 年第 10 期（2014 年 10 月），頁 143～163。
44. 韓勝：〈從《今體詩鈔》看姚鼐的詩歌批評〉，《安徽大學學報（哲學社會科學版）》第 32 卷第 3 期（2008 年 5 月），頁 84～87。
45. 韓勝：〈從《唐詩別裁集》的重訂看沈德潛詩學的發展〉，《山東文學》2008 年第 8 期（2008 年 8 月），頁 106～108。
46. 謝海林：〈姚鼐《今體詩鈔》的編撰緣起及其經典化考察〉，《文學評論叢刊》第 13 卷第 2 期（2011 年 6 月），頁 49～56。
47. 龔敏：〈《昭昧詹言》：在批評中建立的桐城詩學〉，《文學評論叢刊》第 14 卷第 1 期（2012 年 3 月），頁 148～157。